KB175468

주시일백수

주시 일백수
—술 한 잔 시 한 수

송재소 역해

2022년 8월 29일 초판 1쇄 발행

펴낸이	한철희
펴낸곳	돌베개
등록	1979년 8월 25일 제406-2003-000018호
주소	(10881) 경기도 파주시 회동길 77-20 (문발동)
전화	(031) 955-5020
팩스	(031) 955-5050
홈페이지	www.dolbegae.co.kr
전자우편	book@dolbegae.co.kr
블로그	blog.naver.com/imdol79
페이스북	/dolbegae
트위터	@Dolbegae79

편집	이경아
표지디자인	김민해
본문디자인	이은정·이연경
마케팅	심찬식·고운성·김영수·한광재
제작·관리	윤국중·이수민·한누리
인쇄·제본	영신사

ISBN 979-11-91438-76-5 (03820)

책값은 뒤표지에 있습니다.

酒詩100首   송재소 역해

주시 일백수

술 한 잔 시 한 수

돌베개

중국 청나라 문인 오교(吳喬)는 산문과 시의 차이를 이렇게
말했다. "산문은 쌀로 밥을 짓는 것에 비유할 수 있고, 시는 쌀로
술을 빚는 것에 비유할 수 있다. 밥은 쌀의 형태가 변하지 않지만,
술은 쌀의 형태와 성질이 완전히 변한다." 참으로 절묘한
비유이다.

　　우리는 쌀로 밥도 짓고 술도 빚는다. 밥을 먹으면 배가 부르고
술을 마시면 취한다. 밥은 인간의 생존을 위한 필수적인
영양소이지만 술은 마시지 않아도 살 수 있다. 그러나 사람이 어찌
밥만으로 살 수 있으랴. 때로는 취향(醉鄕)의 경지가 더 절실한
것이 인간의 삶이다. 팍팍한 산문적인 일상에 아름다운 시적(詩的)
흥취가 필요하다. 그래서 사람들은 시를 읽듯이 술을 마신다.

　　시인은 쌀로 술을 빚듯이 시를 쓰기 때문에 시에서는 다소간의
술 냄새가 나는데 이 책에서 소개하는 100여 수의 시에는 특히 술
냄새가 진하게 배어 있다. 이름하여 '주시(酒詩) 일백수'라 했다.
이들 시에는 술과 인간이 맺는 가지가지의 곡절이 절절히 그려져
있어서, 술이 인간과 희로애락을 같이한 가장 오래된 벗이라는
사실을 알 수 있다.

　　나는 한평생 술을 벗 삼아 살아왔다. 젊을 때에는 과하게
마셔서 건강을 해치기도 했지만 나와 술의 우정은 변함없이

이어져 왔다. 나이 팔십이 된 지금도 매일 소주 한 병 정도를 마시고 있으니 우리의 우정이 돈독하지 않은가? 죽는 날까지 이 우정을 유지하고 싶은데 반갑지 않은 방해꾼이 우정을 깰까, 그것이 두려울 뿐이다. 몹쓸 병에 걸려서 술을 마시지 못하고 맨숭맨숭한 정신으로 하루하루를 보낸다면 그것은 최악의 참사일 것이다.

이 책은 나의 오랜 벗 술에게 헌증하는 기념물이다. 그렇게 오랜 세월에 걸쳐 우정을 나누었으면서도 술에 관한 책을 쓰지 않는다면 이는 술에 대한 예의가 아니라는 생각이 들었다.

부록으로 붙인 '중국의 술'은 중국술에 대한 나의 애정의 표시이다. 나는 지금까지 세계 여러 나라의 술을 마셔 봤지만 그중 중국술이 가장 좋았다. 그래서 '중국인들은 어떻게 이런 좋은 술을 만들었을까'라는 궁금증을 풀기 위해서 여러 문헌을 뒤져 알게 된 정보와, 오랫동안 중국을 드나들면서 직접 마셔 본 체험을 바탕으로 이 글을 썼다. 중국을 대표하는 술인 백주(白酒)와 황주(黃酒)에 관심 있는 분들의 일독을 권한다.

앞서 나온 『당시 일백수』에 이어 이번에도 예쁜 책을 만들어 준 돌베개 출판사의 한철희 사장님과 이경아 팀장에게 고마운 마음을 전한다. 『당시 일백수』와 『주시 일백수』에 이어 앞으로 힘이 닿는다면 『다시(茶詩) 일백수』, 『한국 한시 일백수』를 써서 '일백수 시리즈' 4부작을 완성하고 싶다.

2022년 7월 지산시실(止山詩室)에서
송재소

차
례

2부

중국의 주시

1부

한국의 주식

이
인
로

李仁老, 1152(고려 의종 6)~1220(고려 고종 7)

자(字)는 미수(眉叟), 호는 와도헌(臥陶軒), 본관은 경원(慶源)이다.
19세에 정중부(鄭仲夫)의 난을 당하여 불문(佛門)에 귀의했다가
환속하여 27세에 진사 급제한 후 최충헌(崔忠獻) 집권하에서
예부원외랑(禮部員外郞)을 역임하고 고종 때는
비서감우간의대부(秘書監右諫議大夫)에 올랐다. 오세재(吳世才),
임춘(林椿) 등과 7인의 '죽림고회'(竹林高會)를 결성하여 시와
술을 즐겼다. 문집은 전하지 않고, 시화집(詩話集)인
『파한집』(破閑集)이 남아 있다. 그의 시는 『대동시선』(大東詩選),
『파한집』, 『보한집』(補閑集)에 114수가 전한다. 시론(詩論)에서
이규보(李奎報)가 신의론(新意論)을 주장한 반면 이인로는
용사론(用事論)을 주장한 것으로 알려져 있다.

1　취향

순박하고 고요한 취향(醉鄕)이 제주(齊州) 너머에 있는데
들으니 도연명(陶淵明), 유령(劉伶)이 처음 놀았다 하네

이슬 마시고 바람 들이키는 천만 호 고을에
어느 날에나 규(圭)를 쥐고 제후에 봉해지나

醉鄕

醉鄕淳寂隔齊州　聞說陶劉始得遊
飮露吸風千萬戶　剪圭何日許封侯
―『동문선』(東文選) 권20

취향(醉鄕)-술에 취한 경지를 말하는데, 여기서는 왕적(王績)의
「취향기」(醉鄕記)에 묘사된 고을을 말한다. • 제주(齊州)-고대 중국을
가리키는 말. 당나라 왕적이 지은 「취향기」에 "취향이 중국과 몇 천 리나
떨어져 있는지 알 수 없다"고 했다. • 도연명(陶淵明), 유령(劉伶)-두 사람
모두 술을 무척 좋아한 사람인데, 「취향기」에 "완적(阮籍)과 도연명 등 십 수
인이 함께 취향에서 노닐다 죽을 때까지 돌아오지 않고 그곳에서 죽어
장사지냈다"란 기록이 있다. • 이슬 마시고 바람 들이키는(飮露吸風)-
「취향기」에 그곳 사람들은 "바람을 들이키고 이슬을 마신다"(吸風飮露)고
했다. • 규(圭)-천자가 제후를 봉할 때 내리는 옥으로 만든 신표(信標)

19

왕적의 「취향기」에 묘사된 취향은 술을 즐기는 모든 사람들의 이상향이다. 취향이 비록 가상의 공간이긴 하지만 그곳은 천하의 술꾼들이 모여 유유자적하게 노닐던 파라다이스인데 이인로는 그곳의 제후가 되고 싶다고 함으로써 취향에 대한 무한한 동경의 심정을 나타내고 있다.

왕적의 「취향기」

취향(醉鄕)은 중국에서 몇 천 리나 떨어져 있는지 알 수가 없다. 땅은 환하게 트여서 끝 간 데가 없으니 언덕이나 비탈이 없고, 기운은 화평하고 한결같아서 어둠과 밝음도 없고 추위와 더위도 없다. 풍속은 차별을 두지 않고 서로 합동하여 큰 고을과 작은 마을의 구분이 없고, 그곳의 사람들은 몹시 청순하여 사랑과 증오도 없고 기쁨과 노여움도 없다. 그들은 바람을 들이키고 이슬을 마시며 오곡을 먹지 않는다. 잠잘 때는 느긋하고 걸을 때는 느릿하다. 새와 짐승, 물고기와 자라와 함께 살아가니 배와 수레, 기구와 연장 같은 쓰임새를 알지 못하였다.

옛날 황제씨(黃帝氏)가 일찍이 그 도읍에서 노닐었는데 돌아와서는 마음이 아스라해져서 마치 천하를 잃은 듯하여, 결승(結繩)의 정치도 이미 너그럽지 못하다고 여겼다. 요(堯)임금과 순(舜)임금 시대로 내려오자 천 개의 잔과 백 개의 항아리에 담은 술을 (취향에) 바치려고 고야산(姑射山)의 신선을 통해 길을 빌려 취향의 변방에 이르러서는 생을 마치도록 태평하였다. 우(禹)임금과 탕(湯)임금이 법을 세우면서 예악(禮樂)이 번거롭고 잡다하여 수십 대 동안 취향과는 멀어지고 말았다. 그들의 신하 희화(義和)가 세월을 관장하는 직책을 버리고 도망가서 취향에 이르기를 바랐으나 길을 잃고 도중에 죽었으니, 온 천하가 마침내 편안하지를 못하였다. 마지막 자손인 걸왕(桀王)과 주왕(紂

王)에 이르러서는 이에 분격하여 술지게미의 언덕을 쌓아 올리고 천길 높이의 계단을 만들어 남쪽을 향하여 바라보아도 끝내 취향은 보이지 않았다.

무왕(武王)이 뜻을 이루자 주공 단(周公旦)에게 명하여 주인씨(酒人氏)란 직책을 만들어 술 만드는 일을 맡아 다스리게 하고 7천 리의 땅을 개척하여 가까스로 취향에 도달할 수 있었다. 그래서 40년 동안 죄를 범하는 자가 없어 형벌을 쓰지 않고 유왕(幽王)과 여왕(厲王)에까지 이르렀다. 진나라와 한나라에 이르러서는 중국이 어지러워져 마침내 취향과 단절되고 말았으나, 그들의 신하 중에 도를 사랑하는 이가 종종 남몰래 그곳에 이르기도 하였다. 완사종(阮嗣宗)과 도연명 등 십여 명이 함께 취향에서 노닐다 죽을 때까지 돌아오지 않고 그곳에서 죽어 장사 지냈는데 나라에서는 그들을 주선(酒仙)으로 여겼다.

아, 취향의 풍속은 옛 화서씨(華胥氏)의 나라가 아니겠는가! 어쩌면 이렇게 순박하고 고요한가! 내가 장차 거기에 노닐어 볼까 하여, 이렇게 기록하여 두노라.

醉之鄕 去中國不知其幾千里也 其土曠然無涯 無丘陵阪險 其氣和平一揆 無晦明寒暑 其俗大同 無邑居聚落 其人甚淸 無愛憎喜怒 吸風飮露不食五穀 其寢於於 其行徐徐 與鳥獸魚鼈雜處 不知有舟車器械之用昔者黃帝氏嘗獲遊其都 歸而杳然 喪其天下 以爲結繩之政已薄矣 降及堯舜 作爲千鍾百壺之獻 因姑射神人以假道 蓋至其邊鄙 終身太平 禹湯立法 禮繁樂雜 數十代與醉鄕隔 其臣義和 棄甲子而逃 冀臻其鄕 失路而道夭 故天下遂不寧 至乎末孫桀紂 怒而昇其糟邱 階級千仞 南向

22

而望 卒不見醉鄉 武王得志於世 乃命公旦 立酒人氏之職 典司五齊 拓
土七千里 僅與醉鄉達焉 故四十年刑措不用 下逮幽厲 迄乎秦漢 中國
喪亂 遂與醉鄉絶 而臣下之愛道者 亦往往竊至焉 阮嗣宗陶淵明等十數
人 並遊於醉鄉 沒身不返 死葬其壤 中國以爲酒仙云 嗟乎 醉鄉氏之俗
豈古華胥氏之國乎 其何以淳寂也如是 予將遊焉 故爲之記

황제씨(黃帝氏)-중국 고대 신화에서 오방신(五方神) 중 중앙을 다스리는 신으
로 모든 신들의 우두머리 • 결승(結繩)의 정치-결승문자 즉 새끼줄을 꼬아서
문자 대신 사용하던 시대의 정치로 평화로운 시대의 정치를 말한다. • 고야산
(姑射山)의 신선-막고야산(藐姑射山)에 산다는 중국 고대 신화 속의 인물 •
희화(羲和)-동쪽의 양곡(陽谷)에서 서쪽의 우연(虞淵)까지 태양을 자신의 수
레로 실어 나르는 여신 • 걸왕(桀王)과 주왕(紂王)-하(夏)와 은(殷)의 마지막
임금인 걸과 주는 술로 연못을 만들고 술지게미로 언덕을 만들어 방탕하게 생
활했다고 한다. • 무왕(武王)-주(周)나라를 건국한 임금 • 주공 단(周公旦)-
무왕의 동생으로 무왕이 죽자 어린 조카 성왕(成王)을 도와 주나라의 기반을
다진 인물 • 술 만드는 일을 맡아 다스리게 하고(典司五齊)-오제(五齊)는 술
의 청탁에 따라 술을 5등급으로 나눈 것인데 후대에 술의 범칭으로 쓰였다. •
유왕(幽王)과 여왕(厲王)-서주(西周) 말기의 폭군으로 주나라를 쇠망의 길로
이끈 왕들 • 완사종(阮嗣宗)-죽림칠현의 한 사람인 완적(阮籍). '사종'은 그의
자(字) • 화서씨(華胥氏)의 나라-중국 상고시대 모계 씨족사회의 여수령(女首
領)인 화서씨가 건국했다는 이상국

23

이
규
보

李奎報, 1168(고려 의종 22)~1241(고려 고종 28)

자는 춘경(春卿), 호는 백운거사(白雲居士), 본관은 여주(驪州),
시호는 문순(文順)이다. 22세에 사마시(司馬試)에 합격했으나
벼슬을 얻지 못하다가 40세에 최충헌의 인정을 받아 관직에
나아간 이래 무신정권하에서 국가의 요직을 두루 거치고
최고위직까지 역임했다. 그래서 후대에 '최씨의 문객'
'어용문인'이란 평을 들었지만 신흥사대부 시대의 막을 연 인물로
평가된다. 『동국이상국집』(東國李相國集) 63권과 시화집
『백운소설』(白雲小說)이 전한다.

2 단오일 성 밖에서 느낌이 있어

옛 무덤 새 무덤 서로 이웃하고 있는데
한평생 술 실컷 마셨던 자 몇 명이나 있을까?

오늘은 자손들이 다투어 술 올리지만
한 방울인들 입술을 적실 수 있겠는가

端午 郭外有感

舊墳新壙接相隣　幾許平生醉倒人
今日子孫爭奠酒　可能一滴得霑脣
―『동국이상국집』권16

───────

죽고 나면 자손들이 무덤 앞에서 술잔을 올려도 한 방울도 마실
수 없으니 살아 있을 때 술을 실컷 마시라는 말이다.

3   3월 8일에 족인 채낭중과 크게 취하여 노래 부르다

나같이 눈병 앓는 사람이
눈 감고 누웠으면 뭐가 어쩌서

도리어 그대와 함께
잔뜩 취해 노래하고 있으니

두 눈이 더욱 더 아찔해지고
갑자기 어지러워 현화(玄花)가 보이네

술 마시는 것 끊지 않으면
반드시 병이 더칠 것인데

알고도 끝내 끊지 못하니
병이 난들 또 누구를 원망하랴

三月八日 與族人蔡郞中 大醉歌唱

如予病眼者　閉目臥如何
迺反與吾子　大醉放長歌
更益眩雙目　掩亂見玄花

26

飮酒若不已　是必病所加

知之竟未斷　雖病又何嗟

—『동국이상국후집』(東國李相國後集) 권9

현화(玄花)-현화(眩花)와 같음. 어질어질하고 눈에 꽃이 핀 듯 흐릿한 모양

4　　　그다음 날 또 짓다

앓을 때도 오히려 술을 사양 못하니
죽는 날에야 비로소 술잔을 놓으리라

맑은 정신으로 살아간들 무슨 재미랴
취하여 죽는 것이 진실로 좋을시고

明日又作

病時猶未剛辭酒　死日方知始放觴
醒在人間何有味　醉歸天上信爲良
　　　　—『동국이상국후집』 권9

병중(病中)에도 술을 끊지 못하는 자신에 대한 변명이다. 술을
끊으면 병이 나을 테지만 그렇게 맨정신으로 사느니 술에 취한
상태로 죽는 것이 차라리 낫겠다고 말한다. 술에 대한 이규보의
굳은 충성심을 엿볼 수 있다.

5   속장진주가

이하(李賀)의 장진주사(將進酒辭)에 "술은 유령(劉伶)의
무덤 위에 이르지 못한다"라고 하였으니, 이것은 참으로
도를 깨달은 말이다. 그러므로 이 말을 부연하여
'속장진주가'라 이름한다.

잔 속의 쪽빛 술에 말해 주느니
평생토록 서로 만나기를 꺼려 마시게

검은 머리 붉은 얼굴 얼마나 가리오
이 몸 위태함이 아침 이슬 같구나

하루아침에 죽어서 소나무 아래 묻히면
천년 만년토록 누가 날 찾아 주리

바라지 않아도 나는 것은 쑥 덤불이요
부르지 않아도 오는 것은 여우와 토끼라

술이란 한평생 손에 잡는 물건이나
그 누가 굳이 와서 한 잔 따라 주려나

어질고 어질도다 유백륜(劉伯倫)이여

29

술 싣고 다니면서 길이 취하였구나

그대여 이 말 듣고 술 사양치 말지어다
유령의 무덤 위에 술 이르지 못하나니

續將進酒歌

李賀將進酒曰 酒不到劉伶墳上土 此誠達道之言也 故廣其辭
命之曰 續將進酒云

寄語杯中藍色酒　百年莫厭相逢遇
綠髮朱顔能幾時　此身危詭如朝露
一朝去作松下墳　千古萬古何人顧
不期而生蒿與蓬　不速而至狐與兔
酒雖平生手上物　爭肯一來霑我味
達哉達哉劉伯倫　載酒自隨長醉倒
請君聽此莫辭飮　酒不到劉伶墳上土
—『동국이상국집』권16

이하(李賀)의 장진주사(將進酒辭)-349면 105번 시 이하의 「장진주」참조
•부르지 않아도(不速)-'速'은 초대하다•유백륜(劉伯倫)-죽림칠현의 한
사람인 유령. 백륜은 유령의 자. 그는 술을 매우 좋아하여 평소 한 섬씩 마시고

닷 말로 해장을 했다고 한다. 「주덕송」(酒德頌)을 지어 술의 덕을 칭송했다.

• 유령의 무덤 위에 술 이르지 못하나니–이하의 「장진주」,
"酒不到劉伶墳上土"를 그대로 인용한 구절로, 그렇게 술을 좋아하던 유령도
죽고 나면 술을 마시지 못한다는 뜻이다.

"아침 이슬"처럼 덧없는 우리 인생, 죽고 나면 그만이니 살았을
때 유령을 본받아 술을 실컷 마시자는 말이다.

유령의 「주덕송」

대인선생(大人先生)이 있었으니 그는 천지개벽 이래의 시간을 하루아침으로 여기고 1만 년을 한순간으로 여기며, 해와 달을 창문으로 삼고 천지 사방을 뜰로 삼아서, 길을 가면 수레바퀴 자국이 없고 거처에 일정한 집이 없었다. 하늘을 지붕 삼고 땅을 방석 삼아 마음 내키는 대로 내버려 두며, 머물러 있을 때는 크고 작은 술잔을 잡고, 움직일 때는 술통을 끌고 술병을 들어 오직 술에만 힘을 쓰니 그 밖의 일을 어찌 알겠는가.

신분이 높은 귀공자와 벼슬아치, 선비들이 나의 소문을 듣고 그 까닭을 따지는데, 소매를 떨치고 옷깃을 풀어헤치고 눈을 부라리며 이를 갈면서 예법을 늘어놓으며 옳으니 그르니 하는 논의가 칼날처럼 일어났다.

이에 선생은 술 단지와 술통을 들고 탁주를 따라 마시며 수염을 쓰다듬고 다리를 뻗고 앉았다가 누룩을 베고 술지게미를 깔고 누우니 생각도 없고 걱정도 없어 그 즐거움이 도도하였다.

우뚝이 취했다가 황홀하게 깨어나서 조용히 들어도 우렛소리 들리지 않고 자세히 보아도 태산의 형체가 보이지 않는다. 살을 에는 추위와 더위도, 욕심의 감정도 깨닫지 못하며, 만물을 굽어보니 흔들흔들 장강(長江)과 한수(漢水)의 부평초 같고, 옆에서 모시고 있는 두 호걸을 감화시키는 것이 마치 나나니벌이 뽕나무 벌레를 감화시키는 것과 같도다.

有大人先生 以天地爲一朝 以萬期爲須臾 日月爲扃牖 八荒爲庭衢 行無轍迹 居無室廬 幕天席地 縱意所如 止則操卮執觚 動則挈榼提壺 唯酒是務 焉知其餘 有貴介公子 縉紳處士 聞吾風聲 議其所以 乃奮袂揚襟 怒目切齒 陳說禮法 是非鋒起 先生于是方捧甖承槽 銜杯漱醪 奮髥踑踞 枕麴藉糟 無思無慮 其樂陶陶 兀然而醉 怳爾而醒 静聽不聞雷霆之聲 熟視不見泰山之形 不覺寒暑之切肌 嗜欲之感情 俯觀萬物 擾擾焉 如江漢之浮萍 二豪侍側焉 如蜾蠃之與螟蛉

대인선생(大人先生)-작자인 유령을 가리킨다. •두 호걸(二豪)-앞에서 말한 '귀공자와 벼슬아치 선비'(貴介公子 縉紳處士)를 말한다. 두 호걸 이하의 구절은 두 가지로 해석된다. 첫째는 『시경』의 해석을 따르는 것이다. 『시경』 소아(小雅) 「소완」(小宛) 장에 "뽕나무벌레 새끼를 나나니벌이 업어가네"(螟蛉之子 蜾蠃負之)란 구절이 있다. 나나니벌은 뽕나무벌레의 새끼를 훔쳐 와서 질식시키고 이를 자기가 낳은 새끼의 먹이로 삼는 것인데, 이 구절을 후대에는 '뽕나무벌레가 새끼를 낳으면 나나니벌이 업어다 키운다'로 해석했다. 즉 나나니벌은 뽕나무벌레 새끼를 데려다 자기 자식처럼 키운다는 것인데, 대인선생이 두 호걸을 교화시킨다는 해석이다. 둘째는, 대인선생이 두 호걸을 나나니벌이나 뽕나무벌레처럼 하찮게 본다는 해석이다.

이한(李瀚)의 「유령해정」(劉伶解酲)

유령의 자는 백륜(伯倫)인데 패국인(沛國人)이다. 마음 내키는 대로 거리낌 없이 행동하여 마음으로 늘 우주를 작게 여기고 만물을 다 같다고 보았다. 항상 작은 수레를 타고 술 한 동이를 매달고 다니면서 다른 사람으로 하여금 삽을 메고 따르게 했다. 그러고는 "내가 죽으면 곧 묻어 버려라" 했으니 육신을 돌보지 않음이 이와 같았다. 하루는 몹시 목이 말라 아내에게 술을 달라고 했더니 아내는 술을 쏟아 버리고 술그릇을 깨뜨리고 눈물을 흘리며 충고하기를 "당신은 술을 너무 많이 마십니다. 이것은 섭생(攝生)의 도(道)가 아니니 마땅히 술을 끊어야 합니다"라 했다. 유령이 말하기를 "옳은 말이오. 그러나 나는 스스로 술을 끊을 수 없으니 귀신에게 기도하고 스스로 맹세해야 하겠소. 술과 고기를 갖추어 주시오"라고 하여 아내가 그 말을 따랐다. 유령은 무릎을 꿇고 기도하기를 "하늘이 유령을 낳아 술로 이름을 날렸으니 한 번에 한 섬씩 마시고 다섯 되로 해장을 하렵니다. 부인의 말은 삼가 듣지 못하겠습니다"라 하고는 술을 당기고 고기를 먹으며 취하여 쓰러질 때까지 마셨다.

—『몽구』(蒙求) 중에서

劉伶字伯倫 沛國人 放情肆志 常以細宇宙齊萬物爲心 常乘鹿車 携一
壺酒 使人荷鋤隨之 謂曰 死便埋我 其遺形骸如此 嘗渴甚 求酒於妻 妻

捐酒毁器 涕泣諫曰 君飲酒太過 非攝生之道 宜斷之 伶曰 善 吾不能自

禁 當祝鬼神自誓 可具酒肉 妻從之 伶跪祝曰 天生劉伶 以酒爲名 一飲

一斛 五斗解酲 婦人之言 愼不可聽 仍引酒銜肉 頹然復醉

6   술을 보낸 벗에게 사례하다

근래엔 술마저 말라 버려서
내 온 집안에 가뭄이 들었는데

감사하오, 그대가 좋은 술을 보내주어
때맞춰 내리는 비처럼 상쾌하네

謝友人送酒

邇來杯酒乾　是我一家旱
感子餉芳醪　快如時雨灌
　　　―『동국이상국집』권2

집에 술이 떨어진 것을 가뭄이라는 자연 재해에 비유하고,
친구가 술을 보내오자 가뭄에 내리는 단비와 같다고
말함으로써 자신이 천하의 애주가임을 과시하고 있다.
이백(李白)을 중국의 주선(酒仙)이라 한다면 이규보는 진실로
동방의 주선으로 불릴 만하다. 실제로 그와 동시대인인
진화(陳澕)는 그를 '적선'(謫仙: 귀양 온 신선)이라 불러 이백에
비겼고, 안치민(安置民)은 "사람들이 공을 이태백으로 여기는데

36

이는 사실대로 말한 것이다"라 했으며, 최자(崔滋)는 그를 이백, 백거이(白居易)와 짝할 만하다고 평했다. 물론 이들의 평가는 이규보의 시를 이백, 백거이와 견줄 만하다고 말한 것이지만 두 사람이 술을 무척 좋아했다는 공통점과 무관하지 않았을 것이다.

7   자질들에게 보이다

가엾어라 이 한 몸
죽으면 백골 되어 썩어지리니

자손들 철따라 무덤에 와 절하지만
죽은 자에게 그것이 무슨 상관이리오

하물며 백 년 뒤에 가묘(家廟)도 멀어지면
어느 자손이 찾아와 성묘하고 돌아보리

앞에선 누런 곰이 울어댈 거고
뒤에선 푸른 외뿔소 부르짖겠지

고금의 무덤들이 부질없이 이었지만
넋이 있고 없는 것을 뉘라서 알리오

조용히 앉아서 스스로 생각하니
생전에 한 잔 술로 입 축임만 못하네

내, 자질(子姪)들에게 말해 주노니
이 늙은이 너희들 괴롭힐 날 얼마나 되리오

반드시 고기 생선 올리려 말고
술이나 부지런히 내오면 되지

천 꿰미 종이돈, 술 석 잔 올려 봤자
죽은 후에 받는지 안 받는지 어찌 알겠나

호화로운 장례도 내 바라지 않노니
도굴꾼이 가져가게 할 뿐이니라

示子姪

可憐此一身	死作白骨朽
子孫歲時雖拜塚	其於死者亦何有
何況百歲之後家廟遠	寧有雲仍來省一廻首
前有黃熊啼	後有蒼兕吼
古今墳壞空纍纍	魂在魂無誰得究
靜坐自思量	不若生前一杯濡我口
爲向子姪導	吾老何嘗溷汝久
不必擊鮮爲	但可勤置酒
紙錢千貫奠觴三	死後寧知受不受
厚葬吾不要	徒作摸金人所取

―『동국이상국집』권3

자손(雲仍)-운잉(雲仍)은 먼 후손이란 뜻이며 운손(雲孫)과 같은 말이다.
• 고기 생선을 올리다(擊鮮)-격선(擊鮮)은 살아 있는 가축이나 물고기를
죽여서 미식(美食)으로 삼는 것 • 종이돈(紙錢)-고대 중국에서 장례식 때
종이돈을 무덤에 함께 묻었다고 한다. • 술 석 잔 올리다(奠觴三)-술잔(觴)을
세 번 올리다(奠). • 도굴꾼(摸金人)-모금교위(摸金校尉)를 말한다.
조조(曹操)는 모금교위란 관직을 설치하고 이들을 시켜 무덤을 도굴하여
금은보화를 긁어모았다고 한다.

8   아들 삼백이 술을 마시기에

너 이제 어린 나이에 술잔을 기울이니
조만간 창자가 썩을까 두려워라

네 아비 늘 취한 것 배우지 마라
한평생 남들이 미치광이라 말한단다

兒三百飮酒

汝今乳齒已傾觴　心恐年來必腐腸
莫學乃翁長醉倒　一生人道太顚狂

한평생 몸 망친 게 모두가 술 탓인데
네가 술 좋아하니 이를 또 어이할꼬

삼백이라 이름 지은 것 이제야 후회하니
날마다 삼백 잔을 마실까 두렵구나

一生誤身全是酒　汝今好飮又何哉
命名三百吾方悔　恐爾日傾三百杯

41

'삼백'(三百)은 이규보가 아들에게 지어 준 아명(兒名)이다.
이규보는 1195년(28세)에 오세문(吳世文)의 시에 차운(次韻)한
삼백운(三百韻)의 시를 지었는데 이 시를 짓던 날 아들이
태어났다. 그는 이를 기념하여 아들의 아명을 '삼백'으로
지었다. 아마 아들도 자신과 같이 삼백운의 시를 짓는 인물이
되기를 바라는 마음이었을 것이다. 그런 아들이 삼백운의 시를
지을 기상은 보이지 않고 어릴 때부터 술 마시는 것을 보며
아무리 술을 좋아한 이규보도 걱정이 되었던 모양이다.

9   우연히 읊다

술 없으면 시 짓는 일 멈춰야 하고
시 없으면 술 마시는 일 물리쳐야 해

시와 술은 둘 다 즐기는 바라
시와 술이 만나서 서로가 어울리네

손 가는 대로 한 구절 시를 짓고서
입 내키는 대로 한 잔 술 기울이니

어찌하여 이 늙은이가
시벽(詩癖)과 주벽(酒癖)을 함께 가졌나

술이야 마시는 양 많지 않아서
천백 수 짓는 시와 같지 않지만

술 만나면 이에 곧 흥이 생기니
이 마음 끝내 알기 어렵네

이 때문에 병 역시 깊어졌으니
죽어야만 이 벽(癖)이 없어지리라

나 혼자 마음이 상할 뿐 아니라
남들도 그 때문에 나무란다네

偶吟

無酒詩可停　無詩酒可斥
詩酒皆所嗜　相値兩相得
信手書一句　信口傾一酌
奈何遮老子　俱得詩酒癖
酒亦飲未多　未似詩千百
相逢迺發興　是意終莫測
由此病亦深　方死始可息
不唯我自傷　人亦以之責
—『동국이상국후집』 권9

이규보는 한때 자신의 호를 '시금주 삼혹호 선생'
(詩琴酒三酷好先生)이라 했는데, 시와 거문고와 술 세 가지를
몹시 좋아하는 사람이란 뜻이다. 그만큼 그는 시와 술을
즐겼다. 그는 만년에 친구에게 보낸 한 편지에서 평생 지은

44

시가 8천 수가 된다고 술회했을 만큼 시를 즐겼다. 「자신의 시벽(詩癖)을 슬퍼한다」라는 시에서는 "아! 끝내 고칠 수 없으니/마침내 이 때문에 죽으리로다"라 말하기도 했다.

시와 함께 그가 평생 즐긴 것이 술이었다. 그는 부친이 사망하여 상중(喪中)인데도 술을 마셨고 병석에 누워서도 술을 마셨다고 했다. 그는 「하루 동안 술을 마시지 않고 희롱 삼아 짓다」라는 시에서 "그대 보지 못했는가, 지금의 이춘경(李春卿)이/일만 팔십 일 만에 오늘 다행히 술 깬 것을"이라 했는데 '일만 팔십 일' 즉 28년 동안 하루도 빠지지 않고 술을 마셨다는 말이다. 춘경(春卿)은 그의 자(字)이다. 그에게 있어서 술과 시는 뗄 수 없는 관계였다. 앞의 시에서 그가 "어찌하여 이 늙은이가/시벽과 주벽을 함께 가졌나"라 한탄한 까닭을 알 만하다.

10 　　취가행

하늘이 나에게 술 못 마시게 하려면
꽃과 버들 피어나게 하질 말아야

꽃과 버들 고울 때 안 마실 수 있으랴
봄은 나를 저버릴망정 나는 그리 못하리

술잔 잡고 봄 즐기니 봄이 더욱 좋아서
취하여 손 흔들며 봄바람에 춤을 추니

꽃 또한 웃는 얼굴로 아양을 떨고
버들 또한 찌푸린 눈썹 활짝 편다네

꽃과 버들 구경하며 큰 소리로 노래하니
덧없는 백 년 인생 내 것이 아니로세

그대 보지 못하는가, 어리석은 자들이
천금을 두고서 어디에 쓰려고
남을 위해 꽁꽁 쥐고만 있는 것을

醉歌行

天若使我不飮酒　不如不放花與柳

花柳芳時能不飮　春寧負我我不負

把酒賞春春更好　起舞東風醉揮手

花亦爲之媚笑顏　柳亦爲之展眉皺

看花翫柳且高歌　百歲浮生非我有

君不見

千金不散將何用　癡人只爲他人守

—『동국이상국집』권17

11   벗이 술병으로 일어나지 않는 것을 희롱하다

내가 바로 노련한 의원, 병을 잘 진단하지
누가 내린 재앙인가, 누룩 귀신 탓이지

새벽에 아황주(鵝黃酒) 닷 말을 단숨에 마셔야 해
이 약이 유백륜(劉伯倫)에게서 전해 온 비방일세

戱友人病酒未起

我是老醫能診病　誰爲崇者必麴神
鵝黃五斗晨輕服　此藥傳從劉伯倫
―『동국이상국집』 권2

아황주(鵝黃酒)-당, 송 시대부터 내려온 술 이름인데 후에는 '좋은 술'의
대명사로 쓰였다. • 유백륜(劉伯倫)-유령(劉伶). 29면 5번 시 이규보의
「속장진주가」 및 32면 유령의 「주덕송」, 34면 이한의 「유령해정」 참조

유령은 평소에 술 한 섬을 마시고 술 다섯 말로 해장을 했다고
한다. 술 때문에 병이 난 친구에게 이 유령을 본받아야 술병을
고칠 수 있다며 술을 권하는 이규보야말로 한국의
주선(酒仙)이라 할 만하다.

안
치
민

安置民, ?~?

이규보, 이인로 등과 동시대인으로 문명(文名)이 높고
서화(書畵)에도 능했다. 자는 순지(淳之), 호는 기암(棄菴),
취수선생(醉睡先生)이다. 이규보는 안치민을 처음 본 인상을
"수염과 머리카락이 하얗고 치의(緇衣: 승복), 치관(緇冠) 차림을
하여 마치 세상에 나도는 도객(道客)이나 거사(居士)의 화상
같았다"라 쓰고 있다(『동국이상국전집』권27, 「군중답안처사치민수
서」軍中答安處士置民手書).

12   취수선생을 스스로 묘사하다

도(道) 있어도 행하지 못하면 술 취함만 못하고
입 있어도 말 못하면 자는 것만 못하네

살구꽃 그늘에서 취해 자는 선생인데
세상에 이 뜻을 아는 사람 없어라

自寫醉睡先生

有道不行不如醉　有口不言不如睡
先生醉眠杏花陰　世上無人知此意
―『삼한시귀감』(三韓詩龜鑑) 권중(卷中)

취수선생(醉睡先生)은 안치민의 호(號)인데 '술에 취해 잠자는
사람'이라는 뜻이다. 이 시는 그가 왜 취하고 왜 잠을 자는지를
해명한 자화상이다.

이
제
현

李齊賢, 1287(고려 충렬왕 13)~1367(고려 공민왕 16)

자는 중사(仲思), 호는 익재(益齋), 역옹(櫟翁), 시호는 문충(文忠),
본관은 경주(慶州)이다. 일찍이 15세에 과거에 급제한 이후 여러
관직을 거치다가 28세(1314년)에 충선왕의 부름을 받고 원(元)의
수도 연경에 가서 6년간 만권당(萬卷堂)에 머물면서
조맹부(趙孟頫), 우집(虞集) 등 당대 명사들과 교유했다.
귀국해서는 정당문학(政堂文學), 문하시중(門下侍中) 등의 벼슬을
역임했다. 그는 우리나라에 성리학을 들여온 백이정(白頤正)의
문인으로 이곡(李穀), 이색(李穡), 정몽주(鄭夢周), 권근(權近) 등
신진 사인을 문하에 두어 성리학의 수용과 발전에 공헌했다.
『익재난고』(益齋亂藁) 10권과 『역옹패설』(櫟翁稗說) 2권이
전한다.

13 단오

경화(京華)에서 떠돈 지 십 년이 넘었는데
서쪽으로 와서 또 길손이 되었구나

반평생은 이미 공명으로 그르쳤고
오래 떠도니 바뀌는 계절에 유독 놀라네

청해(靑海)의 달 아래 부평 같은 나그네 길
태봉(泰封) 옛 고향으로 돌아갈 꿈을 꾸네

술집에서 또 창포주 한 잔 들이키니
술 안 먹고 읊조리는 초신(楚臣) 배울 필요 없지

端午

旅食京華十過春　西來又作問津人
半生已被功名誤　久客偏驚節物新
萍梗覊蹤靑海月　松楸歸夢泰封塵
旗亭且飮菖蒲酒　未用醒吟學楚臣
　―『동문선』 권15

53

경화(京華)-경사(京師), 즉 임금의 궁성이 있는 곳으로 원나라 수도
연경(燕京) • 청해(青海)-토번(吐蕃)으로 가는 도중의 경유지인
청해성(靑海省)으로 추정된다. • 태봉(泰封)-신라 말엽에 궁예(弓裔)가
송악(松嶽)에 세운 나라. 여기서는 이제현의 고국인 고려를 말한다.
• 창포주(菖蒲酒)-창포 뿌리를 넣어 만든 술로 단오절에 마시는 술
• 초신(楚臣)-초나라의 신하 굴원(屈原)을 가리킨다. 굴원이 참소를 당하여
유배되어 「어부사」(漁父辭)를 지었는데 그중에 "세상 사람 모두 탁한데 나만
홀로 맑았고/뭇 사람들 모두 취했는데 나만 홀로 깨었네/이 때문에
추방당했노라"(擧世皆濁 我獨淸 衆人皆醉 我獨醒 是以見放)라는 구절이
있다. 결국 그는 멱라수(汨羅水)에 투신하여 죽었는데 그가 죽은 날이
단오절인 5월 5일이었다.

고려 충선왕(忠宣王)은 아들 충숙왕(忠肅王)에게 왕위를
내어주고 원(元)나라에 머물다가 1320년에 신하의 참소로 서쪽
토번(吐蕃)으로 유배되었다. 당시 원나라에 머물고 있던
이제현은 1323년 4월에 충선왕을 뵙기 위해 토번으로
떠나는데 이 시는 가는 도중 단오절을 맞아 쓴 시이다. 그는
단오절을 맞아 이날 멱라수에 투신한 굴원을 떠올린다. 굴원은
모든 선비들이 본받아야 할 만고의 충신이지만, 술을 마시지
않고 깨어 있었던 점만은 배울 필요가 없다고 한 것이다.
그래서 창포주를 들이킨다.

굴원의 「어부사」

굴원이 추방당하여 강변에서 노닐고 못가를 거닐며 시를 읊을 때 안색이 초췌하고 모습이 여위었다. 어부가 그를 보고 물었다. "그대는 삼려대부(三閭大夫)가 아닙니까? 무슨 까닭으로 여기에까지 이르렀습니까?" 굴원이 말했다. "세상 사람 모두 탁한데 나만 홀로 맑았고, 뭇사람들 모두 취했는데 나만 홀로 깨어 있어 이 때문에 추방을 당했소." 어부가 말했다. "성인은 사물에 막히거나 구애받지 않고 세상과 더불어 융통성 있게 변합니다. 세상 사람들이 모두 혼탁하거든 어찌하여 진흙을 휘저어 흙탕물을 튀기지 않았으며, 뭇사람들이 모두 취했거든 어찌하여 술지게미를 먹거나 찌꺼기 술까지 마시지 않고 무엇 때문에 깊이 생각하고 고상하게 행동하여 스스로 쫓겨나게 되었습니까?" 굴원이 말했다. "내가 들으니, 새로 머리를 감은 사람은 반드시 갓의 먼지를 털고, 새로 목욕한 사람은 반드시 옷을 턴다고 하는데 어찌하여 이 깨끗한 몸으로 세속의 더러움을 받을 수 있겠는가? 차라리 소상강 물속에 뛰어들어 물고기 뱃속에 장사 지낼지언정 내 어찌 깨끗하고 하얀 이 몸으로 세속의 티끌을 뒤집어쓸 수 있겠는가?" 어부가 빙그레 웃고 뱃전을 두드리고 떠나면서 노래했다. "창랑(滄浪)의 물이 맑으면 내 갓끈을 씻고, 창랑의 물이 흐리면 내 발을 씻으리." 어부는 마침내 떠나고 다시는 더불어 말하지 않았다.

屈原既放 游於江潭 行吟澤畔 顏色憔悴 形容枯槁 漁父見而問之曰 子

非三閭大夫與 何故至於斯 屈原曰 舉世皆濁 我獨清 眾人皆醉 我獨醒

是以見放 漁父曰 聖人不凝滯於物 而能與世推移 世人皆濁 何不淈其

泥而揚其波 眾人皆醉 何不餔其糟而歠其醨 何故深思高舉 自令放爲

屈原曰 吾聞之 新沐者必彈冠 新浴者必振衣 安能以身之察察 受物之

汶汶者乎 寧赴湘流 葬於江魚之腹中 安能以皓皓之白 而蒙世俗之塵

埃乎 漁父莞爾而笑 鼓枻而去 乃歌曰 滄浪之水清兮 可以濯吾纓 滄浪

之水濁兮 可以濯吾足 遂去不復與言

이
곡

李穀, 1298(고려 충렬왕 24)~1351(고려 충정왕 3)

자는 중보(仲父), 호는 가정(稼亭), 시호는 문효(文孝), 본관은
한산(韓山), 이색의 아버지이다. 원(元)의 정동성 향시(征東省鄕試)
에 수석으로 합격한 이래 여러 차례 원나라에 가서 문명을 떨치고
벼슬은 정당문학, 도첨의찬성사(都僉議贊成事)에 이르렀다.
『가정집』(稼亭集) 20권이 전하며 가전체 소설
「죽부인전」(竹夫人傳)을 지었다.

음주(飮酒) 시 한 수. 백화보, 우덕린과 함께 짓다

좋고 싫은 정도가 엷기도 하고 진하기도 하지만
모두가 조화의 용광로 속에서 나오는 것

완부(阮孚)는 나막신을, 화교(和嶠)는 돈을 좋아했는데
달인(達人)이 들으면 얼굴이 붉어질 일

우리들의 좋아함은 이와 달라서
언제나 만나는 곳은 꽃 앞이나 달 아래네

백씨(白氏)는 술 좋아해 손을 멈추지 않고
우군(禹君)은 술 닷 말에야 가슴이 트인다네

이자(李子)는 평생토록 술을 끊지 않고서
눈 들어 술 단지 빈 것 보면 질색한다오

형체 잊고 너 나 하며 천지를 도외시하나니
국생(麴生)은 나에게 참으로 공이 있도다

그대 듣지 못했는가, 천종(千鍾)과 백고(百觚)를
예부터 통음한 자 모두 영웅이었네

즐기면서 득실을 똑같이 보면 되지
일일이 같고 다름을 비교할 것 뭐 있겠소

사람 일 예로부터 어긋남이 많은 법
예구(羿彀)에서 화살을 맞지 않기도

잔을 든 최종지(崔宗之)나
비녀장 던진 진맹공(陳孟公)은

일곱째 찻잔에 겨드랑이에 맑은 바람 인다고 한
노동(盧仝)의 착각을 응당 비웃어 주리라

飮酒一首 同白和父禹德麟作

物情好惡淡且濃　俱出造化爐中鎔
阮孚好屐和嶠錢　達人聞之面發紅
吾徒所好異於此　長向花前月下逢
白氏好飮不停手　禹君五斗方盪胸
李子平生不入務　擧眼厭見金罇空
忘形爾汝外天地　麴生於我良有功
君不聞
千鍾與百觚　　　古來痛飮皆英雄
但可陶陶齊得喪　安用星星較異同

人事古多違　　羿彀或未中
擧觴崔宗之　　投轄陳孟公
應笑盧仝七椀茶　誤疑兩腋生清風
―『가정집』 권14

완부는 나막신을(阮孚好屐)-진(晉)나라 완부가 나막신을 매우 좋아하여
밀랍을 반들반들하게 칠해서 신었다고 한다. · 화교(和嶠)-진(晉)나라의
명신. 그는 돈을 목숨처럼 좋아하고 아껴서, 아끼고 모은 재산이 왕자(王者)와
견줄 만했다고 한다. · 백씨(白氏)-이 시 제목의 백화보(白和父)를
가리키는데 화보(和父)는 백문보(白文寶, ?~1374)의 자(字)이다.
· 우군(禹君)-이 시 제목의 우덕린(禹德麟)을 가리키는데 누구인지
미상이다. · 이자(李子)-시의 작자 이곡 자신을 가리킨다. · 술을 끊지
않고서(不入務)-입무(入務)는 송, 원대의 속어로 금주(禁酒)의 뜻
· 국생(麴生)-술의 별칭 · 천종(千鍾)과 백고(百觚)-1천 잔과 1백 잔.
『공총자』(孔叢子)에 "요순은 천 잔을 마셨고 공자는 백 잔을 마셨으며 자로는
말이 많았으나 열 잔을 마셨으니 옛 성현들은 술을 마실 줄 모르는 자가
없었다"(堯舜千鍾 孔子百觚 子路嗑嗑 尙飮十榼 古之聖賢 無不能飮)라는
구절이 있다. 또 공융(孔融)의 「여조조논금주서」(與曹操論禁酒書)에
"요임금은 천종의 술이 아니면 태평 시대를 세울 수 없었고, 공자는 백고의
술이 아니면 지고의 성인이 될 수 없었다"(堯不千鍾 無以健太平 孔非百觚
無以堪上聖)라는 말이 있다. · 예구(羿彀)-『장자』 「덕충부」(德充符)에 "(활의
명수인) 예(羿)의 사정거리(彀中) 안에서 놀면 한가운데는 화살이 명중하는
곳이다. 그런데도 명중하지 않는다면 그것은 운명이다"(遊於羿之彀中
中央者中地也 然而不中者命也)라는 말이 있다. · 최종지(崔宗之)-두보의
「음중팔선가」(飮中八僊歌)에 "최종지는 깨끗한 미소년이라/술잔 들어
백안(白眼)으로 푸른 하늘 바라보니/맑기가 옥수(玉樹)가 바람 앞에 서 있는
듯"(宗之瀟灑美少年 擧觴白眼望靑天 皎如玉樹臨風前)이라는 구절이 있다.
290면 86번 시 두보의 「술 마시는 여덟 신선」 참조 · 비녀장 던진(投轄)-
한나라 진준(陳遵)이 술을 좋아해서 주연을 크게 벌이곤 했는데, 그때마다

손님들이 가지 못하도록 문을 걸어 잠그고 손님들의 수레바퀴에서
비녀장(轄)을 빼내어 우물 속에 던져 넣었으므로(投), 아무리 급한 일이
있어도 끝내 가지 못했다는 고사가 전한다. 비녀장은 바퀴가 빠지지 않도록
굴대 머리 구멍에 지르는 큰 못이다. 맹공(孟公)은 진준의 자(字)이다.
* 노동(盧仝)-당나라 시인. 노동은 친구가 보내준 양선차(陽羨茶)를 일곱 번
우려 마시면서 그 맛과 느낌을 극찬한 「칠완다가」(七椀茶歌)를 지었는데
그중에 "일곱째 잔은 마시지 않아도/두 겨드랑이 맑은 바람 이는 것을
느끼네"(七碗喫不得 唯覺兩腋習習淸風生)라는 구절이 있다. 최종지나
진맹공이 노동을 비웃는다는 것은, 아무리 좋은 차(茶)라도 술보다는
못하다는 말이다.

옛 사람들은 흔히 술과 차의 우열을 따지곤 했다. 이곡은 이
시에서 술이 차보다 낫다고 말했는데, 이것은 절대적인 기준에
의한 판단이라기보다 경우에 따라 어느 한쪽을 강조해서 말한
것이다. 「취시가」(醉時歌), 「술을 대하고」(對酒) 등의 시에서
술의 공덕을 찬양했던 서거정(徐居正)은 「잠 스님이 작설차를
준 데 대하여 사례하다」(謝岑上人惠雀舌茶)란 시에서는 술을
좋아한 필탁(畢卓)과 여양왕(汝陽王)의 음주가 "어찌 이 작설차
한두 잔을 마신 것만 하랴/두 겨드랑이에 날개 돋아 봉래산을
나는 걸"이라 하여 차가 술보다 낫다고 말했다(서거정의
「취시가」는 99면 29번 시, 「술을 대하고」는 97면 28번 시 참조.
필탁은 102면 30번 시 「술에 취한 뒤에 동년 노삼에게 장난삼아
지어 주다」 참조. 여양왕에 대해서는 290면 86번 시 두보의 「술
마시는 여덟 신선」 참조). 또 「홀로 술을 마시며」(獨酌) 등의
시에서 술을 찬양했던 이행(李荇)도 「공석 김세필이 작설차를

보내 주었기에」(公碩金世弼以雀舌茶見餉)란 시에서는 "가슴속 쌓인 불평을 시원스레 씻자면/일곱 사발 차가 한 표주박 술보다 낫지"라 하여 차가 술보다 낫다고 말했다(「홀로 술을 마시며」는 133면 35번 시 참조). 그러니 구태여 술과 차의 우열을 논할 필요가 없을 듯하다. 술은 술대로 좋고 차는 차대로 좋은 것이 아니겠는가?

이
달
충

李達衷, 1309(고려 충선왕 1)~1385(고려 우왕 11)

자는 지중(止中), 호는 제정(霽亭), 시호는 문정(文靖), 본관은
경주(慶州)이다. 18세에 사마시(司馬試)에 급제한 후 순탄한
벼슬살이를 하다가 57세에 신돈(辛旽)의 배척으로
밀직제학(密直提學)을 끝으로 물러나 77세까지 초야에서 지냈다.
『제정집』(霽亭集)이 전한다.

15   만경루

바다 구경하러 와서 만경대에 오르니
구름안개 같은 파도 하늘 끝서 밀려오네

이 물을 가져다 봄 술을 빚는다면
어찌 하루에 삼백 잔으로 그치랴

萬景樓

觀海來登萬景臺　雲濤煙浪接天來
若將此水變春酒　何止日傾三百盃
—『제정집』 권1

_____

만경루(萬景樓)-강원도 간성군(杆城郡)에 있는 누각 · 삼백 잔(三百盃)-
이백의 「장진주」(將進酒)에 "양 삶고 소 잡아 즐길 일이니/한 번에 모름지기
삼백 잔은 마셔야지"(烹羊宰牛且爲樂　會須一飮三百杯)라는 구절과, 또
이백의 「양양가」(襄陽歌)에 "백 년 삼만 육천 일을/하루에 모름지기 삼백
잔을 마셔야지"(百年三萬六千日 一日須傾三百杯)라는 구절이 있다. 266면
77번 시 「장진주」와 280면 82번 시 「양양가」 참조

중국에서는 주량이 큰 사람을 '하이량'(海量)이라 부른다. 바닷물처럼 많은 양의 술을 마신다는 뜻이다. 만경대에 올라 눈앞에 펼쳐진 바닷물로 술을 빚었으면 좋겠다고 한 이달충은 분명 '하이량'이었을 것이다.

전
록
생

田祿生, 1318(고려 충숙왕 5)~1375(고려 우왕 1)

자는 맹경(孟耕), 호는 야은(壄隱), 본관은 담양(潭陽)이다. 충혜왕
때 정동성 향시에 합격하여 벼슬이 정당문학, 문하평리(門下評理)
에 이르렀다.

16 　영호루에서 차운하다

북으로 송도(松都)를 바라보니 겹겹이 산이요
누각이 높으니 나그네 한(恨) 점점 더하네

중선(仲宣)은 부(賦)를 지어 내 고향 아니라 했고
강엄(江淹)은 돌아가려도 정작 집에 못 갔네

버들은 시름 속에 잔가지를 흔들어 대고
개나리는 난리 뒤 첫 꽃을 피웠네

저 강물이 봄 술로 변할 수 있다면
가슴속 찌꺼기를 한번 씻어 낼 텐데

暎湖樓次韻

北望松都疊嶂多　樓高客恨轉來加
仲宣作賦非吾土　江淹思歸未到家
楊柳自搖愁裏線　辛夷初發亂餘花
若爲江水變春酒　一洗胸中滓與査
—『동문선』권15

67

중선(仲宣)-왕찬(王粲, 177~217)의 자(字)인데 그는 한말(漢末)의 어지러운 정국을 맞아 장기간 타향에 우거하면서 시국을 아파하고 고향을 그리워하는 「등루부」(登樓賦)를 지었다. 그 내용 중에 누각에서 바라본 풍경이 "비록 아름답지만 내 고향이 아니로다"(雖信美而非吾土)란 구절이 있다.
• 강엄(江淹)-444~505. 육조(六朝) 시대에 송(宋), 제(齊), 양(梁) 등지에서 벼슬하느라 떠돌며 고향을 그리워하는 시를 많이 지었다. 이러한 왕찬과 강엄의 처지가 자신과 비슷하다고 느껴서 시에 언급한 것이다.

1361년 홍건적이 침입했을 때 공민왕은 복주(福州: 지금의 안동)로 피난했는데 그때 전록생은 왕을 호종(扈從)하여 복주에 있었다. 이 작품은 그가 복주에 있는 영호루에 올라 멀리 수도 송도를 바라보며 시국을 근심하면서 쓴 시이다. 강물을 술로 변하게 해서 마시고 싶다고 한 데에서 당시 그의 근심이 얼마나 깊었는가를 짐작할 수 있다. 예나 지금이나 가슴속 근심을 씻어 내는 데에는 술만 한 것이 없나 보다.

이
색

李穡, 1328(고려 충숙왕 15)~1396(조선 태조 5)

자는 영숙(穎叔), 호는 목은(牧隱), 시호는 문정(文靖), 본관은
한산(韓山)이다. 일찍이 원나라의 국자감 생원이 되어 성리학을
연구했고 이어 정동성 향시와 원나라 전시(殿試)에 합격함으로써
문명을 떨쳤다. 1367년에는 성균관 대사성이 되어
김구용(金九容), 정몽주, 이숭인(李崇仁) 등 신진 사인을 학관으로
채용하여 성리학 보급에 앞장섰다. 이성계(李成桂) 일파와 노선을
달리하여 만년에는 여러 곳으로 유배되었다.
『목은문고』(牧隱文藁), 『목은시고』(牧隱詩藁)가 전한다.

25일을 기한으로 주금(酒禁)이 시작되었는데 술을
전송하는 것이 마치 사람을 전송하는 것과 같아서
헤어질 때 하나는 동쪽으로 가고 하나는 서쪽으로
등을 돌려서 달려간다. 비록 서로 만날 기약이 있어
조석 간에 기다릴 수는 있지만 회포의 언짢음은
말하지 않아도 알 것이다. 목은 늙은이는 몹시
가난하여 마치 사람이 사람을 전송할 때와 같이
한갓 말만 해 줄 뿐이니, 국선생(麴先生)은 이
늙은이를 용서할지어다

오늘 저녁이 어떤 저녁인가
원망하는 마음이 일어나다니

사랑하는 벗 국선생이
쫓겨나 가는 길에 차마 떠나지 못하네

강산은 참담하여 빛을 잃었고
새들은 서로 좇아 날아가누나

성조(聖朝)에선 사철 기후 순조로워서
역사에 흉년 기록 드물거니와

바람 앞에 노래하고 달 아래 춤추자면

그대 없이 누구와 함께 하리오

하루아침에 멀리 떠나는 길엔
화(禍)도 복(福)도 틈타서 일어날 텐데

헤어지는 마당에 이 시를 주다니
내 도리가 아님이 조금은 한스럽네

하늘은 노련한 안목이 있어
드러남도 알고 은미함도 알거니

원컨대 속히 서로 만나게 하여
나에게 술의 덕을 입게 하소서

酒禁限卄五日 送酒如送人 分袂之際 一東一西 背之而走
雖其相逢有期 旦暮可待 然其懷抱之惡 不言可知也 牧翁貧甚
如人送人 徒以言贈 麴先生其恕之

今夕是何夕　我心如有違
愛友麴先生　見逐行依依
江山慘無色　禽鳥相隨飛
聖朝調玉燭　史罕書年饑
歌風與舞月　非生誰與歸

一旦萬里去　禍福皆乘機

臨分有此贈　稍恨吾道非

天公有老眼　知彰又知微

願令速相會　使我親德輝

—『목은시고』권22

국선생(麴先生)-술을 의인화하여 부르는 명칭. '국'(麴)은 누룩. 이규보의
「국선생전」과 임춘의 「국순전」(麴醇傳)은 술을 의인화한 가전체(假傳體)
작품이다. • 사철 기후 순조로워서(玉燭)-옥촉(玉燭)은 사철의 날씨가 고르고
화창하여 일월이 환히 비치는 것을 말한다.

옛날엔 흉년이 들면 곡식을 아끼기 위해 조정에서 금주령을
내렸는데, 금주령이 내려 술을 마시지 못하게 되자 시인은 술을
의인화한 국선생과 이별하면서 아쉬운 심정을 노래하고 있다.
시인은 국선생을 '사랑하는 벗'이라 했고 그가 금주령으로 인해
'쫓겨난다'고 했으며 국선생을 떠나보내는 상황을 "강산은
참담하여 빛을 잃었다"고 했다. 그가 평소에 술을 얼마나
사랑했는지를 짐작할 수 있다.

18   또 짓다

국생(麴生)의 풍미는 맑고 한가로운데
유배당한 연래에는 매양 낯이 두껍네

종사(從事)는 의기양양 전택(田宅)에서 노닐고
독우(督郵)는 자취 감춰 세속에 숨었네

친구의 많고 적음은 내부에서 나오지만
품격 고하 논하는 덴 절로 차이 있다오

유배 풀려 돌아오고 풍년도 들거든
노래하고 춤추며 그대 돌아온 걸 위로하리라

又賦

麴生風味儘淸閑   被謫年來每厚顏
從事揚翹游田第   督郵屛跡隱煙寰
結交衆寡非由外   論品高低自有間
待得賜環年亦熟   舞衫歌扇慰渠還
  ―『목은시고』권22

국생(麴生)-국선생을 가리킨다. • 종사(從事), 독우(督郵)-종사는
청주종사(青州從事)로 청주(清酒)를 가리키고, 독우는
평원독우(平原督郵)로 탁주(濁酒)를 가리키는 은어(隱語)다. 청주와 평원은
지명이고 종사와 독우는 관직명이다. 청주에 '제'(齊)라는 고을이 있는데
'제'(臍: 배꼽)와 음이 같다. 좋은 청주를 마시면 배꼽까지 내려간다고 해서
붙여진 별명이다. 또 평원에 '격'(鬲)이란 고을이 있는데 '격'(膈: 가슴)과 음이
같다. 탁주를 마시면 가슴까지만 내려간다는 뜻으로 붙여진 별명이다.

역시 금주령이 내렸을 때 술을 의인화한 국생과의 이별을
아쉬워하며 유배에서 풀려 돌아오기를 염원하는 시이다.

19   도중에

술 마시는 그 맛이 가장 길고 깊은데
아침에 술 세 말, 마치 여양(汝陽) 같다네

해장술은 본디 잘 깨지 않는 것이라
인간 세상 이르는 곳마다 취향(醉鄕)이로세

途中

飮中有味最深長　三斗朝傾似汝陽
卯酒自然醒不得　人間到處醉爲鄕
―『목은시고』권3

여양(汝陽)-당나라 현종(玄宗)의 형 이헌(李憲)의 아들로 여양왕(汝陽王)에
봉해졌다. 두보의 「술 마시는 여덟 신선」(飮中八僊歌)에 "여양왕은 술 세
말에 비로소 조천(朝天)하고/길에서 누룩 수레 보면 입에서 침
흘리며/주천(酒泉) 태수 못 됨을 한탄한다네"라는 구절이 있다. 290면 86번
시 두보의 「술 마시는 여덟 신선」 참조・해장술(卯酒)-묘시(卯時)에 마시는
술, 곧 해장술을 말한다. 묘시는 새벽 다섯 시에서 일곱 시 사이・취향(醉鄕)-
21면 왕적의 「취향기」 참조

"해장술은 본디 잘 깨지 않는 것"이라 했다. 그러니 그가
새벽부터 해장술을 마시는 것은 하루 종일 깨지 않고 취해 있고
싶었기 때문일 것이다. "아침에 술 세 말"을 마신다는 말은 다소
과장된 표현이겠지만 여기에는 자신이 "술 세 말에 비로소
조천(朝天)한" 여양왕과 같다는 자부심이 깔려 있다. 한국판 「술
마시는 여덟 신선」을 쓴다면 이색은 여덟 신선의 상위권에
충분히 들어갈 만하다.

하루라도 술 없으면 안 되지만
마실 땐 반 잔만 많아도 안 된다네

화기(和氣)를 끌어들여 더러운 기운 씻는 것이
은하수 끌어다 무기 씻듯 하겠지만

달다고 마구 마셔 술주정에 이른다면
백약(百藥)도 그 고질병 고칠 수 없네

인인(仁人)과 의사(義士)는 예로써 절제하나
광부(狂夫), 호객(豪客)은 푹 빠져 화기를 잃고 마네

청산이 좌석 가득 고요한 한낮에
문 앞에 귀인이 수레 타고 왕림할 때

신발 거꾸로 신고 맞아 이석투수(以石投水)할 때에
이 잡으며 좌담하고 칼날 갈 때 마시나니

이것이 과연 누구의 힘인가
국생(麴生)의 풍도요 국생의 포용력이네

조정에서 주연(酒宴) 열면 천지가 편안하고
상하 사방 모두가 안락한 집이 되리

우리 백성 몰아서 수역(壽域)에 들게 하면
나 또한 남훈가(南熏歌) 지어 바치리

酒

酒不可一日無　　飮不可半盞多
導行和氣滌邪穢　　如洗甲兵挽天河
或甘於口至於酗　　百藥無計痊沈痾
仁人義士節以禮　　狂夫豪客流失和
靑山滿座白日靜　　門前或値高軒過
倒屣相迎石投水　　捫蝨坐談霜磨戈
是誰之力也歟哉　　麴生之風兮麴生之蘗
朝廷燕享天地泰　　六合便爲安樂窩
驅我生靈入壽域　　我亦製進南熏歌
一『목은시고』권33

은하수~하겠지만(如洗甲兵挽天河)-두보의 「세병행」(洗兵行)에 "어찌하면
장사를 얻어 은하수 끌어다/갑옷, 무기 깨끗이 씻어 길이 쓰지 않게
할까"(安得壯士挽天河 淨洗甲兵長不用)라는 구절을 변용시킨 것이다.

「세병행」은 다시는 전쟁이 일어나지 않기를 바라는 내용의 시이다.

• 신발~때에(倒屣相迎石投水)-신발 거꾸로 신고 맞는다는 말은 반가운 손님을 맞는다는 뜻. "石投水"는 장량(張良)이 황석공(黃石公)의 병법을 터득하고 나서 군웅(群雄)에게 유세할 적에는 마치 물을 돌에 던지는 것처럼 받아들여지지 않았으나(以水投石 莫之受), 한고조(漢高祖)에게 유세를 하자 마치 돌을 물에 던지는 것처럼 모두 받아들여졌다(以石投水 莫之逆)는 이야기에서 유래한다. • 이 잡으며~마시나니(捫蝨坐談霜磨戈)-전진(前秦)의 왕맹(王猛)이 은거하며 때를 기다리고 있다가 동진(東晉)의 대장군 환온(桓溫)을 찾아가 천하 대사를 의논할 적에, 누더기옷에서 이를 잡아 죽이면서 기탄없이 담론을 했던 고사. 천하 대사를 논하고 국가를 위하여 칼을 갈 때 술을 마신다는 뜻이다. • 수역(壽域)-인수(仁壽)의 영역, 곧 태평한 세상을 말한다. • 남훈가(南薰歌)-순임금이 오현금(五絃琴)을 처음으로 만들어 남풍가(南風歌)를 지어 부르면서 "남쪽 바람 훈훈하니, 우리 백성의 수심 풀어 줄 수 있겠도다. 남풍이 제때에 불어오니, 우리 백성의 재산을 늘려 줄 수 있겠도다"(南風之薰兮 可以解吾民之慍兮 南風之時兮 可以阜吾民之財兮)라고 노래했다는 고사가 전한다. 이색의 시에서 남훈가는 남풍가를 말한다.

이색은 지나친 음주를 경계하면서도 술의 공덕에 대해서는 무한한 신뢰를 보인다. 그는 기본적으로 술 예찬론자이다.

21 시와 술

술은 하루도 없어선 안 되고
시는 하루도 그만둘 수 없어라

인인(仁人)과 의사(義士)는 마음이 괴로워서
시 쓰려도 쓰지 못할 듯, 술 끊으려도 끊지 못하네

상수(湘水)의 혼은 물에 잠겨 강물엔 파도 없고
촉제(蜀帝)의 넋은 소쩍소쩍 산엔 달이 걸려 있어

손으로 큰 술잔 당기니 바닷물이 출렁이듯
입으로 긴 시구 읊으니 번개가 번쩍이듯

내 큰 뜻 몽땅 가져다 뜬구름에 부쳤거니
잠깐의 생멸(生滅)을 따질 것 없네

인간에게 시와 술 그 공이 첫째로세
위태할 때 얼마나 명철보신(明哲保身)해 주었나

술에는 광(狂)이 있고 시에는 마(魔)가 있어
예법이 감히 어찌 귀찮게 하리

명예 그물 벗어나면 그게 곧 낙원이라
강산풍월 모두가 한가롭기만

詩酒歌

酒不可一日無	詩不可一日輟
仁人義士心膽苦	欲寫未寫絶未絶
湘魂沈沈水無波	蜀魄磔磔山有月
手引深杯蒼海翻	口吟長句飛電決
盡將磊落付雲虛	不向須臾辨生滅
人間詩酒功第一	多少危時保明哲
酒有狂詩有魔	禮法不敢煩麾呵
身逃名網卽樂土	江山風月俱婆娑

—『목은시고』 권12

상수(湘水)의 혼(湘魂)-굴원이 상수에 몸을 던져 죽어서 그 억울한 혼이 물에
잠겨 있다는 말. • 촉제(蜀帝)의 넋(蜀魄)-옛날 촉나라 임금 두우(杜宇)가
신하에게 왕위를 물려주고 죽어서 두견새가 되었는데 달 밝은 밤이면 나라
잃은 원한으로 슬피 울었다고 한다. 그래서 두견새를 촉백이라 한다. 굴원과
두우를 생각하면 시를 쓰지 않을 수 없고 술을 마시지 않을 수 없다는 뜻이다.

이색은 6천여 수의 시를 남긴 대문호(大文豪)일뿐 아니라

누구에게도 뒤지지 않은 대주호(大酒豪)였다. 이렇게 그에게서 시와 술은 불가분의 관계에 있다. 시벽(詩癖)과 주벽(酒癖)을 함께 지녔다던 이규보가 환생한 듯하다.

22 아침밥

아침밥은 담박하면 그걸로 만족해
거친 밥에다 국 한 사발인데

아내가 새로 빚은 술 있다면서
알뜰한 정으로 올리기를 청하네

겨울 추위가 오늘 유독 심한데
이로써 병든 몸 추스를 수 있겠고

사기(邪氣)를 물리치고 정기(正氣)를 보충하니
술 올리는 사리가 틀리지 않네

하얀 쌀밥은 티 없이 깨끗하고
좋은 술은 흘러내린 양유(羊乳) 같아라

취한 맛 배부른 맛 두 가지를 겸하니
부유하기 도성에서 으뜸이로세

어찌 알리오 누항(陋巷)의 즐거움이
안연(顏淵)의 어리석음을 이끌어 낸 줄을

정신이 세상에 널리 퍼져서
하늘과 땅이 내 몸이 되어

술 마시니 오묘한 도에 합하고
마음은 요순시대로 돌아간다네

晨飡

晨飡淡自足　齇糠羹一盂
婦言有新酒　請進情區區
冬寒今日甚　庶以調病軀
却邪補正氣　事理誠非迂
白粲瑩無累　醲波如流酥
醉飽信兼味　豪富傾皇都
那知陋巷樂　足發顏淵愚
精神旋流通　天地爲脽尻
斟酌合妙道　方寸回唐虞
―『목은시고』권10

_____

누항(陋巷)의 즐거움(陋巷樂)-『논어』「옹야」(雍也)에 "공자가 말하기를,
어질도다 안회(顏回)여! 한 그릇의 밥과 한 표주박의 물을 마시며 누추한
방에 사는 것을 사람들은 그 근심을 견디지 못하는데, 안회는 그 즐거움을

고치지 않으니, 어질도다 안회여!"(子曰 賢哉回也 一簞食一瓢飲 在陋巷 人不堪其憂 回也不改其樂 賢哉回也)라는 구절이 있다. • 안연(顔淵)의 어리석음(顔淵愚)-『논어』「위정」(爲政)에 "공자가 말하기를, 내가 안회와 함께 하루 종일 이야기하는데 반문(反問)이 없어 어리석은 사람 같았다. 그러나 물러간 뒤 그 사생활을 살펴보니 내가 말한 도리를 충분히 밝혀낸다. 안회는 어리석은 사람이 아니다"(子曰 吾與回言終日 不違如愚 退而省其私 亦足以發 回也不愚)라는 구절이 있다. 안회는 공자의 수제자로 자(字)가 자연(子淵)인데 통칭 안연으로도 불린다. • 내 몸(脽尻)-수고(脽尻)는 본래 '엉덩이'란 뜻인데, 하늘과 땅이 나의 엉덩이가 된다는 말은 술을 마심으로써 나와 천지가 하나가 된다는 뜻이다.

아내가 아침 밥상에 술을 내왔다. 아내가 차린 밥과 술을 먹으니 그는 도성에서 제일 큰 부자가 된 듯하다고 했고 안회와 같은 누항의 즐거움을 느낀다고 했다. 그리고 마음이 요순시대로 돌아간 듯 태평하다고 했다. "거친 밥, 국 한 사발"의 소박한 아침 밥상에 곁들인 술 한 잔에서 지락(至樂)을 누리는 이색의 모습을 상상해 볼 수 있다.

23 취향

취향은 참으로 즐거운 고장이라
물아(物我)가 다 함께 망형(忘形)의 경지이니

여기선 세월이 느리지도 빠르지도 않고
강산은 절로 그윽하고 아득해

한 몸이 큰 은혜 흠뻑 입은 듯
두 귀엔 천둥소리도 들리질 않네

늘그막엔 세상을 피하려 하노니
어떤 이가 청안(靑眼)을 지니고 있을까

醉鄕

醉鄕眞樂土　物我共忘形
日月無遲疾　江山自杳冥
一身渾雨露　雙耳絶雷霆
老境將逃世　何人眼作靑
一『목은시고』 권23

86

취향(醉鄕)-21면 왕적의 「취향기」 참조 • 물아(物我)-너와 나. 사물과 나
• 망형(忘形)-물아를 초월하여 내 몸이 있다는 것을 잊는 경지
• 천둥소리(雷霆)-진(晉)나라 죽림칠현의 일원인 유령이 「주덕송」에서 술에
취한 경지를 "조용히 들어도 우렛소리 들리지 않고, 자세히 보아도 태산의
형체가 보이지 않는다"(靜聽不聞雷霆聲 熟視不見泰山之形)라 했다. 32면
유령의 「주덕송」 참조 • 청안(靑眼)-죽림칠현의 일원인 완적(阮籍)은 두
종류의 눈을 가져 싫은 사람은 백안(白眼)으로 보고 반가운 사람은
청안(靑眼)으로 보았다고 한다. 그가 모친상을 당했을 때 혜강(嵇康)의 형
혜희(嵇喜)가 왔을 땐 그가 조정의 관리이기 때문에 백안으로 맞고 혜강이
술과 거문고를 들고 왔을 땐 청안으로 맞았다고 한다.

원
천
석

元天錫, 1330(고려 충숙왕 17)~?

자는 자정(子正), 호는 운곡(耘谷), 본관은 원주이다. 고려 말의
혼란을 개탄하고 치악산에서 은둔했다. 태종이 즉위한 후 여러
차례 불렀으나 응하지 않았다고 한다.

24   금주령이 내렸는데 제호 소리가 들리다

이미 도연명더러 다객(茶客)이 되라 하였으니
더 이상 고양(高陽)에 술꾼 모일 일 없어라

나라에서 금주령 내린 줄 산새는 모르고서
숲 너머에서 때때로 술 마시라 권한다

國有禁酒之令 聞提胡鳥

已敎元亮爲茶客　　無復高陽會酒徒
山鳥不知邦國令　　隔林時復勸提胡

도연명(元亮)−원량(元亮)은 도연명의 자(字). 이 구절은 술을 좋아한
도연명도 금주령 때문에 차만 마신다는 뜻이다. • 고양(高陽)에
술꾼(高陽酒徒)−진말(秦末)에 역이기(酈食其)가 유방(劉邦)에게 나아가
"저는 고양의 술꾼이지 선비가 아닙니다"(吾高陽酒徒也 非儒人也)라고 말한
데서 유래한 것으로 '술을 즐기고 아무것에도 얽매이지 않는 사람'의 뜻으로
쓰인다. 고양은 역이기의 출신 고을이다. • 산새(山鳥)−제호로(提胡蘆) 또는
제호로(提壺蘆)라는 새로, 그냥 제호(提胡), 제호(提壺)로 표기되기도 한다.
제호(提壺)는 '술잔을 들다'의 뜻이기 때문에 시인들에 의하여 이 새의 울음이
술을 권한다는 의미로 사용되었다.

금주령으로 술을 마시지 못한다는 건 애주가들에게 견디기 어려운 일인데, 제호 새의 울음소리가 술 생각을 더욱 간절하게 한다.

이
숭
인

李崇仁, 1347(고려 충목왕 3)~1392(고려 공양왕 4)

자는 몽가(蒙哥), 자안(子安), 호는 도은(陶隱), 시호는 문충(文忠),
본관은 성주(星州)이다. 1368년 문과에 급제하여 여러 관직을
거쳤으나 고려 말의 어지러운 정국에서 46세에 영남으로 유배
가는 도중 장살(杖殺)되었다. 『도은집』(陶隱集)이 전한다. 시문에
뛰어났다.

25   산옹을 찾아갔으나 만나지 못하고 유찬 선생

공무에 틈을 내어 말을 몰고 왔는데
긴긴 날 사립문만 저 홀로 열려 있네

승방(僧房)에서 불법(佛法)을 묻고 있지 않다면
응당 술집에서 술잔 물고 취했겠지

尋散翁不遇 兪先生瓚

公餘策馬訪君來　晝永柴扉獨自開
若不僧房留問法　定應酒社醉銜杯
―『도은집』권3

―――――――――

고려 말의 혼탁하고 살벌한 정치판에 환멸을 느끼고 맑고
깨끗한 세계를 동경했던 이숭인은 승방과 술집을 오가며
한적하게 살아가는 산옹(散翁)이 더없이 부러웠을 것이다.

서거정

徐居正, 1420(세종 2)~1488(성종 19)

자는 강중(剛中), 호는 사가정(四佳亭), 시호는 문충(文忠), 본관은
달성(達城)이다. 25세 때 문과에 급제한 후 요직을 두루 거쳤으며
특히 홍문관(弘文館) 대제학(大提學)으로 23년간 문형(文衡)을
잡아 국가의 문한(文翰)을 관장했다. 『동문선』(東文選),
『삼국사절요』(三國史節要), 『동국통감』(東國通鑑) 등의 편찬을
주도했으며 『동인시화』(東人詩話),
『태평한화골계전』(太平閑話滑稽傳), 『필원잡기』(筆苑雜記) 등의
저술을 남겼다.

26   봄날의 시름

끝없는 봄 시름은 뿌리와 넝쿨 있어
해마다 생겨나서 끊어지질 않는다네

크게는 천지에 차고 잘게는 털 속에 들어와
푸른 봄 내내 시름하지 않는 날이 없네

노래하고 춤추는 대각(臺閣)엔 들어갈 길 없기에
궁한 마을 유인(幽人)을 찾아오누나

유인은 피하려도 피할 곳이 없는데
시름만이 신의(信義) 있어 신의 또한 빌미로세

예로부터 천지간에 시름이 없었다면
백발 또한 내 머리를 속이지 못했으리

나의 소원은 봄 강물을 맑은 봄 술로 변화시켜
만고에 우뚝한 시름의 성을 깨끗이 씻어 버리는 것

시름은 절로 시름이요 취함은 절로 취함이니
시름 속에 살든가 취해 죽든가, 둘 중에 하나를 택할 수밖에

春愁

春愁綿綿有根蔓	年年歲歲生不斷
大盈六合細入髮	無有靑春不愁日
歌臺舞閣入無因	却來窮巷尋幽人
幽人欲避避無地	愁獨有信信亦祟
古來天地若無愁	白髮亦不欺吾頭
我願春江變作春酒淸	洗盡崢嶸萬古之愁城
愁自有愁醉自醉	愁生醉死君擇二

—『사가시집』(四佳詩集) 권5

유인(幽人)-그윽한 곳에서 은거하는 사람 즉 시인 자신 • 시름만이
신의(信義) 있어(愁獨有信)-시름은 신의가 있어서 어김없이 찾아오고 그것이
빌미가 되어 또 시름이 생긴다는 뜻

예로부터 많은 사람들은 시름을 씻어 내기 위해서 술을
마신다고 했다. 서거정은 끊임없이 찾아오는 시름을 씻기
위하여 술을 마시고 또 마신다. 이렇게 술을 마시다가는
죽을지도 모른다. 그러나 그는 "시름 속에 살든가 취해 죽든가,
둘 중에 하나를 택할 수밖에" 없다고 했다. 과연 어느 길이 옳은
것인가?

95

27   술을 전송하다

환백(懽伯)아, 오늘 아침 너를 떠나보내고
봄바람 속에 돌아보며 차마 헤어지지 못할 마음

서로 다시 만날 곳을 은근히 기약하자
메벼가 향기롭고 쏘가리 살찌는 때에

送酒

懽伯今朝送爾歸　春風回首思依依
殷勤更約相逢處　秔稻香時鱖子肥
—『사가시집』권20

환백(懽伯)-술의 별칭. 사람을 즐겁게(懽) 해 주는 우두머리(伯)라는 뜻

금주령으로 술을 마시지 못하게 되자 술을 의인화한 환백과
아쉬운 작별 인사를 하는 시이다. 술에 대한 애틋한 정이
묻어나 있다.

28   술을 대하고

형체와 그림자 서로 따라, 나는야 외로운데
눈에 스친 세월은 사마(駟馬)가 틈새 지남 같구나

백발에 공명은 적막하기만 한데
학덕 높은 원로들은 절반이 시들었네

쇠털같이 일 많으니 술이나 마셔야지
와각(蝸角) 위의 삶인데 술 깰 필요 없다네

백 년을 보내는데 시와 술이 있으니
남극노인성(南極老人星)을 기다려서 보련다

對酒

撫躬携影我零丁   過眼流光隙駟經
白髮功名成落莫   靑雲耆舊半彫零
牛毛萬事唯須醉   蝸角一生不用醒
斷送百年詩酒在   待看南極老人星
―『사가시집』 권29

97

사마(駟馬)-네 마리의 말을 의미한다.『묵자』(墨子)「겸애」(兼愛)에 "사람이 땅 위에 사는 기간은 얼마 안 되어 비유컨대 네 마리 말이 끄는 수레가 벽 틈새를 지나는 것과 같다"(人之生乎地上之無幾何 譬之猶駟馳而過隙也)는 말이 있는데 세월이 매우 빠름을 비유한 것이다. • 와각(蝸角)-『장자』「칙양」(則陽)에 "달팽이(蝸) 왼쪽 뿔(角)에 나라를 세운 자를 촉씨라 하고 오른쪽에 나라를 세운 자를 만씨라 하는데 때때로 땅을 다투어 전쟁을 일으켜 죽은 자가 수만 명이나 되었다"(有國於蝸之左角者 曰觸氏 有國於蝸之右角者 曰蠻氏 時相與爭地而戰 伏尸數萬)라는 구절이 있다. 사소한 일로 부질없이 다투는 세상사를 비유한 것이다. • 백 년을 보내는데(斷送百年)-한유(韓愈)의 시 「견흥」(遣興)에 "일생을 보내는 데는 술이 있을 뿐이오"(斷送一生唯有酒)라는 구절이 있다.

• 남극노인성(南極老人星)-이 별이 나타나면 천하가 태평하고 나타나지 않으면 병란(兵亂)이 일어난다고 한다. 또 옛사람들은 이 별이 사람의 수명을 관장한다고 해서 수성(壽星)이라 불렀다.

29 취시가

백 년이 삼만에 육천 일이요
하루가 또한 열두 시간인데

삼만 육천 번의 열두 시간 동안
술을 두고 안 마시면 무엇 하리오

이백은 날마다 삼백 잔씩 마셨으니
풍류 호기 참으로 타고났도다

슬프다, 굴평(屈平)은 달관자(達觀者)가 아니기에
일생을 언제나 홀로 깬 사람 되었도다

醉時歌

百年三萬六千日　一日亦復十二時
三萬六千十二時　有酒不飮知何爲
李白日傾三百杯　風流豪氣由天眞
哀哉屈平非達者　一生長作獨醒人
—『사가시집』권51

99

이백은~마셨으니-64면 15번 시 이달충의 「만경루」 참조 · 굴평(屈平)-굴원. 원(原)은 굴평의 자인데 일반적으로 굴원으로 통칭한다. 이 부분은 55면 굴원의 「어부사」 및 53면 13번 시 이제현의 「단오」 참조

굴원은 애국 충절의 화신으로 후대 유자(儒者)들이 높이 받드는 인물이다. 그러나 그가 「어부사」에서 "뭇 사람들 모두 취했는데 나만 홀로 깨었네"라 말한 것에 대해서는 애주가들이 한결같이 긍정적인 시선을 보내지 않는다. 그래서 이 시에서도 굴원을 "달관자가 아니"라 했고 이백에 대해서는 "풍류 호기 참으로 타고났다"라 말하고 있다. 백 년 삼만 육천 일, 즉 한평생 하루도 빠짐없이 술을 마시겠다고 한 서거정은 고려의 이규보, 이색을 이은 조선의 주선(酒仙)이라 할 만하다.

이
승
소

李承召, 1422(세종 4)~1484(성종 15)

자는 윤보(胤保), 호는 삼탄(三灘), 시호는 문간(文簡), 본관은
양성(陽城)이다. 26세에 문과에 장원급제한 후 성균관
대사성(大司成), 이조판서 등을 역임했으며 신숙주(申叔舟),
강희맹(姜希孟) 등과 함께 『국조오례의』(國朝五禮儀)를 편찬했다.

후온(后媼)은 술 좋아해 땅엔 주천(酒泉) 있으며
천옹(天翁)은 술 좋아해 하늘엔 주성(酒星) 있네

술 좋아한 하늘과 땅 기운 한층 더하여
그 기운 모여서 도연명과 유령 됐네

도연명은 멀어지고 유령이 죽고 나니
취향(醉鄉)은 적막하여 사람들 다 깨어 있네

선생은 천 년 뒤에 그분들의 뒤를 이어
술집에서 질탕하게 항상 취해 있구려

순우곤(淳于髡)의 한 섬 술을 어찌 족히 헤아리랴
술독 사이 이부(吏部)라야 맞상대가 될 만하네

술 얼큰히 취하면 큰소리로 노래하며
두 호걸을 굽어보니 마치 벌레 같도다

귀 있어도 우렛소리 들을 수 없고
눈 있어도 태산 모습 보이지 않네

스스로 이내 몸을 음중선(飮中仙)이라 칭하고
공명이 무엇인줄 알지 못하네

흐르는 백 년 세월은 잠시 머무는 것일 뿐
어찌 능히 얽매여서 일생을 보내리오

선생의 이 뜻 속에 참된 도(道)가 있는데
세상 사람 골몰한 꼴 우습기 짝이 없네

醉後戲贈魯同年參

后嫗愛酒有酒泉	天翁愛酒有酒星
一段愛酒乾坤氣	鍾爲淵明與劉伶
淵明旣遠劉伶死	醉鄕寂寞人人醒
先生千載嗣遺音	跌宕酒肆常沈冥
淳于一石何足數	瓮間吏部猶抗衡
酒後耳熱歌鳴鳴	俯視二豪如螟蛉
有耳不聞雷霆響	有目不見泰山形
自稱儂是飮中仙	不知何者爲功名
百年悠悠如寄耳	安能羈束送吾生
先生此意眞有道	笑殺世人徒營營

—『삼탄집』(三灘集) 권2

동년(同年)-같은 해에 함께 급제한 사람 • 후온(后媪)-땅 • 천옹(天翁)-하늘 • 주천(酒泉), 주성(酒星)-262면 75번 시 이백의 「달 아래서 홀로 술을 마시며」 제2수 참조 • 유령(劉伶)-29면 5번 시 이규보의 「속장진주가」 및 32면 유령의 「주덕송」, 34면 이한의 「유령해정」 참조 • 취향(醉鄕)-19면 1번 시 이인로의 「취향」 및 21면 왕적의 「취향기」 참조 • 순우곤(淳于髡)-그는 당시 죄인과 동일시되던 하층계급인 데릴사위(贅婿)였지만 뛰어난 변설(辯說)로 왕을 감복시켰다. 한번은 제나라 위왕(威王)이 "그대는 어느 정도 마셔야만 취하시오?"라 하니 촛불이 꺼진 상태에서 미녀가 옆에 있으면 한 섬을 마실 수 있다고 답했다는 얘기가 전한다. • 술독 사이 이부(瓮間吏部)-이부(吏部)는 동진(東晉) 때 이부랑(吏部郎)을 지낸 필탁(畢卓)인데 그는 공무(公務)를 돌보지 않을 만큼 술을 좋아했다. 어느 날 저녁 이웃집에 술이 익자 몰래 들어가 술독 사이에서 술을 훔쳐 먹다가 주인에게 붙잡혔다. 이튿날 보니 이부랑이어서 곧 풀어주니 그는 주인과 함께 술독 옆에서 실컷 마시고 헤어졌다. • 두 호걸(二豪)-유령이 「주덕송」에서 술에 취한 경지를 "두 호걸이 옆에 서 있어도 마치 나나니벌이나 뽕나무벌레 같도다"(二豪侍側焉 如蜾蠃之螟蛉)라 한 데서 따온 말. 유령의 「주덕송」 참조 • 귀 있어도~없고-유령의 「주덕송」 참조

노삼(魯參)이 누구인지는 분명치 않으나 그가 술을 무척 좋아했다는 사실은 분명하다. 이승소는 그가 천하의 술꾼인 도연명과 유령을 이었으며 순우곤과 필탁에 견줄 만하다고 했다. 그러한 노삼에게 그는 무한한 존모(尊慕)의 뜻을 실어 이 시를 썼다.

김
시
습

金時習, 1435(세종 17)~1493(성종 24)

자는 열경(悅卿), 호는 매월당(梅月堂), 동봉(東峯), 시호는
청간(淸簡), 본관은 강릉(江陵)이다. 수양대군이 왕위를 찬탈하자
승려가 되었다가 환속하여 결혼도 했으나 전국을 방랑하며
지내던 중 무량사(無量寺)에서 일생을 마쳤다. 이른바
생육신(生六臣)의 일원이다. 『매월당집』과 전기소설(傳奇小說)
『금오신화』(金鰲新話)가 전한다.

31   도연명 음주시에 화답하다 제3수

대도(大道)가 이미 행해지지 않으니
뉘 더불어 속마음을 펼쳐 보리오

술은 모든 근심 없애 주리니
죽은 뒤의 이름이야 돌아보지 않으리

혼자서 따르고 또 혼자서 마시며
유유히 한평생 즐겁게 지내야지

복사꽃 오얏꽃 바라보다가
갑자기 가을바람에 문득 놀라네

사철은 어김없이 바뀌어 가지만
헛되이 머물면서 이룬 것 없네

和淵明飮酒詩 二十首

大道旣不行　誰與抒中情
酒可祛千慮　不顧身後名
自酌復自飮　逍遙歡平生

106

已見桃李花　忽爾秋風驚
冉冉時代序　淹留空無成
—『매월당시집』(梅月堂詩集) 권8

────────────

김시습의 시에 자주 등장하는 말이 "마음과 세상일이 서로
어긋난다"(心與事相反) "나의 재주가 세상과 맞지
않는다"(我才與世不相當) "세상과 이 몸이 서로
어긋난다"(世與身相乖)는 구절이다. "세상과 이 몸이 서로
어긋난다"는 것은 "대도(大道)가 이미 행해지지 않기"
때문이다. 여기서 말하는 '대도'는 구체적으로 수양대군이
단종의 왕위를 찬탈한 것을 지칭한다. 대도가 행해지지 않기
때문에 '근심'이 생긴다. 그는 다른 시에서 "끝없는 근심이 솜과
같아서 닿자마자 달라붙는다"(窮愁如絮着旋粘)라 했다. 몸에
달라붙는 솜털과 같은 근심을 떨쳐 버리기 위해서 그는 시를
쓰고 술을 마신다. 제2연의 "술은 모든 근심 없애 주리니"라는
표현에서, 우리는 술이 김시습의 외로운 영혼을 그나마도 달래
주고 있음을 알 수 있다.

남
효
온

南孝溫, 1454(단종 2)~1492(성종 23)

자는 백공(伯恭), 호는 추강거사(秋江居士), 시호는 문청(文淸),
본관은 의령(宜寧)이다. 27세 때 모친의 명으로 진사과에
급제했으나 이후 과거에 응시하지 않고 일생을 초야에서 살았다.
생육신의 일원으로 「육신전」(六臣傳)을 지어 사육신의 행적을
세상에 알렸다. 『추강집』(秋江集)이 전한다.

신축년(1481, 성종 12) 2월 5일, 남산 기슭에서 과음으로
실수하고 짓다.

술자리 처음에는 예의가 정연하여
손님과 주인이 거친 행동 경계하니

오르고 내림에 진실로 예법 있고
나아가고 물러날 때도 절도 있는데

술 석 잔이면 비로소 말이 많아져
법도를 잃음을 스스로 모르고

술 열 잔이면 소리 점점 높아져서
주고받는 얘기가 더욱더 어지럽네

이어서 언제나 노래하고 춤추니
온몸이 피로한 줄 깨닫지 못하네

술자리 마칠 때면 동서로 치달려서
저고리 바지가 온통 진흙투성이

올라탄 말 머리가 향하는 곳마다
아이들이 손뼉 치며 비웃어대고

끝내는 넘어지고 자빠져
부모가 주신 몸 손상시키네

술의 재앙을 모르지 않을 텐데
스스로 엿처럼 달게 여기네

무풍(巫風)은 『서경』에서 경계하였고
「빈지초연」(賓之初筵)이 『시경』에 실려 있네

양웅(揚雄)은 일찍이 주잠(酒箴)을 지었고
백유(伯有)는 술 때문에 죽임을 당했거늘

어찌하여 이러한 광약(狂藥)을 마시는가
덕을 잃음이 항상 여기에 있다네

술에 대한 경계(酒誥)가 서책에 있으니
의당 생각하여 법규로 삼아야 하리

酒箴

辛丑二月五日 於南山麓 過酒失儀而作

初筵禮秩秩　賓主戒荒嬉

升降固有數　進退抑有儀

三柸言始暢　失度自不知

十柸聲漸高　論議愈參差

繼以恒歌舞　不覺勞筋肌

筵罷馳東西　衣裳盡黃泥

馬首之所向　兒童拍手嗤

終然顚與躓　而傷父母遺

非不知酒禍　顧自甘如飴

巫風戒於書　賓筵播於詩

揚雄曾著箴　伯有死於斯

胡爲此狂藥　失德常在玆

酒誥在方策　宜念以爲規

—『추강집』 권1

무풍(巫風)-집안과 나라를 망하게 한다는 삼풍십건(三風十愆)의 하나.
『서경』(書經) 「이훈」(伊訓)에 "감히 궁중에서 늘 춤추고 집에서 취하여
노래함이 있으면 이를 무풍이라 한다"(敢有恒舞于宮 酣歌于室 時謂巫風)라
했다. • 「빈지초연」(賓之初筵)-『시경』 소아(小雅)의 편명으로 위(衛)
무공(武公)이 술을 마시고 잘못을 뉘우치며 지은 시이다. 209면 59번 시

111

「빈지초연」참조 • 백유(伯有)-춘추시대 정(鄭)나라의 재상 양소(良霄)의
자(字). 그는 사치하고 술을 좋아하다가 결국 권력투쟁에서 죽임을 당했다.
• 술에 대한 경계(酒誥)-『서경』 주서(周書)의 편명. 주(周)문왕(文王)의 아홉
번째 아들 강숙(康叔)이 위군(衛君)에 봉해지자 그의 형 주공(周公)이
치국방략(治國方略)을 지시한 글 중의 하나로 술을 경계하라는 내용이다.
중국 최초의 금주령이라 할 만한 글이다.

잠(箴)은 한문 문체의 일종으로 마음에 새겨서 경계할 내용을
담은 글인데 대개 운문으로 되어 있다. 이 남효온의 「주잠」은
일반적인 잠(箴)이라기보다 잠의 성격을 띤 오언시(五言詩)에
가깝다. 『추강집』에도 「주잠」을 오언고시로 분류해 놓았다.

김시습과 남효온은 둘 다 이른바 생육신(生六臣)의 일원으로 정치적 지향을 같이한 동지였지만 술에 대해서는 입장이 달랐다. 즉 김시습은 술을 좋아한 반면에 남효온은 술을 극도로 멀리했다. 두 사람이 주고받은 왕복 서한을 통해 각각의 견해를 살펴본다.

김시습이 남효온에게 보낸 편지

그저께 선생을 모시고 천석(泉石) 위에서 노닐며 종일토록 서성이다가 청계(淸溪)에서 서로 헤어졌습니다. 맑은 흥취가 다하지 않았건만 작별이 너무도 갑작스러웠으니, 어찌나 야속했는지 모릅니다. 선생과 헤어진 이후로 지금 며칠이 되었지만 함께 얘기할 만한 사람이나 계산(溪山)에서 술 마시며 시 짓는 모임이 없으니, 이른바 사흘 동안 도덕을 얘기하지 않으면 혀가 굳는다는 것입니다. (…)

그런데 지난번 보았을 때 선생이 술을 끊어 곧바로 주성(酒星)을 하늘의 감옥에 가두고 취일(醉日)을 진(秦)나라의 구덩이에서 불사르고자 하였으니, 그 뜻이 아름답기는 아름답습니다. 대개 하(夏)나라와 은(殷)나라의 임금이 이 때문에 망했고, 진(晉)나라와 송(宋)나라의 선비들이 이 때문에 어지러워졌으니,

이는 만세토록 마땅히 살피고 경계해야 할 것입니다. 그러나 한 편으로 말해야 할 것이 있습니다.

우선 옛사람이 술을 베풀었던 것은 본래 선조에게 제사 지내고 손님을 대접하고 노인을 봉양하고 병을 다스리고 복을 빌고 기쁨을 나누기 위한 것이었기 때문에 백복(百福)의 모임이 술이 아니면 행해지지 못했던 것이니, 어찌 사람으로 하여금 술에 빠져서 덕을 잃으며 거동을 어지럽혀서 몸을 무너뜨리게 하는 것이겠습니까. 그러므로 옛사람이 술을 빚을 때 매섭게 취하게 하는 것을 술의 바른 맛으로 삼았을 뿐만 아니라, 향이 짙은 것으로 맑은 술도 만들고 진한 술도 만들며, 맛이 단 것으로 기장 술도 만들고 단술도 만들어 후박(厚薄)과 농담(濃淡)의 차이를 두었던 것입니다.

그러고도 혹 어지러움에 이를까 염려하여 주례(酒禮)를 만들어 한 번 술을 올리는 예(禮)에 손님과 주인이 백 번 절하여 종일 마셔도 취하지 않게 했습니다. 그래도 오히려 부족하게 여겨서 또 제도를 만들어 개자(介者)를 두고 준자(僎者)를 두고 사정자(司正者)를 두고 상자(相者)와 찬자(贊者)를 두어 위의(威儀)를 돕게 했으니, 『시경』에 "이미 감시하는 사람을 세우고 간혹 사로보좌하게 한다"(旣立之監 或佐之史) 한 것이 이를 이르는 것입니다.

또 오히려 망령되이 사용할까 염려했기 때문에 『서경』에 "제사에만 이 술을 쓴다" 하고, 또 "부모가 기뻐하거든 스스로 깨끗이 하고 후하게 하여 술을 쓰도록 하라" 했습니다. 『시경』에 "내게 맛있는 술이 있으니, 아름다운 손님이 잔치에 와서 놀도다"

했으니 이는 손님을 대접하는 것이고, 또 "너의 대그릇과 나무 그릇을 늘어놓아 실컷 술을 마시더라도, 형제가 모두 있어야 화락하고 또 길이 즐거우리라" 했으니 이는 형제를 대접하는 것이고, 또 "아, 깨끗이 청소하고 음식을 온갖 그릇에 진열하노라. 이미 살진 짐승을 장만하여 여러 친구를 부르노라" 했으니 이는 붕우를 대접하는 것으로, 이것이 술을 마시는 예법입니다. 그러므로 제사에는 남은 음식이 있고, 집을 짓고 나서는 낙성식이 있고, 손님에게는 대접이 있고, 길 떠나는 사람에게는 송별연이 있고, 활을 쏘는 데는 내려와서 마시는 예가 있고, 고을에는 향음(鄕飮)의 예가 있고, 가정에는 어버이를 즐겁게 해 드리고 축수(祝壽)를 올리는 예가 있고, 제사가 있으면 그 술을 맛봄이 있고, 잔을 올림이 있으면 돌려받는 잔이 있습니다. 이는 인정(人情)을 다하고 인사(人事)를 극진히 하려는 것이요, 후세 사람들로 하여금 웃통을 벗고 소리 지르며 개구멍으로 출입하게 하려는 것이 아닙니다.

이러한 것을 살피지 않고 도리어 술이 재앙을 낳는다고 여겨서 곧바로 완전히 끊고자 하니, 이는 마치 밥을 짓다가 불똥이 튈까 염려하여 일생 동안 익힌 밥을 차리지 않으려는 것과 같습니다. 오로지 주정만 하는 것은 이미 말할 것도 없지만, 완전히 끊는 것도 예에 크게 어두워서 중용을 잃음이 매우 심하니 군자가 행할 도리가 아닙니다. 만일 혹 끊어야 하는 것이라면, 『논어』에서 공자는 "술에 일정한 양이 없었으나 어지러운 지경에 이르지 않았다"고 하거나 "술 때문에 곤란을 겪지 않는 일이 어찌 내게 있겠는가"라고 말하지 않았을 것입니다. 위(衛) 무공(武

公) 또한 일찍이 허물을 뉘우치며 말하기를 "석 잔 술에도 기억하지 못하는데 하물며 감히 또 더 마시겠는가"라 했으니, 위 무공 또한 완전히 끊은 것이었습니까. 다만 경계했을 뿐입니다.

지금 선생이 만약 예의를 버리고 군친(君親)을 버리고 종족을 멀리하여 사람이 없는 곳에 혼자 사신다면 괜찮겠지만, 만일 예악과 문물이 있는 이 세상에 살면서 효도하고 공손하라는 선왕의 격언을 읽었다면 성급하게 이를 종신토록 행할 일로 삼아서는 안 될 것입니다. 비록 끝까지 한 잔도 마시지 않는다지만, 앞으로 제사 지내고 조(胙)를 받지 않으며, 잔치 자리에서 술을 올리기만 하고 돌려받지 않으며, 어버이를 공양하고 병을 돌볼 때에 다시는 먼저 맛보지 않을 것이란 말입니까. 만약 절제한다거나 삼간다고 하면 괜찮겠지만 종신토록 완전히 끊는다는 것은 저로서는 취하지 못할 바이니, 그대는 어떻게 여기십니까.

더구나 일전에 보건대 선생의 용모가 옛날보다 수척해졌으니, 도량(度量)도 응당 또한 줄었을 것입니다. 줄어들고 또 줄어들어 몸이 여위고 쇠약해지면 당(堂)에 계신 어머님께서 반드시 걱정하실 것이니, 옛사람이 새 새끼를 희롱하고 거짓으로 넘어진 효성에 비추어 볼 때 어떻다 하겠습니까. 효자가 어머니의 뜻을 거슬러서 이미 공경의 도리에 어긋났고 술을 끊어 근심을 끼침으로써 뒤에 다시 어긋나게 되었습니다. 사랑과 공경으로 어버이를 섬기는 도리를 선생 또한 일찍부터 잘 알고 있을 터이니, 선생은 양찰(諒察)하기 바랍니다.

바라건대 이 편지를 어머님 앞에 아뢰어 선생의 어머님으로 하여금 선생에게 정직하고 성실하며 보호하여 아끼는 벗이 있음을 알게 하시고, 선생이 어버이에게 순종하고 벗을 믿는 실상을 다할 수 있게 하십시오. 저번에 허락하신 신령한 복령(茯苓) 약간을 보내는 사람 편에 내려 주소서. 삼가 시의(時宜)를 따라 자애(自愛)하고 진중(珍重)하기 바라며, 다 펼치지 못합니다.

—『추강집』권4

주례(酒禮)-이하는 『예기』(禮記) 「악기」(樂記)에 나오는 내용 · 개자(介者)· 준자(僎者)-『예기』 「향음주의」(鄕飮酒義)에 나오는 말로, 손님을 돕는 자를 개(介), 주인을 돕는 자를 준(僎)이라 한다. · 이미~보좌하게 한다-『시경』 소아 「빈지초연」에 나오는 구절. 209면 59번 시 「빈지초연」 참조 · 『서경』에~ 했습니다-주서(周書) 「주고」(酒誥)에 나오는 구절 · 내게 맛있는~놀도다-『시경』 소아 「녹명」(鹿鳴)에 나오는 구절 · 너의 대그릇과~즐거우리라-『시경』 소아 「상체」(常棣)에 나오는 구절 · 아, 깨끗이~부르노라-『시경』 소아 「벌목」(伐木)에 나오는 구절 · 술에~이르지 않았다-『논어』 「향당」(鄕黨)에 나오는 구절 · 술 때문에~있겠는가-『논어』 「자한」(子罕)에 나오는 구절 · 석 잔~마시겠는가-『시경』 소아 「빈지초연」에 나오는 구절 · 조(胙)-제사 지내고 나누어 먹는 고기 · 새 새끼를 희롱하고-효자인 노래자(老萊子)가 양친 앞에서 어린애처럼 새 새끼를 희롱하여 어버이를 기쁘게 하고, 부모의 관심을 끌기 위하여 물통을 들고 마루에 오르다가 일부러 넘어져 어린애처럼 울어 어버이를 즐겁게 한 일을 말한다.

117

남효온이 답한 편지

지난번에 선생께서 더할 수 없는 호의를 베푸시어 여산(廬山)에서 저를 전송하며 멀리 호계(虎溪)를 건너듯 하셨으니, 은혜와 영광이 몹시 깊었습니다. 또 저를 천박하고 용렬하여 분비반우(憤悱反隅)의 지혜와 식견이 없다고 여기지 않으시고 몸가짐과 시행의 방법을 가르쳐 주시며 고의(古義)를 인용하여 간곡하게 반복하셨으니, 다행스러움이 또한 큽니다. 분골쇄신(粉骨碎身)하지 않고서는 보답할 길이 없으리라 생각합니다. (…)

대저 술의 덕이 어떠한지는 오경(五經)과 자사(子史)에 상세하게 실려 있습니다. 술이 그 중도를 얻으면 손님과 주인이 화합할 수 있고 늙은이를 봉양할 수 있으며, 사석(私席)에서 마셔도 아름다운 문채가 있고 천지에 통해도 도리에 어긋나지 않습니다. 수심에 찬 뱃속은 술을 얻어 풀리고 답답한 가슴은 술을 얻어 편안해져서 기쁘게 천지와 더불어 화평함을 함께하고 만물과 더불어 조화를 통하기 때문에 옛 성현이 스승과 벗이 되고 천백 년이 한가한 세월이 되는 것입니다.

그러나 중도를 잃으면 감옥살이하는 사람처럼 머리를 풀고서 항상 노래하고 어지럽게 춤추며, 백 번 절하는 사이에 시끄럽게 부르짖고 서로 읍양(揖讓)하는 즈음에 넘어지고 자빠져서 예의를 무너뜨리고 의리를 없애며 절도 없이 소동을 일으킵니다. 심한 경우에는 까닭 없이 마음을 풀어놓고 눈을 부라리다가 혹

싸움이 일어나서 작게는 몸을 죽이고, 더 나아가서는 집안을 망하게 하고, 크게는 나라를 망하게 하는 경우가 흔히 있습니다. 이런 까닭으로 술의 재앙이 이와 같지만 주공(周公)과 공자가 쓰면 어지럽지 않았고, 술의 덕이 이와 같지만 진준(陳遵)과 주의(周顗)가 쓰면 몸을 죽였으니, 그 얻고 잃는 사이에는 한 터럭도 용납할 수 없습니다. 삼가지 않을 수 있겠습니까.

이런 까닭으로 중간 이하의 사람은 견고하게 다잡지 않고 절도 있게 쓰지 않으면 맛있는 술맛이 사람을 변하게 하여 갈수록 위태로워지고 갈수록 어지러워지다가 점점 술주정에까지 이르게 되지만, 주정하는 줄조차 모르게 되는 것은 이치상 필연적인 것입니다. 선비로서 뜻이 견고하지 못한 사람은 응당 몸소 삼가고 마음으로 자책(自責)하여 어지러움의 뿌리를 막고 끊기를 보통 사람보다 백 배 더한 뒤라야 술의 재앙을 면할 수 있는 것입니다.

이런 까닭으로 『서경』에 술을 경계하는 「주고」(酒誥)가 실려 있고, 『시경』에 「빈지초연」(賓之初筵)이 있으며, 양자운(揚子雲)이 이로써 「주잠」(酒箴)을 지었고 범노공(范魯公)이 이로써 시를 지었습니다. 제가 어찌 술잔을 조용히 잡고서 향음주례(鄕飮酒禮)와 향사례(鄕射禮)의 사이에서 나아가고 물러나며 읍양(揖讓)하려고 하지 않겠습니까. 다만 마음이 약하고 덕이 엷기에 그 맛을 달게 여겨 조절하지 못하면 마음이 산란해져서 스스로 술을 이기지 못함이 초파리가 깃털 하나를 짊어질 수 없는 것과 같게 될까 두려울 뿐입니다.

저는 젊어서부터 술을 몹시 좋아하여 중년에 비난을 받은 일이 적지 않아, 방자하게 주광(酒狂)이 되어 영원히 버려짐을 저의 분수로 여겼습니다. 그래서 몸은 외물에 끌려가고 마음은 육체의 노예가 되어 정신은 예전보다 절로 줄어들고 도덕은 처음 마음을 날로 저버리게 되었습니다. 뜻하지 않게 점점 부덕한 사람이 되어 집안에서 방자하게 주정을 부리다가 어머님께 크게 수치를 끼쳤습니다. 맹자는 "장기 두고 바둑 두며 술 마시기를 좋아하여 부모 봉양을 돌아보지 않는 것"을 불효라고 여겼거늘 하물며 술주정함에 있어서이겠습니까. 술이 깨고서 스스로 생각건대 그 죄가 3천 가지 중의 으뜸에 해당되니, 무슨 마음으로 다시 술잔을 들겠습니까. 이에 천지에 물어보고 육신(六神)에 참배하고 제 마음에 맹세한 뒤에 자당(慈堂)께 아뢰기를 "지금 이후로는 군부(君父)의 명이 아니면 감히 마시지 않겠습니다" 하였습니다. 이렇게 한 까닭은 술 취함을 싫어하기 때문입니다. 그러나 신에게 제사 지내고 제육(祭肉)을 받아 음복(飮福)한다거나 축수를 올리고 술잔을 되돌려 받았을 때에 달고 맛있는 술이 뱃속을 적셔도 어지럽지 않은 경우는 제가 어찌 사양하겠습니까.

저의 뜻이 대략 이와 같으니, 선생께서 비록 술을 권하는 가르침을 주셨지만 약속한 말을 지키지 않을 수 없음이 이와 같습니다. 저의 말은 어길 수 있다 하더라도 제 마음을 속일 수 있겠습니까. 제 마음은 속일 수 있다 하더라도 귀신을 기만할 수 있겠습니까. 귀신은 기만할 수 있다 하더라도 천지를 소홀히 대할 수 있겠습니까. 천지를 소홀히 대할 수 있다면 어느 곳에다 이 몸을 두겠습니까. 더구나 어머니께서 아들을 기르며 매양 술을 조심하라고 가르치다가 이 말을 들으시고 기쁜 빛이 얼굴에 감돌았으니, 술을 끊겠다는 맹세를 어찌 바꿀 수 있겠습니까.

오호라! 술 깬 굴원(屈原)이나 술 취한 유백륜(劉伯倫)은 본래 두 가지 이치가 아니고, 청백한 백이(伯夷)와 조화로운 유하혜(柳下惠)는 결국 하나의 도입니다. 선생께서는 술을 마시지 못하는 목생(穆生)을 억지로 허물하지 마시고 한 글자로써 가부를 보여 주시기 바랍니다.

중하(仲夏)의 극심한 더위에 삼가 선생의 일상에 만복이 함께 하기를 빕니다. 연단(鉛丹)을 제조하는 데 사용하는 신령스러운 복령 한 봉지를 올리오니, 선계(仙界)의 일월을 혼자만 대하지 마시고 베갯속의 『홍보』(鴻寶)로 야윈 이 몸을 구제해 주소서.

—『추강집』 권4

여산(廬山)에서~건너듯 하셨으니-호계삼소(虎溪三笑)의 고사. 호계는 중국 여산의 동림사(東林寺) 앞에 있는 시내인데 혜원법사(慧遠法師)가 이곳에 주석하면서 30여 년 동안 이 시내를 건너지 않았다고 한다. 그가 시내를 건너면 뒷산의 호랑이가 울었다. 어느 날 도연명과 육수정(陸修靜)을 배웅하면서 자신도 모르게 시내를 넘자 호랑이가 울었고 세 사람은 크게 웃었다고 한다. 여기서는 김시습을 혜원법사에 비긴 것이다. •분비반우(憤悱反隅)-『논어』「술이」(述而)에 "공자가 말하기를 '(배우는 자가) 스스로 분발하지 않으면 그를 계발시켜 주지 않으며, 말로 표현하려고 애쓰지 않으면 그를 깨우쳐 주지 않는다. 한 모퉁이를 들어 주었는데도 다른 세 모퉁이를 이해하지 못하면 다시 되풀이하지 않는다'라 하였다"(子曰 不憤不悱 擧一隅 不以三隅反 則不復也)는 구절이 있다. •자사(子史)-제자백가의 서적과 역사책 •진준(陳遵)-58면 14번 시 이곡의 「음주 시 한 수. 백화보, 우덕린과 함께 짓다」 참조. 진준은 만취한 상태에서 적군에게 죽임을 당했다. 이곡은 애주가로서의 진준을 부각시켰고 남효온은 술 마시다가 죽은 진준을 부각시켰다. •주의(周顗)-진(晉)나라 때의

정치가로 청렴결백했으나 술을 좋아하여 실수하는 일이 잦았다. 왕돈(王敦)의 난 때 피살되었다. • 범노공(范魯公)-북송의 명재상인 노국공(魯國公) 범질(范質). 그는 조카 범고(范杲)가 자신을 천거해 주기를 청하자 "너에게 경계하노니 술을 즐기지 말라. 술은 미치게 만드는 약이지 아름다운 맛이 아니다"라는 내용의 시를 지어 주었다. • 읍양(揖讓)-읍하여 겸손한 뜻을 표시하는 것 • 장기 두고~않는 것-『맹자』「이루 하」(離婁下)에서 말한 다섯 가지 불효 중의 두 번째 불효 • 그 죄가~해당되니-『효경』(孝經)에 "공자가 말하기를, 오형(五刑)의 종류가 3천 가지이지만 죄는 불효보다 더 큰 것이 없다"(五刑之屬三千而罪莫大於不孝)라는 구절이 있다. • 육신(六神)-오방(五方)을 지키는 여섯 신, 즉 동방의 청룡(靑龍), 서방의 백호(白虎), 남방의 주작(朱雀), 북방의 현무(玄武), 중앙의 구진(句陳)과 등사(螣蛇) • 청백한 백이(伯夷)와 조화로운 유하혜(柳下惠)-『맹자』「만장 하」(萬章下)에 "백이는 성인으로서 청백한 분이고 유하혜는 성인으로서 조화로운 분이다"(伯夷聖人之淸者也 柳下惠聖人之和者也)라는 구절이 있다. • 목생(穆生)-한나라의 제후인 초(楚)원왕(元王)은 연회 때 평소 술을 좋아하지 않는 목생을 위해 항상 단술(醴)을 마련했는데 원왕의 손자 유무(劉戊)가 즉위하여 단술 마련하는 것을 잊자 왕을 떠났다고 한다. • 『홍보』(鴻寶)-도술(道術) 서적인데 베갯속에 감추어 두어서 사람들이 그 내용을 몰랐다고 한다.

정
희
량

鄭希良, 1469(예종 1)~?

자는 순부(淳夫), 호는 허암(虛庵), 본관은 해주(海州)이다.
김종직(金宗直)의 문인으로 27세 때 문과에 급제하여
예문관(藝文館) 검열(檢閱)을 지냈으나 30세 때
무오사화(戊午士禍)에 연루되어 의주(義州), 김해(金海) 등지로
유배되었고, 34세 때 고양(高陽)에서 시묘살이 하던 중 강가에
옷과 신발을 남기고 잠적했다고 한다.

귀양 온 이래 스스로 술을 빚어 마시는데 거르지도 않고
짜지도 않아서 혼돈주라 이름했으니 옛 법을 숭상한
것이다. 취하면 문득 노래를 불렀는데 "내 탁주를 내가
마시고 내 천성을 내가 보전하네. 나는 술을 스승 삼지
성인도 현인도 스승 아니네"라 노래했다. 대개 그 즐거움을
즐기는 자는 마음으로 즐겨서 늙음이 닥쳐오는 것도 알지
못하니 나의 즐거움이 술인 줄 누가 알 것인가.
고요(皐陶)와 후직(后稷)과 설(契)이 요순(堯舜)을 보좌한
것, 안회(顏回)와 증삼(曾參)이 공자를 얻은 것,
포정(庖丁)의 소, 혜강(嵇康)의 단철(鍛鐵), 재인(梓人)이
상(賞)이나 벼슬 때문에 거(簾)를 만들지 않는 것,
곱사등이가 만물을 매미와 바꾸지 않는 것의 즐거움이
나의 즐거움과 같기 때문에 시를 지어 보인다.

긴 밧줄로 가는 해를 붙잡아 매려 하고
큰 돌로 푸른 하늘을 깁고자 하여

미치고 헛된 생각에 실망에 빠져
반 세상에 문득 늙은이가 되었으니

앉아서 내가 만든 혼돈주를 마시고

웃으며 요순시절 마주함과 어찌 같으랴

혼돈에 도(道) 있음을 사람들은 알지 못해
이 법은 멀리 부구공(浮邱公)에서 왔다네

백이(伯夷)도 유하혜(柳下惠)도 아니어서 천성을 보전하고
성인도 현인도 아니어서 누구와도 같지 않네

누룩 군(君)을 불러와서 술독에 가두어
밤낮으로 숨소리가 요란하더니

이윽고 봄 강에 비 내리듯 흐려져
빚어진 색깔이 맑고도 진하네

큰 바가지에 따라서 부구공께 절하고
가슴속 만고의 불평 씻어 버리네

한 번 마시니 신령(神靈)과 통하여
우주가 개벽하듯 몽롱한 듯하고

두 번 마시니 자연과 합하여
혼돈을 단련하여 홍몽(鴻濛)을 초월하네

손으로 혼돈 세상 어루만지고

귀로 혼돈 바람 소리 들으니

넓고 큰 취향(醉鄕)에 내가 바로 주인인데
이 벼슬은 천작(天爵)이요 인작(人爵)이 아니로다

구구한 두건을 무엇에 쓰리
도연명 역시도 지리(支離)한 사람이네

混沌酒歌

謫居以來 釀酒自飮 不漉不壓 名之曰混沌 尙古也

醉則輒嗚嗚以歌 其歌曰 我飮我濁 我全我天 我乃師酒

非聖非賢 夫樂其樂者 樂於心 不知老之將至也

人孰知余之樂是酒也 皐陶稷契之佐堯舜 顏曾之得孔子

庖丁之牛 嵇康之鍛 梓人不以慶賞成簴 傴僂不以萬物易蜩

其樂與我均也 作詩以見之

長繩欲繫白日飛　大石擬補靑天空
狂圖謬算坐濩落　半世倏忽成老翁
豈如飮我混沌酒　坐對唐虞談笑中
混沌有道人未識　此法遠自浮邱公
不夷不惠全其天　非聖非賢將無同
招呼麴君囚甕底　日夜噫氣聲蓬蓬

俄傾春流帶雨渾　醞釀古色淸而濃

酌以巨瓢揖浮邱　澆下萬古崔嵬胸

一飮通神靈　　　宇宙欲闢猶蒙矓

再飮合自然　　　陶鑄混沌超鴻濛

手撫混沌世　　　耳聽混沌風

醉鄕廣大我乃主　此爵天爵非人封

何用區區頭上巾　淵明亦是支離人

—『허암유집』(虛庵遺集) 권3

고요(皋陶), 후직(后稷), 설(契)-요순(堯舜)의 신하들・포정(庖丁)의
소-『장자』「양생주」(養生主)에 나오는 '포정해우'(庖丁解牛)를 말한다. 소
잡는 사람(庖丁)이 교묘한 솜씨로 소를 해부한 일・혜강(嵇康)의
단철(鍛鐵)-진(晉)나라 혜강은 산속에 은거하며 쇠를 달구어 두드리는
일(鍛鐵)을 했는데, 귀공자인 종회(鍾會)가 방문했으나 예를 갖추지 않고
하던 일을 계속했다. 여기에서 '혜강단'(嵇康鍛)은 명사(名士)가 은거하며
스스로 즐긴다는 뜻으로 사용되었다.・재인(梓人)이~않는 것-『장자』
「달생」(達生)에 나오는 고사. 목수(梓人)가 거(簴: 악기 또는 악기를 걸어
놓는 받침대)를 만드는 기술이 교묘하여 그 방법을 물었더니 "3일간(마음을
고요하게 하여) 재계를 하면 상이나 벼슬 따위를 마음에 품지 않게 된다"
(齊三日而不敢懷慶賞爵祿)라 답했다는 이야기・곱사등이가~않는
것-『장자』「달생」에 나오는 고사. 곱사등이(傴僂)가 매미(蜩)를 쉽게 잡는
것을 보고 그 방법을 물었더니, 매미 잡는 한 가지 일에 정신을 집중하면
"만물을 주어도 매미 날개와 바꾸지 않는"(不以萬物 易蜩之翼) 경지에 이르러
쉽게 매미를 잡을 수 있다고 답한 이야기

부구공(浮邱公)-중국 고대 신화 속의 신선・백이(伯夷)도 유하혜(柳下惠)도

아니어서-백이도 되지 않고 유하혜도 배우지 않는다는 것은 상반된 두
사람의 처세를 절충하여 편벽되지 않는다는 뜻인 듯하다. • 성인도 현인도
아니어서-성인은 청주를, 현인은 탁주를 가리키는 은어인데, 성인도 현인도
아니라는 것은 혼돈주가 청주도 탁주도 아닌 독특한 술이라는 뜻인 듯하다.
• 홍몽(鴻濛)-우주가 형성되기 전의 혼돈한 상태 • 천작(天爵), 인작(人爵)-
『맹자』「고자 상」(告子上)에 "인의충신과 선을 즐겨하여 게을리 하지 않는
것이 천작이요, 공경대부가 인작이다"(仁義忠信 樂善不倦 此天爵也
公卿大夫 此人爵也)라는 구절이 있다. • 구구한 두건-도연명이 머리의
두건을 벗어 술을 걸렀다는 고사. 227면 63번 시 도연명의 「음주」 제20수
참조 • 지리(支離)-정돈되지 못하여 어지러운 모양. 지리멸렬(支離滅裂)

———————————

정희량은 무오사화에 연루되어 의주로 유배되었는데 그곳에서
스스로 술을 빚어 마시면서 이를 혼돈주라 불렀다고 한다.
『연려실기술』(燃藜室記述)에 이런 기록이 있다. "그는 술을
좋아해서 말하기를 '나는 탁주는 큰 그릇으로 세 그릇을 마시고,
청주는 두 그릇을 마시며, 소주는 한 그릇을 마시어 술에 따라
양을 조금씩 줄이되 반드시 먼저 가슴을 씻는다. 술잔으로
예(禮)를 차려 마시는 것은 좋아하지 않고 다만 큰 사발로
거뜬히 기울이는 것을 좋아한다'라 하였다." 후대에는 막걸리에
소주를 타서 마시는 술을 혼돈주라 칭하기도 하였다.

이
행

李荇, 1478(성종 9)~1534(중종 29)

자는 택지(擇之), 호는 용재(容齋), 시호는 문정(文正), 본관은
덕수(德水)이다. 18세 때 문과에 급제하여 벼슬이 좌의정에까지
올랐으나 55세 때 김안로(金安老)의 전횡을 비판하다가 평안도
함종(咸從)으로 유배되고 57세에 적소(謫所)에서 사망했다.
『용재집』(容齋集)이 전한다.

34   술 끊기를 권하며 공석에게 주다

본성을 해치는 것, 한 둘이 아니지만
술의 재앙은 다 말하기 어렵다네

옛사람이 접빈(接賓)과 제사를 중시한 것은
사람과 귀신을 사귀기 위함이라

세 잔이면 그걸로 족하지
이를 넘으면 술에 빠져 버려서

작게는 자기 뜻을 어지럽히고
크게는 자기 몸을 상하게 한다오

우리는 술 마시길 자못 좋아해
한번 취하면 세월 가는 줄 모르고

지난날엔 자기 몸 돌보지 않았지만
이 길을 어찌 그대로 답습하리오

내 이제 뉘우칠 줄 아노니
폐가 병들어 고통으로 신음하네

벗이란 비록 몸은 달라도
의리는 형제와 같은 법이라

약이 되는 이 말을 서로 버린다면은
천륜이 그 어찌 귀하다 하리오

게다가 그대는 천금 같은 몸이고
위로는 백발의 어버이가 계셔서

형편이 나와는 또한 다르니
망설이지 말고 단호히 끊어야지

이 말을 벗들에게 일러 주어서
그저 띠에만 적어 두진 마시게

勸止酒 贈公碩

敗性非一物　酒禍難具陳
古人重賓祭　所以交人神
三爵斯可矣　過此爲沈淪
小以亂其志　大則戕厥身
吾徒頗喜飮　一醉忘秋春
往者不自重　此道寧因循

131

我今欲知悔　肺病困吟呻

朋友雖異體　義與兄弟均

藥言苟相廢　胡貴於天倫

況君千金軀　上有鶴髮親

事又與吾異　剛制莫逡巡

因玆及諸友　不但書君紳

—『용재집』권3

공석(公碩)-김세필(金世弼, 1473~1533)의 자. 호는 십청헌(十淸軒), 본관은
경주(慶州), 시호는 문간(文簡)으로 호남 감사를 역임했다. • 띠에만 적어
두진 마시게-『논어』「위령공」(衛靈公)에, 공자가 충신(忠信)과 독경(篤敬)에
대하여 말하자 '자장(子張)이 이를 띠에 적었다'(子張書諸紳)는 구절에서
유래한 것으로 중요한 말을 잊지 않도록 허리띠에 적어 두는 것을 말한다.

35 홀로 술을 마시며

한가히 앉아 시름을 잊고
술을 불러 혼자서 술잔을 기울인다

술 다 마셔도 잠을 못 이루어
마음은 더욱더 침울해지네

어찌하면 사해(四海)를 술동이로 만들고
삼산(三山)을 술잔으로 만들어

낮에도 밤에도 잔뜩 취하여
근심과 즐거움 아랑곳하지 않을꼬

獨酌

閑坐不知愁　喚酒成獨酌
酌罷未能眠　益使懷抱惡
安得四瀛尊　三山作杯杓
沈湎日復夜　莫問憂與樂
―『용재집』권6

133

삼산(三山)-신선들이 산다는 세 개의 산인 봉래(蓬萊), 영주(瀛州), 방장(方丈)

36 홀로 술을 마시며 길게 말하다

나는 배우지 않으리라, 굴원이
강가에 쫓겨나 초췌한 모습으로

홀로 깨어 스스로 어부사 짓고는
물에 빠져 죽어도 후회하지 않은 것을

다만 배우고 싶노라, 야랑(夜郞)의 이 적선(謫仙)이
돈 생기면 술 사먹고 취하면 잠자며

눈 아래 부귀는 덧없는 구름안개라
높이 걸린 해와 달만 우러러본 것을

이 적선 하늘에 오른 지 일천 년 만에
덕수자(德水子)가 또 남쪽 바닷가로 귀양 왔구나

남쪽 바닷가엔 술 살 돈 없어
가난하고 적막하여 마른 창자 타겠네

마른 창자 꼬르륵 소리 수레바퀴 달리는 듯
청주는 못 바라도 탁주나마 갈구하네

완릉(宛陵)의 술 빚는 법 예가(禮家)에 전해 오나니
반드시 술그릇 좋고 샘물 향기로워야

〔매성유(梅聖兪)의 「술양부」(述釀賦)에, "반드시 그 술그릇이
좋아야 하고, 반드시 그 샘물이 향기로워야 한다"(必良其器
必香其泉)는 말이 있으니, 『예기』에 근본한 것이다.〕

하룻밤에 보리 물결, 우렛소리 울리더니
오두막집 사방에 훈풍이 불고

게다가 보름날, 달이 정히 둥근데
푸른 산 원근에서 두견 울음 들리네

고목 표주박은 내가 몹시 아끼는 것
검은 상자 열어서 손수 물로 씻도다

근래에 술 마시는 일 자못 어려웠는데
표주박 대하고 웃으니 여전히 반갑구나

옥 같은 술거품이 별처럼 퍼졌으니
머리 위의 갈건을 어디에다 쓰리오

평생 술 좋아했지만 지금이 가장 취해
시 좋아하는 성벽 못 고치는 것 같아라

나에게 따르고 나에게 권하니 내가 편하고
나 혼자서 노래하니 내게 허물 없어라

삶과 죽음 얻음과 잃음을 모두 잊으니
호기 일어 홍애(洪崖)의 어깨 치고 싶어라

삼신산(三神山)은 개미집처럼 서로 잇닿았고
약수(弱水)엔 아침저녁으로 뽕나무밭이 생기누나

슬프다, 명절(名節)이 억지로 나를 얽어
나무가 불을 뿜어 자신을 태우는 듯

백 년이라 바다 물결 맑게 찰랑이건만
이내 생애 붉은 현(絃)은 이미 끊어졌어라

나의 옷은 화려하고 나의 패물 정결한데
미인(美人)을 보지 못해 근심만 할 뿐

뒤에는 높은 산 앞엔 깊은 못
사나운 범 이빨 갈고 교룡이 침 흘리네

요순과 삼대(三代)가 아득히 멀어졌으니
그저 술이나 마실 뿐 하늘에 묻지 말자

獨酌長言

吾不學屈原　　　　　憔悴江潭遷
獨醒自著漁父篇　　　死葬魚腹終不悛
但願學夜郎李謫仙　　得錢沽酒醉則眠
眼下富貴滅沒雲與煙　仰視日月雙高懸
李謫仙上天今千年　　德水子又竄炎海邊
炎海邊無酒錢　　　　食貧寂寞枯腸煎
枯腸聲作車輪旋　　　聖不可企聊希賢
宛陵方法禮家傳　　　必良其器香其泉

〔梅聖俞述釀賦 必良其器 必香其泉語 本禮記〕

一夜麥浪鳴闐闐　　　斗屋四面薰風牽
況值三五月政圓　　　青山遠近聞杜鵑
老木瓢吾甚憐　　　　手開玄匣親滌湔
邇來茲事頗迍邅　　　對之一笑還依然
玉蛆翁翁星布躔　　　頭上葛巾安用旃
平生好飲今最顛　　　有似詩癖不可痊
酌我勸我准我便　　　我歌我謠我無愆
死生得失兩忘筌　　　豪氣欲拍洪崖肩
三山蟻垤相接聯　　　弱水朝暮生桑田
哀哉名節強包纏　　　如木出火以自燃
百年湖海清且漣　　　此生已斷朱絲絃
我衣之華兮我佩之躝　美人不見兮空悁悁
後有喬岳兮前深淵　　猛虎磨牙兮蛟吐涎

唐虞三代遠矣邈焉　　但飮酒休問天

나는 배우지 않으리라-55면 굴원의 「어부사」 참조 · 야랑(夜郎)의 이
적선(謫仙)-'적선'은 이백을 가리키는데 그가 야랑으로 유배된 적이 있다.
· 덕수자(德水子)-작자인 이행(李荇). 그가 덕수 이씨(德水李氏)이기 때문에
이렇게 부른다. · 남쪽 바닷가-이행은 1504년 연산군의 생모 윤씨의 복위를
반대하다가 충주, 함안으로 유배되었고 1506년 초에는 거제도에
위리안치(圍籬安置)되었는데 이를 말한다. · 완릉(宛陵)-북송의
매요신(梅堯臣). 완릉은 안휘성 선성(宣城)의 옛 이름인데 매요신이 이곳
출신이므로 이렇게 부른다. · 매성유(梅聖兪)-성유(聖兪)는 매요신의 자
· 머리 위 갈건-도연명이 머리 위의 갈건을 벗어 술을 걸렀다는 고사가 있다.
여기서는 도연명처럼 갈건을 벗어 술을 걸러야겠다는 뜻 · 홍애(洪崖)의
어깨-홍애는 전설상의 신선으로 황제(黃帝)의 신하인 영륜(伶倫)의
선호(仙號)라고 한다. 진(晉)나라 곽박(郭璞)의 시 「유선」(遊仙)에,
"왼손으로는 부구의 소매를 당기고, 오른손으로는 홍애의 어깨를
친다"(左挹浮丘袖 右拍洪崖肩)라는 구절이 있다. 부구(浮丘)와 홍애는 모두
전설상의 신선으로 이들의 소매를 당기고 어깨를 친다는 것은 작자가 신선의
세계에서 노닌다는 뜻이다. · 삼신산(三神山)-133면 35번 시 이행의 「홀로
술을 마시며」 참조 · 개미집-술에 취해 신선의 세계에서 노닐며 보이는
삼신산이 마치 개미집처럼 작다는 뜻 · 약수(弱水)-선경(仙境)에 있는 강.
'약수에 아침저녁으로 뽕나무밭(桑田)이 생긴다'는 것은, 신선 세계의 하루가
인간 세상에서는 상전벽해(桑田碧海)가 일어나는 장구한 세월에 해당된다는
뜻이다. · 명절(名節)-명예와 절개 · 붉은 현(絃)은 이미 끊어졌어라-친한
벗이 죽었다는 뜻인데 그가 누구인지는 알 수 없다. 다만 이행이 친한 벗
읍취헌(挹翠軒) 박은(朴誾)의 유고를 모아 『읍취헌유고』(挹翠軒遺稿)를
간행했던 것으로 보아 박은을 가리키는 듯하다. · 미인(美人)-임금을
가리킨다. · 삼대(三代)-이상적인 시대였다는 하(夏), 은(殷), 주(周)의 삼대

139

박
은

朴誾, 1479(성종 10)~1504(연산군 10)

자는 중열(仲說), 호는 읍취헌(挹翠軒), 본관은 고령(高靈)이다.
18세 때 문과에 급제하여 홍문관 수찬(修撰)을 지냈으나 26세 때
갑자사화에 연루되어 동래(東萊)로 유배되었다가 사형을 당했다.
해동강서파(海東江西派)의 대표 시인으로 평가된다. 친구인
이행(李荇)이 편찬한 『읍취헌유고』(挹翠軒遺稿)가 전한다.

37

이십칠일에 흥양포에서 배를 띄우고 저물녘에
정자에 올라 맘껏 마시다 제2수

나는 본래 술 좋아하는 사람
가는 곳마다 이충(泥蟲)처럼 취한다네

취하면 문득 자신을 잊어
만사가 눈앞에서 아득하여라

도성의 티끌 속에 벼슬하면서
십 년을 배척에 시달렸으니

가슴속엔 참으로 술이 필요해
천리마처럼 달리듯 하리니

이 외진 서해 가에 와서 보니
웅장한 산 계곡이 가까이 있어라

교졸(校卒)들이 나를 기쁘게 해 주려
고래가 끄는 듯 화려한 배 띄우는데

미풍 불어 물결은 잔잔하고
보이느니 바다는 밝은 유리 같다네

141

맘껏 노 저으니 어느새 먼 곳
이미 푸른 하늘가를 벗어난 듯하여라

평생에 불평한 이내 마음이
경치를 마주하니 더욱 처연해

술동이를 가까이 할 만한데다
산새도 술잔 들라 권하는구나

서로 만나면 모두 지기(知己)인 것을
어찌 족히 손잡지 않으랴

통음하고 저마다 무릎을 맞대니
지는 해는 문득 서산에 있구나

허공에 기댄 듯 손뼉 치며 춤추니
두둥실 오리와 백구가 떠다닌다

옆 사람들은 나의 광기에 놀라
분답하게 구름사다리 잡고 오르네

내일 아침이면 꿈처럼 희미해지리니
웃고 말지 어찌 다시 그 경지에 이를 수 있으랴만

인간 세상은 어쩌면 이리도 비좁은가
취향(醉鄉)이 참으로 깃들 만하여라

二十七日 泛興陽浦 晚登亭縱飮

我本愛酒人　著處醉如泥
醉輒遺形骸　萬事眼前迷
宦學京師塵　十年困推擠
胸襟諒須此　若騁千里蹄
竭來西海隅　控引雄山谿
群校欲娛我　畫船駕鯨鯢
微風浪妥帖　極目明玻瓈
放棹未覺遠　已出靑天倪
平生不平心　對境益凄凄
酒尊政堪近　山鳥亦勸提
相逢盡知己　渠豈不足携
痛飮各促膝　落日忽在西
憑虛拍手舞　泛泛然鳧鷖
傍人驚我狂　雜沓攀雲梯
明朝怳如夢　一笑那更稽
人寰何太隘　醉鄉眞可棲
─『읍취헌유고』권1

143

이충(泥蟲)-동해에 산다는 뼈 없는 벌레로, 물이 있으면 살고 물이 없으면 진흙같이 된다고 한다. 술에 몹시 취한 것을 이취(泥醉)라 한다.

• 교졸(校卒)-군교(軍校)와 나졸(邏卒)로 관청의 아전들 • 산새-제호(提壺) 새를 가리킨다. 89면 24번 시 원천석의 「금주령이 내렸는데 제호 소리가 들리다」 참조

"도성의 티끌 속에 벼슬하면서/십 년을 배척에 시달렸으니"라고 말한 것으로 보아 이 시는 그가 사형을 당하기 직전의 작품으로 추정된다. '비좁은' 인간 세상에서 벼슬하면서 받아온 '시달림'을 그는 술로 달랠 수밖에 없었을 것이다.

노
수
신

盧守愼, 1515(중종 10)~1590(선조 23)

자는 과회(寡悔), 호는 소재(穌齋), 시호는 문간(文簡), 본관은
광주(光州)이다. 29세 때 문과에 급제하여 병조좌랑 등을
지냈으나 33세 때 을사사화(乙巳士禍)에 뒤이어 일어난 양재역
벽서사건(良才驛壁書事件) 일명 정미사화(丁未士禍)에 연루되어
진도(珍島)에 19년 동안 유배되었다. 53세에 석방되어 벼슬이
영의정까지 올랐다. 『소재집』(穌齋集)이 전한다.

38

크게 취하여 장난삼아 백생(白生)에게 주다

늙은 손은 술잔을 잡기에 좋고
타는 입술은 술 마시기 마땅하네

나는 평시에 악객(惡客)을 싫어하여
내 집 가까이도 못 오게 한다오

늪가에서 깨어 있음 무슨 소용 있으리오
인간의 취향(趣向)을 알 수가 없네

한평생 취향(醉鄕)의 벗들과 함께
애오라지 더불어 지내는 게 좋겠네

大醉 戲贈白生

老手持杯好　焦脣飮酒宜
尋常嗔惡客　不使近吾籬
澤畔醒何用　人間趣未知
平生醉鄕友　聊可與棲遲
―『소재집』권4

백생(白生)-삼당시인(三唐詩人)의 1인인 백광훈(白光勳)을 가리킨다.
• 악객(惡客)-술을 마시지 않는 사람, 술을 많이 마시는 사람의 두 가지 뜻이 있는데 여기서는 전자의 뜻으로 쓰였다. • 늪가에서 깨어 있음-굴원의 행적을 말한다. 55면 굴원의 「어부사」 참조 • 취향(醉鄕)-19면 1번 시 이인로의 「취향」 및 21면 왕적의 「취향기」 참조

기
대
승

奇大升, 1527(중종 22)~1572(선조 5)

자는 명언(明彦), 호는 고봉(高峯), 시호는 문헌(文憲), 본관은
행주(幸州)이다. 32세 때 문과에 급제하여 대사성(大司成),
대사간(大司諫), 공조참의(工曹參議) 등을 역임했다. 1559년부터
1566년까지 8년간 이황(李滉)과 편지로 주고받은
'사칠논변'(四七論辨)은 조선 유학사에 지대한 영향을 미쳤다.
『고봉집』(高峯集)이 전한다.

산중에 봄빛이 늦게 찾아와
복사꽃 막 지고 고사리 싹 살찌네

깨진 냄비에 술을 데워 혼자서 마시고
소나무 밑에 취해 누우니 시비가 없구나

偶吟

春到山中亦已遲   桃花初落蕨芽肥
破鐺煮酒仍孤酌   醉臥松根無是非
一『고봉집』권1

호화로운 연회에서 고관대작들과 마시는 술자리에는
시비(是非)가 따른다. 그러나 산중에서 깨진 냄비에 술을 데워
혼자 마시는 술자리엔 시비가 끼어들 여지가 없어서 좋다는
것이다. 그가 왜 산중에서 깨진 냄비에 술을 데워 혼자
마시는지 그 이유를 알 만하다.

정철

鄭澈, 1536(중종 31)~1593(선조 26)

자는 계함(季涵), 호는 송강(松江), 시호는 문청(文淸), 본관은
연일(延日)이다. 기대승, 김인후(金麟厚) 문하에서 수학하고 27세
때 문과에 급제한 후 대사성, 강원도 관찰사, 대사헌 등의 벼슬을
거치는 동안 수많은 정치적 부침(浮沈)을 겪었다. 한시 이외에
「성산별곡」(星山別曲), 「관동별곡」(關東別曲), 「사미인곡」
(思美人曲), 「속미인곡」(續美人曲) 등의 가사와 107수의 시조도
남겼다. 『송강집』(松江集)이 전한다.

병중에 우연히 읊다

수명은 쉰을 넘고 지위는 삼공(三公)이니
죽더라도 여든 늙은이보다 낫지만

오직 인간 세상에 못다 마신 술 있으니
천동성(天同星)께 원하노니 몇 년 만 더 살게 해 주오

病中偶吟

壽愈知命位三公　雖死猶勝八十翁
唯有人間未盡酒　數年加我願天同
—『송강속집』(松江續集) 권1

삼공(三公)-조선 시대의 가장 높은 벼슬 곧 영의정, 좌의정, 우의정의
삼정승(三政丞)·천동성(天同星)-중국 고대의 점성술인
자미두수(紫微斗數)의 18주성(主星) 중 제9성으로, 인간의 수명과 평화와 복
등을 관장한다고 한다.

김
성
일

金誠一, 1538(중종 33)~1593(선조 26)

자는 사순(士純), 호는 학봉(鶴峯), 시호는 문충(文忠), 본관은
의성(義城)이다. 이황(李滉)의 문인으로 31세 때 문과에 급제하여
벼슬이 이조정랑(吏曹正郞)을 거쳐 대사성, 형조참의에
이르렀으며 임진왜란 때 전사했다. 『해사록』(海槎錄)과
『학봉집』(鶴峯集)이 전한다.

41   술에 취해 조사강과 금경휴 두 존형(尊兄)에게
      바치다 제2수

설날에 술 취했다 괴이하게 생각 말라
해장술이 저녁까지 간들 또한 어떠리오

삼백예순날이 오늘부터 시작이니
술집에서 나는야 요순시대 구현하리

醉呈趙士强琴景休兩尊兄

元朝莫怪昏昏醉　卯酒何妨直到晡
三百六旬今日始　酒爐吾欲鑄唐虞
―『학봉일고』(鶴峯逸稿) 권1

해장술(卯酒)-75면 19번 시 이색의 「도중에」 참조

호방한 성격의 김성일은 애주가이다. 일찍이 선배인 조목(趙穆)과
정죽창(鄭竹窓)이 계주시(戒酒詩: 술을 경계하라는 시)를 지어
주었을 정도로 술을 좋아했다. 조사강과 금경휴는 미상.

42 차운하다

무공향(無功鄕) 속에는 다시 사람 없으니
누가 알리, 술의 덕(德)은 취한 뒤가 진짜인 줄

가소롭다 혼자서 깨어 있는 양천자(陽川子)여
맑은 술로 남과 함께 즐길 줄 모르다니

次

無功鄕裏更無人　酒德誰知醉後眞
可笑陽川獨醒子　淸樽不解共娛賓
―『학봉일고』 권2

―――――――――――

무공향(無功鄕)-취향(醉鄕).「취향기」를 쓴 당나라 왕적의 자(字)가
무공(無功)이기 때문에 취향을 무공향이라 일컫는다. 21면 왕적의「취향기」
참조·양천자(陽川子)-관향(貫鄕)이 양천(陽川)인 허성(許筬)을 가리킨다.

―――――――――――

이 시는 1590년 김성일이 통신사의 일원으로 일본에 가서
체류하며 지은 것이다. 조선에서 일본에 사절단을 파견하는

일은 1510년 삼포왜란(三浦倭亂)을 계기로 중단되었다가
대마도주(對馬島主)를 통한 풍신수길(豊臣秀吉)의 거듭된
요청으로 조선에서는 1590년에 상사(上使) 황윤길(黃允吉),
부사(副使) 김성일, 서장관(書狀官) 허성(許筬)으로 구성된
통신사를 파견했다. 통신사 일행은 3월 6일에 출발하여
대마도를 거쳐 7월 말경에 일본의 국도(國都)에 들어갔으나
풍신수길은 이런저런 핑계로 한 달이 넘도록 통신사를 만나
주지 않았다.

　지루하게 풍신수길의 면담을 기다리면서 일행은 서로 시를
주고받거나 술을 마시며 시간을 보낼 수밖에 없었다. 그러던
어느 날 허성이 술자리를 피해서 도망간 일이 있었다. 술을
좋아했던 김성일은 허성의 행태를 못마땅하게 여겨 이 시를 쓴
것으로 보인다. 아마 허성은 원래 술을 못 마시거나 의식적으로
술을 회피했던 듯하다. 그러지 않아도 일본 측의 불손한 태도에
대처하는 방법을 두고 두 사람의 의견이 엇갈리던 차에
술자리에서 도망간 일을 계기로 김성일이 허성을 조롱한
것이다.

　위의 시에서 "무공향 속에는 다시 사람 없다"라 한 것은,
술에 취하면 이 세상 사람이 아닌 신선이 된다는 말이다.
이것이 바로 "술의 덕(德)"이다. 이처럼 술의 덕은 취한 뒤에
드러나는 것이기 때문에 취하지 않은 사람은 이것을 모른다는
것인데 양천자 허성이 바로 그런 사람이다.

43 허산전이 지은 '계주'(戒酒) 시의 운을 차운하다

칠척장신 헌걸찬 사나이로 태어나서
홀로 술 깬 사람 되는 걸 부끄럽게 여겼기에

화서국(華胥國)에 가는 꿈 일찍 꾸었고
왕적향(王績鄕)에 드는 건 정히 까닭 있었네

누룩 베고 백륜송(伯倫頌)을 기다랗게 읊조리고
지팡이 머리에는 공방신(孔方神)만 섬기는데

어떤 자가 선창에서 붓끝을 놀리는가
나나니벌, 뽕나무벌레 따윈 나무랄 것도 없네

次山前戒酒韻

七尺頎頎男子身　平生恥作獨醒人
華胥國裏曾成夢　王績鄕中定有因
麴枕長吟伯倫頌　杖頭唯事孔方神
何人弄筆蓬窓底　蜾蠃螟蛉不足嗔
—『학봉일고』권2

산전(山前)-허성(許筬)의 호 • 홀로 술 깬 사람-굴원에 빗대어 술 마시지
않는 사람을 가리킨다. • 화서국(華胥國)-중국 고대 모계 씨족사회의 여자
수령(首領) 화서씨가 세웠다는 이상국가 • 왕적향(王績鄕)-취향. 왕적이
「취향기」를 썼기 때문에 '취향'을 '왕적향'이라 부른 것이다.
• 백륜송(伯倫頌)-유령의 「주덕송」. 유령의 자가 백륜(伯倫)이기 때문에
「주덕송」을 '백륜송'이라 부른다. 32면 「주덕송」 참조 • 공방신(孔方神)-
공방(孔方)은 둥근 모양에 네모진 구멍이 뚫린 엽전을 말한다. 따라서
공방신은 전신(錢神)이다. 진(晉)나라 때 완수(阮脩)가 항상 지팡이 끝에다가
돈 백전(百錢)을 걸고 걸어 다니다가 술집이 보이면 그 돈으로 혼자 술을 사서
취했다는 얘기가 있다. • 나나니벌-「주덕송」 참조

김성일과 허성 두 사람 간의 갈등은 허성이 김성일에게 술을
삼가라는 내용의 '계주시'(戒酒詩)를 써 준 것이 발단이 되어
드디어 폭발하고 만다. 김성일은 이 시에서, 사나이로 태어나 술
마시지 않는 것을 평생의 수치로 여긴다는 말로 포문을 열고
화려한 전고(典故)를 동원하여 허성을 공격하고 있다. 마지막
연은 「계주시」를 쓴 허성을 노골적으로 모욕하는 말이다. "어떤
자가 선창에서 붓끝을 놀리는가"라 하여 허성의 시를 매도하고
있다. 그는 허성을 "나나니벌, 뽕나무벌레"로 치부하여 나무랄
가치도 없다고 했다.

백
대
붕

白大鵬, ?~1592(선조 25)

자는 만리(萬里), 본관은 임천(林川)이다. 천민 출신으로
액정서(掖庭署) 사약(司鑰)을 지냈는데, 시를 잘하여 그의
시체(詩體)를 본뜬 시를 '사약체'(司鑰體)라 불렀고 역시
여항(閭巷) 출신의 시인 유희경(劉希慶)과 함께 '유백'(劉白)으로
병칭되었다고 한다. 현전하는 그의 시는 2수만 남아 있다.
임진왜란 때 전사했다.

취하여 산수유 꽂고 혼자서 즐기다가
산 가득 달빛 아래 빈 술병 베고 잠을 자네

사람들아, 무엇하는 자인가 묻지를 마오
풍진세상에 머리 흰 전함사(典艦司)의 종놈이라네

醉吟

醉揷茱萸獨自娛　滿山明月枕空壺
旁人莫問何爲者　白首風塵典艦奴
—『이향견문록』(里鄕見聞錄) 권5

———————

전함사(典艦司)-중앙과 지방의 선박에 관한 사무를 관장하는 관서

———————

산수유를 꽂고 술을 마시는 것으로 보아 이 시를 쓴 날이
중양절(重陽節)인 듯하다. 중양절엔 가족들 또는 친구들과 함께
산에 올라 산수유를 꽂고 국화주를 마시는 풍속이 있었다.
그러나 그는 혼자서 술을 마신다. 뛰어난 재능을 지니고도

159

신분적 제약 때문에 인정을 받지 못한 그는 어느 중양절에 혼자 산에 올라 하루 종일 술을 마시고 달빛 아래 빈 술병을 베고 잠들었다. 세상이 그를 알아주지 않으니 홀로 쓸쓸히 술을 마시며 울분을 달랠 수밖에 없었을 것이다.

정
치

鄭致, ?~?

자는 가원(可遠), 호는 역헌(櫟軒), 본관은 한천(漢川)이다. 생애에
대해서는 알려진 것이 없고, 그의 문재(文才)가 선조(宣祖)의
귀에까지 들어가 특별히 내사별좌(內司別坐)에 임명했다는
기록이 『이향견문록』에 보인다. 그의 아들과 손자가 모두
사자관(寫字官)이었던 사실로 보아 신분은 중인(中人)으로
추정된다.

45   술을 마주하고 백만리를 부르다

전생에 이 몸은 중이었기에
세상 명예 이익을 바람 앞의 등불로 보네

마음속으로 청주종사(靑州從事) 사랑하노니
어느 날엔들 백대붕을 잊을 수 있으랴

한 말 술과 고을을 바꾸는 건 작은 꾀이고
석 잔 술로 도(道) 통함이 훌륭한 일이라네

북망산의 무덤들을 그대는 아는가?
뼈가 삭고 이끼 끼면 함께 취할 벗도 없다네

對酒 招白萬里

我也前身過去僧　世間名利視風燈
中心愛矣靑從事　何日忘之白大鵬
一斗換州誠小黠　三杯通道是多能
邙山有塚君知否　粉骨生苔無醉朋
一『이향견문록』권5

162

백만리(白萬里)-백대붕. 만리(萬里)는 그의 자·청주종사(靑州從事)-
청주(靑州). 73면 18번 시 이색의 「또 짓다」 참조·한 말 술과 고을을
바꾸다(一斗換州)-후한의 맹타(孟佗)가 장양(張讓)에게 포도주 한 말을
뇌물로 주고 양주자사(涼州刺史)에 임명된 일을 말함.·석 잔 술로 도(道)
통함-이백의 시 「월하독작」(月下獨酌)에 "술 석 잔 마시니 대도에 통하고/한
말 술 마시니 자연과 합하도다"(三杯通大道 一斗合自然)라는 구절이 있다.
262면 75번 시 이백의 「달 아래서 홀로 술을 마시며」 제2수 참조

이 시의 작자 역시 하층민이다. 하층민이기 때문에 "세상의
명예와 이익"을 바랄 수 없는데도 그는 전생(前生)에 중이어서
세상의 명예와 이익을 "바람 앞의 등불"로 본다고 애써
자위(自慰)해 본다. 그러나 자위한다고 해서 신분적 제약의
굴레를 벗어날 수는 없는 법이어서 술을 마시지 않을 수 없다.
술을 마시면서 같은 처지에 있는 백대붕이 몹시 그리워지는
것은 당연한 일일 것이다.

신
흠

申欽, 1566(명종 21)~1628(인조 6)

자는 경숙(敬叔), 호는 상촌거사(象村居士), 시호는 문정(文貞),
본관은 평산(平山)이다. 21세 때 문과에 급제한 후 조정의
고위관직을 두루 거쳤다. 그는 문장에 능하여 이른바
'월상계택'(月象谿澤)이라 하여 월사(月沙) 이정귀(李廷龜),
계곡(谿谷) 장유(張維), 택당(澤堂) 이식(李植)과 함께 조선 중기의
문장 4대가로 꼽힌다. 『상촌집』(象村集)이 전한다.

오늘은 어제가 아니요
올해는 지난해 아니라

그대 밝은 거울 들여다보소
흰머리 검어질 길이 없다네

침상 머리엔 금 술잔
흐르는 냇물 같은 술이 있고요

방 안의 요조숙녀
꽃 같은 얼굴인데

오늘 밤에 안 마시면
내일 아침 응당 서글퍼지리

길가 고관대작 집에는
문앞에 행마(行馬)를 베풀어 두고

그 당시 장수와 재상들
마음껏 권세를 떨쳤겠지만

165

지금은 어디 있나
회오리바람 귓가를 스칠 뿐이요

무덤 앞의 기린 석상은
황량히 가을 풀에 묻혀 버렸네

이 때문에 술 권하노니
날마다 함께 취해나 보세

將進酒 長曲

今日非昨日　今年非去年
君看明鏡裏　素髮無由玄
床頭金屈卮　有酒如流川
堂中窈窕人　有色如花姸
此夕不肯飮　明朝應悵然
道傍朱戶宅　行馬施門前
當時將與相　翕赫俱機權
如今安在哉　飄風過耳邊
壟上石麒麟　秋草埋荒阡
所以將進酒　日日同醉眠
—『상촌고』(象村稿) 권3

행마(行馬)-귀인의 집이나 관공서 문밖에 설치한 말을 매어 두는 구조물.
사람의 출입을 금하는 데에도 쓰인다.

권
필

權韠, 1569(선조 2)~1612(광해군 4)

자는 여장(汝章), 호는 석주(石洲), 본관은 안동(安東)이다. 19세
때 과거시험에서 글자 하나를 잘못 써서 낙방한 후 과거에
응시하지 않고 평생을 야인(野人)으로 지냈다. 필화사건으로
해남으로 유배되는 도중 동대문 밖에서 벗들이 주는 술을
폭음하고 사망했다고 한다. 향년 44세.『석주집』(石洲集)에 850여
수의 시와 한문 소설「주생전」(周生傳)이 전한다.

47 정송강 묘를 지나며 느낌이 있어

빈산에 낙엽지고 쓸쓸히 비 내려
상국(相國)의 풍류도 여기선 적막하네

서글피 술 한 잔 올리기 어려우니
지난날 가곡(歌曲)이 곧 오늘 아침 풍경이네

過鄭松江墓有感

空山木落雨蕭蕭　相國風流此寂寥
惆悵一杯難更進　昔年歌曲卽今朝
—『석주집』 권7

상국(相國)-송강(松江) 정철(鄭澈)·가곡(歌曲)-정철이 지은
「장진주사」(將進酒辭)를 가리킨다.

[참고]

정철의 「장진주사」

한 잔 먹세그려,/또 한 잔 먹세그려,/꽃 꺾어 세어 가며 무진무
진 먹세그려./이 몸 죽은 후면/지게 위에 거적 덮여 줄에 매어
가나/호화로운 관 앞에 만 사람이 울어 예나,/어욱새, 속새, 떡
갈나무, 백양 속에/가기만 하면/누런 해 흰 달 가는 비 굵은 눈/
소소리 바람 불 때/누가 한 잔 먹자 할꼬./하물며 무덤 위에 원
숭이 휘파람 불 때야/뉘우친들 어쩌리.

두자(杜子)는 좋은 시구(詩句) 탐을 내었고
잠생(岑生)은 진한 술 좋아했었지

그런데 나는 어떤 사람이기에
시도 좋아하고 술도 좋아하는가

세상 사람 모두가 국량이 좁은데
이 두 분이야말로 벗할 만해라

인생의 유쾌함은 눈앞 일이 귀한 건데
만세 뒤의 뜬 이름 무슨 소용 있으리오

내 붓은 손에서 떠나지 않고
내 술잔은 입에서 떠나지 않으니

잠생은 나의 왼쪽
두자는 나의 오른쪽

한평생 이와 같고 또 이와 같으니
지은 시 몇 수이며 마신 술 몇 말인가

171

인간 세상 추위 더위 바뀌는 것 상관 않고
하늘 위, 해와 달이 달리는 것도 묻지 않네

요임금 순임금을 옳다 여기지 않고
걸왕 주왕을 그르다 여기지 않으며

빈천과 요절을 슬퍼하지 않고
부귀와 장수를 기뻐하지 않노라

더러는 산에 오르고 물가에 가고
더러는 꽃을 찾고 버들을 구경하며

흥이 일면 취하고 취하면 시 읊나니
만물이 나에게 무슨 상관 있으랴

詩酒歌

杜子耽佳句	岑生嗜醇酎
而我何如者	愛詩兼愛酒
擧世盡趨趄	二老可尙友
人生快意貴目前	何用浮名萬歲後
我筆不去手	我杯不離口
岑生在吾左	杜子在吾右

一生如此又如此　　詩凡幾首酒幾斗

不管人間寒暑換　　不問天上日月走

不是堯與舜　　　　不非桀與紂

不悲貧賤夭　　　　不喜富貴壽

或登山臨水　　　　或訪花隨柳

有興輒醉醉卽吟　　萬物於我知何有

―『석주집』권2

두자(杜子)-당나라 시인 두보(杜甫) · 잠생(岑生)-당나라 시인 잠삼(岑參)

권필은 「사회시」(四懷詩)의 서(序)에서 "나는 천성이 꼼꼼하지
못하고 허탄하여 세상과 맞지 않아, 예법을 따지는 선비들에게
몹시 배척받았다"고 했는데 이렇듯 '예법을 따지는 선비들'에
대한 저항의식이 그를 시와 술에 탐닉하게 만들었으며 한때는
노장사상(老莊思想)에 빠져들게도 했다. "요임금 순임금을 옳다
여기지 않고/걸왕 주왕을 그르다 여기지 않"는다고 한 것은
이러한 노장사상의 편린(片鱗)이다. 또한 술에 취함으로써
현실의 속박으로부터 벗어나려는 처절한 절규이기도 하다.

49   아내가 나에게 술 끊기를 권하다

객지에서 여러 날 술 마셨더니
오늘 아침 흥겨움이 다시 더한데

그대의 말씀이야 또한 옳지만
이 국화 가지를 어이하리오

室人勸我止酒

數日留連飲　今朝興又多
卿言也復是　奈此菊枝何
—『석주집』 권6

이 세상 모든 술꾼들의 아내는 남편이 술 끊기를 권했을
것이다. 권필의 아내도 예외가 아니었던 모양이다. 술을
끊으라는 아내의 권고를 옳다고 여기면서도 국화꽃이 피어
있는데 어찌 술을 마시지 않을 수 있겠느냐고 반문한다. 국화를
사랑한 도연명은 국화꽃 잎을 술에 띄워 마시면서 초연한 삶을
살았다. 그런 도연명을 본받아야 마땅한데 저 국화꽃을 보고
술을 마시지 않을 수 없다고 말한 것이다.

50 윤이성이 약속하고 오지 않다

벗을 만나 술 찾으면 술 구하기 어렵고
술 앞에서 벗 그리면 벗은 오질 않는구려

한평생 이 몸 일이 매양 이와 같으니
크게 웃고 혼자서 서너 잔 기울이네

尹而性有約不來

逢人覓酒酒難致　　對酒懷人人不來
百年身事每如此　　大笑獨傾三四杯
　—『석주집』 권7

좋은 벗을 만나 함께 술잔을 기울이는 것이 최선의 정경인데,
좋은 벗을 만나지 못하면 혼자서 마시는 것도 차선책은 될
것이다.

정
온

鄭蘊, 1569(선조 2)~1641(인조 19)

자는 휘원(輝遠), 호는 동계(桐溪), 시호는 문간(文簡), 본관은 초계(草溪)이다. 42세 때 문과에 급제했고 46세 때 광해군의 폐모론(廢母論)에 반대하다가 10년간 제주도에 유배되었다. 인조반정으로 해배되어 대사간, 대사헌, 경상도 관찰사 등을 역임했다.『덕변론』(德辨論)이 전한다.

김유옥을 찾아가 음주가를 읊다

나는 유옥씨(幼玉氏)를 사랑하네
풍류가 속되지 않았기에

술 생기면 나를 초대했었지
앞산에 눈보라 몰아치는 속에서도

나 역시 죽림(竹林)의 일 인이라
삽을 메고 다닌 지가 며칠이던가

한 잔 마시고 다시 또 한 잔
크게 취해 미친 듯 노래하나니

"인생에서 아니 마시고 무엇 하리오
백 년이 망아지가 틈새 지나듯한 걸

어진 자 어리석은 자 한 언덕에 묻히지만
술 마신 자 많이도 이름을 남겼더라

그래서 술을 몹시도 사랑해
잔이 돌면 손을 멈추지 말게"

돌아와서 빈집에 누웠더니만
소나무에 걸린 달이 동창에 들어온다

過金幼玉飲酒歌

吾愛幼玉氏　風流不俗子

得酒招我來　前山風雪裏

我亦竹林一　荷鍤曾幾日

一杯復一杯　大醉狂歌日

人生不飮何　百年駒隙過

賢愚一丘土　飮者留名多

所以酷愛酒　杯行不停手

歸來臥空堂　松月侵東牖

—『동계집』(桐溪集) 권1

죽림(竹林)의 일 인—죽림칠현(竹林七賢)의 한 사람이란 뜻. 죽림칠현은
진(晉)나라 초기에 현실을 피하여 죽림에서 노닐었던 일곱 명의 은자(隱者).
이 중 유령(劉伶)은 술을 몹시 좋아했는데 시인은 자신을 유령에 비겼다.
• 삽을 메고(荷鍤)—유령은 외출할 때 하인에게 삽을 메고 따르게 하고는
자기가 죽으면 그 자리에 삽으로 땅을 파서 묻어달라고 했다. 34면 이한의
「유령해정」 참조 • 망아지가 틈새 지나듯(駒隙過)—『장자』
「지북유」(知北遊)에 나오는 "白駒之過隙"을 줄인 말로, 세월은 흰 말이 벽
틈새를 지나듯 빠르다는 뜻. 97면 28번 시 서거정의 「술을 대하고」 참조

김
상
헌

金尙憲, 1570(선조 3)~1652(효종 3)

자는 숙도(叔度), 호는 청음(淸陰), 시호는 문정(文正), 본관은
안동이다. 27세 때 문과에 급제하여 대사간, 대사헌, 대제학 등의
관직을 역임했다. 병자호란 때는 주전파(主戰派)였으며 이후로도
반청(反淸)의 노선을 견지했다.『청음집』(淸陰集)이 전한다.

179

어느 곳에 있을 때 술을 잊지 못할까
외로운 신하 먼 곳에서 귀양살이 할 때지

풍상 겪어 얼굴빛은 초췌해지고
옷소매엔 여기저기 눈물 흔적만

변방의 관산 길엔 짙은 안개 끼었고
꺼져 가는 등불 앞에 고국 생각 간절한데

이럴 때 한 잔 술 마시지 않으면
어떻게 슬픈 마음 위로할거나

何處難忘酒

何處難忘酒　孤臣遠謫時
風霜顔色悴　衣袖淚痕滋
苦霧關山道　殘燈故國思
此時無一盞　何以慰心悲
—『청음집』 권4

백거이의 「하처난망주」(何處難忘酒)를 본떠서 지은 시이다
(337면 101번 시 백거이의 「어느 곳에서 술을 잊지 못할까」 참조).
김상헌은 명나라를 공격하라는 청나라의 요구를 반대하다가
1640년 청나라에 압송되어 심양 감옥에서 4년, 평안도 의주
감옥에서 2년을 복역한 뒤 귀국했는데 이 시는 그때의 작품인
듯하다. 만리타국에서 고향 그리운 심정을 달래 주는 것은
술밖에 없었을 것이다.

장
유

張維, 1587(선조 20)~1638(인조 16)

자는 지국(持國), 호는 계곡(谿谷), 시호는 문충(文忠), 본관은
덕수(德水)이다. 김장생(金長生)의 문인으로 23세 때 문과에
급제했고 37세 때는 인조반정에 가담하여 정사공신(靖社功臣)에
녹훈되고 이후 조정의 요직을 두루 거쳤다. 병자호란 때는
최명길(崔鳴吉)과 함께 강화론(講和論)을 주장했으며 조선 중기의
문장 4대가의 한 사람으로 일컬어진다. 『계곡집』(谿谷集)과
『계곡만필』(谿谷漫筆)이 전한다.

53 용문산 승려 만익은 소탈한 성품에 술을 좋아하여
매번 실컷 마시고 잔을 권하면서 늘 쇄락한
사람이라고 일컫곤 하였으므로 그를 쇄락선사라고
불렀다. 그런데 오봉 이공이 그에 대해 시를
지었으므로 마침내 이에 차운하여 그에게 선물로
주었다

술이 뭐가 좋아 맹가(孟嘉)는 그리 즐겼으며
술이 뭐가 나빠 도연명은 끊어 버렸나

고승이 꼭 파계(破戒)를 해야 한다면
정녀(貞女)도 시장에 몸 맡겨야 하리

쇄락선사(灑落禪師) 그대에게 한번 물어보리다
술맛과 참선 맛 어느 것이 나은가?

선사가 말하기를 "천성이 쌀뜨물을 좋아했는데
우연히 산에 들어 중이라 칭하면서

제호(醍醐)에서 불성(佛性)이 드러난다 믿지 않고
남은 생애 다만 술에 의탁했다오

하루에 한 말 술도 충분치 않아

183

동전 삼백 냥이 없는 게 걱정이오

불가사의한 술의 경지에 문득 빠져들면은
유(儒) 불(佛) 도(道) 삼교를 모두 잊게 된다오

쇄락한 상태가 무엇인지 알고 싶소?
번뇌가 녹아 버려 마음이 터진 경지

계옹(谿翁)은 일생 동안 취할 줄 모르고
약봉지 속에 틀어박혀 흐릿한 눈으로

술 조심하라고 무안 주고 계시는데
병술과 항아리 술 중에 어느 쪽이 더 낫겠소?"

龍門山僧萬益 通脫嗜酒 每痛飮擧白 輒稱灑落人
以灑落禪師呼之 五峯李公有詩 遂次其韻以贈之

酒有何好孟嘉嗜　酒有何過淵明止
高僧若必破戒律　貞婦還須强倚市
我今試問灑落師　酒味何如禪悅味
師言天性嗜米汁　偶入山門稱衲子
不信醍醐解發性　但把餘生付麴蘗
一日一斗未云足　却愁靑錢欠三佰

184

居然頓入不思議　三教都忘儒道釋

欲知灑落作何狀　煩惱銷融心境廓

谿翁一生不知醉　藥裏叢中坐蒿目

令人媿殺酒箴語　瓶與鴟夷誰巧拙

—『계곡집』권26

오봉 이공(五峯李公)-이호민(李好閔, 1553~1634). 오봉은 그의 호
• 맹가(孟嘉)-동진(東晉)의 문인으로 도연명의 외조부이다. 만년에
환온(桓溫)의 막료로 있을 때 환온이 "술이 뭐가 좋아서 이처럼 술을
즐기는가?"라 물으니 맹가가 "공(公)께서는 단지 술 속의 의취(意趣)에
이르지 못했을 뿐입니다"라 답했다. • 도연명은 끊어 버렸나-도연명의 시에
「술을 끊다」(止酒)라는 작품이 있다. 230면 64번 시 도연명의 「술을 끊다」
참조 • 제호(醍醐)-원래는 우유를 정제하여 만든 음식인데 불가에서는
이것을 불성(佛性)에 비유했다. • 계옹(谿翁)-이 시의 작자 장유(張維). 그의
호가 계곡(谿谷)이다. • 항아리 술(鴟夷)-본래는 말가죽으로 만든 술을 담는
부대를 치이라고 하는데, 술항아리의 뜻으로도 쓰인다.

승려가 술을 마셔 파계를 하는 것은 정숙한 여자가 저자에서
몸을 파는 것과 같다고 말하면서도 "불가사의한 술의 경지에
문득 빠져들면은/유(儒) 불(佛) 도(道) 삼교를 모두 잊게
된다오"라 말하며 술을 즐기는 쇄락선사를 시인은 크게
비난하지는 않고 있다.

나는 본래 술 못 마셔
늘상 술꾼들 비웃음 받았는데

이렇듯 깊은 근심 안고 있다가
술로써 어느 정도 달래게 되었다오

시골 막걸리가 시큼털털해도
그 속에 묘한 맛 들어 있나니

한 잔 기울이면 문득 얼큰해
몇 잔까지 마실 필요 아예 없어서

깊은 수심 홀연히 사라지는 게
화톳불에 눈 던지듯 녹아 버리네

우뚝이 이 몸과 세상을 잊고서
내키는 대로 노래하고 휘파람 분다오

내 마음 흡족하게 주흥(酒興)이 일어나면
혜강(嵇康)과 완적(阮籍)을 닮기도 하네

우스워라 술 마시고 주정하는 이
일천 잔 마시고 미친 듯이 소리치네

飮酒自解

我本不能飮　每被酒客笑
及此抱幽憂　頗用酒自療
村醪雖酸薄　箇中自有妙
傾來輒醺然　不待數杓釂
閑愁忽銷融　渙若雪投燎
兀然忘身世　隨意發歌歎
當其得意時　興與嵇阮肖
却笑病酗人　千鍾恣狂呌
―『계곡집』권25

혜강(嵇康)과 완적(阮籍)-두 사람 모두 삼국시대 위(魏)나라 때 죽림칠현의
일원으로 노장(老莊)을 숭상하여 속세를 피하여 은거 생활을 했다.

장유는 술을 그리 좋아하지 않았던 모양이다. 술을 못 마신다는
비웃음을 견디지 못한 그가 술을 마심으로써 술 속에 "묘한
맛"이 들어 있다는 사실을 알았다는 것이다. 그러나

187

대취(大醉)해서 주정을 부리는 것은 여전히 경계했다. 장유는 손꼽히는 애연가(愛煙家)이다. 담배를 그토록 좋아했던 그가 술을 즐기지 않은 이유가 궁금하다.

정
두
경

鄭斗卿, 1597(선조 30)~1673(현종 14)

자는 군평(君平), 호는 동명(東溟), 본관은 온양(溫陽)이다. 33세에
문과에 장원급제하여 문명을 떨치고 작은 관직을 역임하며 여러
국방책(國防策)을 발표하기도 했으나 50세를 전후하여 관직에서
물러나 초야에서 생활했다. 현종이 여러 번 벼슬을 내렸으나
나아가지 않았다. 『동명집』(東溟集)이 전한다.

55 박중열에게

사람이 현명한지 아닌지를 내 어찌 알리오
술 즐기면 그가 바로 우리 무리지

하늘에 밝은 달 오를 때마다
백옥(白玉)의 술잔을 다함께 기울이세

헛된 명성 족히 한번 웃을 만하고
대취(大醉)해도 통째로 어리석진 않다네

누군가 나를 찾아 만나려면은
성서(城西)의 주막집에 물어보게나

贈朴仲說

何知賢不肖　耆酒卽吾徒
每對靑天月　同傾白玉壺
浮名堪一笑　熟醉未全愚
有客如相訪　城西問酒壚
―『동명집』 권4

190

마지막 구의 '성서'(城西)는 정두경이 만년에 은거하던 곳이다.
그는 술을 좋아하는가 좋아하지 않는가로 사람의 됨됨이를
판단한다고 했다. 명분을 앞세우는 유학적 예교(禮敎)에 따라서
사람을 판단하는 것이 얼마나 허황한가를 말하고 있다. 그러니
당시의 도덕률에 순종해서 이름을 얻는다 해도 그것은 "헛된
명성"일 뿐이어서 한번 웃어넘길 만한 일에 지나지 않는다.
차라리 허위와 가식의 허울을 벗어 버리고 술을 마시는 데에서
인간의 진솔한 참모습을 발견한 것이다. 그래서 "성서의
주막집"을 자신이 있어야 할 정신적 거처로 삼은 것이다. 그의
수제자로 만년의 많은 시간을 함께 보낸 홍만종(洪萬宗)은
정두경이 죽은 뒤 그의 제문에서 이렇게 말했다.

> (공은) 술을 즐겨서 술 취한 속에 자신의 뜻을 기탁했다. 연못에
> 다다르면 발을 씻고 달을 보고 술잔을 기울였으며, 하늘을
> 우러르고 땅을 굽어보며 목숨의 길고 짧음을 똑같이 보았다.
> 세상일에서 벗어났지만 도(道)는 복희씨(伏羲氏)를 넘어섰으니
> 공이 술에 의탁하여 세상의 그물로부터 벗어났음을 알겠도다.

"공이 술에 의탁하여 세상의 그물로부터 벗어났음을
알겠도다"라고 한 것을 보면 만년의 그는 일종의 달관의 경지에
든 듯하다. 그리고 이런 달관의 경지에 이른 데에는 술이
상당한 몫을 담당한 듯하다. 그는 술을 매개로 하여 현실을
초월한 정신적 자유를 누린 것으로 보인다.

오제(五帝) 같은 성인도 죽고 말았고
삼왕(三王) 같은 어진 이도 죽고 말았고

오획(烏攫) 같은 힘센 자도 죽고 말았고
맹분(孟賁) 같은 용사(勇士)도 죽고 말았네

천지가 개벽한 그때로부터
죽지 않고 길이 산 자 몇이나 되나

그대 보지 못했던가
북망산 머리의 소나무와 잣나무를
산 앞엔 모두가 고관대작 무덤인데

그들은 뼈와 함께 이미 모두 썩어 버려
살아 실컷 술 못 마신 한을 남겼네

그대 듣지 못했던가
제(齊)나라 데릴사위 순우곤(淳于髡)이 한 말을
마루 위에 촛불 끄고 환락이 한창일 때

당시엔 한 섬 술 마신다 했거늘

지금은 한 잔인들 어찌 마시리

관 뚜껑 덮기 전에 밤놀이하세
많고 많은 무덤에서 한탄한들 무엇 하리

인생 백 년, 눈앞에 새 지나듯 잠깐인데
하물며 백 년도 살지 못할 인생이니

將進酒

五帝聖而死　　　三王仁而死
烏攫力而死　　　孟賁勇而死
自從天地開闢來　幾人長生獨不死
君不見
北邙山頭松柏樹　山前盡是卿相墓
其人與骨皆已朽　遺恨平生不盡酒
君不聞
齊贅婿淳于髡　　堂上滅燭歡最甚
當時自期一石醉　今日何曾一杯飮
蓋棺之前且秉燭　孤墳累累歎何益
人生百歲鳥過目　何況生年不滿百
　ー『동명집』권1

193

오제(五帝)-중국 고대 전설 속의 다섯 제왕. 누구인지는 일정하지 않으나
대체로 황제(黃帝), 전욱(顓頊), 제곡(帝嚳), 요(堯), 순(舜)을 가리킨다.
• 삼왕(三王)-하(夏)나라 우왕(禹王), 은(殷)나라 탕왕(湯王), 주(周)나라
무왕(武王)을 가리킨다. • 오획(烏攫)-전국시대 진(秦)나라 무왕(武王)의
신하였던 장사(壯士) • 맹분(孟賁)-중국 고대의 장사 • 데릴사위(贅婿)
순우곤(淳于髡)-102면 30번 시 이승소의 「술에 취한 뒤에 동년 노삼에게
장난삼아 지어 주다」 참조 • 밤놀이(秉燭)-촛불을 잡고 밤놀이하는
병촉야유(秉燭夜遊)를 말한다.

정두경은 권필(權韠), 이안눌(李安訥)과 함께 17세기의 3대
시인으로 일컬어진다. 그는 뛰어난 재능을 인정받아 조정의
여러 관직을 두루 거쳤으나 만년에는 벼슬을 버리고 자연을 벗
삼아 시와 술을 즐기면서 유유자적한 생활을 한 풍류객이었다.
그는 특히 술을 좋아했다. 그의 제자 강빈(姜彬)이 쓴
「동명선생언행록」에 "평소에 술을 즐겨서 폭음하는 일이
많았다. 크게 취하면 매양 두건을 벗어 던지고 두 다리를 뻗고
앉아 장단을 치며 큰 소리로 시를 읊어 마치 세상일에 뜻이
없는 듯했다"는 기록을 보면 그가 얼마나 술을 즐겼는지 짐작할
수 있다.

이백(李白)의 「장진주」를 연상케 하는 위의 시에서 그는 술
마시는 이유를 제시하고 있다. 오제와 삼왕과 같은 어진 임금,
오획과 맹분과 같은 용사 그리고 한때 부귀영화를 누렸던
고관대작들 모두 죽지 않을 수 없고 죽으면 그만이다. 또 술 한
섬을 마신다고 했던 순우곤도 죽고 난 지금은 한 잔도 마실 수

없다. 그러니 살아생전 술을 마시자는 것이다. 얼핏 퇴폐적인 자세로 보이지만 여기에는 세상과 조화를 이루지 못한 그의 내면세계가 있다. 그가 남긴 시조 한 수를 본다.

君平이 旣棄世하니 世亦棄君平을
醉狂은 上之上이오 時事는 更之更이라
다만지 淸風明月은 간 곳마다 좇닌다.

군평(君平)은 그의 자(字)인데, 이 시조의 뜻을 풀이하면 이렇다. 내가 세상을 버리고 나니 세상도 역시 나를 버렸구나. 그러니 미친 듯 취하는 것이 가장 좋은 방책이다. 세상일은 변하고 또 변하는데 오직 맑은 바람과 밝은 달만은 변치 않고 내가 가는 곳마다 좇아온다.

그가 먼저 세상을 버렸는가, 세상이 먼저 그를 버렸는가는 중요하지 않다. 문제는 17세기 당시의 사상적 풍토와 그의 정신적 지향이 조화를 이루지 못한다는 데에 있다. 그가 미친 듯이 술을 마신 것은 이러한 이유 때문이었다.

이백의 「장진주」가, 자신의 재능을 받아들이지 않는 부조리한 현실에 대한 좌절감을 우회적으로 노래한 것처럼, 이 작품도 당대 현실에 대한 소극적인 저항의 굴절된 표현으로 볼 수 있다.

이익(李瀷, 1681~1763)의 「술」(酒)

나는 술이 사람에게 단 한 가지도 유익하다는 점을 알지 못하겠다. 대우(大禹)는 이미 후세 사람들이 술로 인해 나라를 잃게 되리라는 점을 싫어하면서도, 다만 의적(儀狄)을 멀리하겠다고만 말했는데 왜 그때에 일절 금해 버리지 않고 그를 멀리하기만 했을 뿐인가. (…)

우(虞)나라, 하(夏)나라 이전에는 술이 없어도 나라가 잘 다스려졌다. 백성도 오래 살 수 있었고 귀신도 얼마든지 흠향(歆饗)할 수 있었는데, 나라를 망하게 하는 나쁜 이 물건을 꼭 써야 할 필요가 있겠는가? 관중(管仲)도 이르기를, "술이 입에 들어가면 혀가 빠지고 혀가 빠지면 몸을 버리게 된다. 몸을 버리기보다는 차라리 술을 버리는 것이 낫지 않겠는가?" 하였다. 대개 술에 상한 병을 흉(酗)이라고 하는데, 이것은 곧 흉(凶)하다는 뜻이다. 술이 흉(凶)한 것은 병기(兵器)가 흉기(凶器)가 되는 것과 같다. 술을 없애는 것이 옳다면 당장 없애야 할 것인데, 임시로 남겨두었다가 흉해지기를 기다리는 것이 옳겠는가?

사람들은 천지 산천에 제사지낼 때 (술이 없어서는) 곤란하다고 여긴다. 그러나 천지 산천은 기(氣)로 말하는 것일 뿐인데, 어찌 (천지 산천이) 꼭 술을 기다려서 시장기를 면하겠는가? 반드시 술로써 예(禮)를 삼는다는 것은 이해할 수 없는 일이다. 종묘(宗廟) 제사에 있어서도 진실로 대의(大義)로써 빌고 고하는 것인데, 선왕(先王)의 백성을 사랑하는 뜻이 술 올리는 것을 허락했을 이치가 없을 것이다. 술을 금하지 않는다면 그만이거니와, 금해야 한다면 반드시 유선주(劉先主)처럼 술 빚는 기구를 만든 자까지도 함께 죄를 주어야만 유익할 것이다. 성인(聖人)이 말하기를, "술로 고생하지 않는 일, 이런 일이 어찌 나에게 있겠는가"라 하였다. 성인도 이와 같은데 우리는 마땅히 못을 뽑고 뿌리를 자르듯 하여 혹 해(害)가 미치지 않을까 두려워해야 할 것이다.

옛날 유을(劉乙)이란 자는, 술로 실수하고 화를 입은 사실을 모아 『백회경』(百悔經)을 짓고 종신토록 술을 입에 대지 않았다고 한다. 술을 처음부터 마시지 말아야 옳은데 왜 뉘우칠 때까지 기다려야 하겠는가.

나도 젊을 때에는 술을 많이 마셨는데, 나중에 와서 아주 끊어 버렸다. 남들이 술잔을 서로 주고받는 것을 보아도 낯선 것처럼 관심을 두지 않았으니 이는 마음이 꽉 정해졌기 때문이다. 드디어 자손들에게 유언하기를, "후에 나의 제사에 단술(醴)만 쓰고 술은 쓰지 말라"고 하였는데 술이 정신을 어지럽힐 뿐 아니라 재정에도 손해가 되는 것을 걱정했기 때문이다.

나라에 큰 흉년이 있을 때에 반드시 술을 금하게 되는 것은 식량을 축내지 않도록 하기 위한 것이다. 우리는 가난한 선비로서 농사짓는 전지도 없으니, 어느 해든지 흉년 아닐 때가 없다. 만약 마음속에 맹세를 엄하게 세우지 않는다면 얼마 안 가서 집이 엎어지고 못살게 될 것이다.

어떤 자는 '제사에 강신(降神)함으로써 기(氣)가 이른다'는 것을 핑계로 삼는다. 그러나 나는 말하기를, "우(虞)나라와 하(夏)나라 시대에는 제사에 (술이 없어서) 귀신이 흠향하지 않았겠는가? 울창(鬱鬯)이 변해서 청주(淸酒)가 되었으니, 청주가 변해서 단술(醴)이 되어도 불가하지는 않을 것이다" 한다.

—『성호사설』(星湖僿說) 제6권 만물문(萬物門) 「주」(酒)

대우(大禹)-하(夏)나라를 세운 임금 · 의적(儀狄)-하(夏)나라 때 처음으로 술을 만든 사람.『여씨춘추』(呂氏春秋),『전국책』(戰國策) 등의 기록에 의하면, 우왕(禹王)의 딸이 의적에게 술을 만들게 하여 우왕에게 바쳤더니 매우 맛이 있었다. 그러나 우왕은 이로부터 술을 끊고 의적을 멀리하면서 "후세에 반드시 술로 인하여 나라를 망칠 자가 있을 것이다"라 했다고 한다. · 우(虞)나라-순(舜)임금이 다스린 나라. 순임금의 성(姓)이 우(虞)이다. · 흠향(歆饗)-신명(神明)이 제사 음식의 기(氣)를 마시는 것 · 유선주(劉先主)-유비(劉備) · 성인(聖人)이 말하기를-『논어』「자한」(子罕)의 "不爲酒困 何有於我哉"라는 공자의 말을 가리킨다. 이 구절은 여러 가지 다른 뜻으로 해석되기도 한다. · 『백회경』(百悔經)-송나라 유을(劉乙)이 일찍이 술에 취하면 기녀(妓女)를 차지하려고 남과 다투었는데 술이 깬 후에 후회하여 여러 서적 중에서 술로 인하여 실수하고 화를 입은 일을 모아『백회경』을 저술하고 스스로를 경계했다고 한다. · 제사에 강신(降神)함으로써-강신(降神)은 제사에서 술을 올려 신이 내림(來臨)하기를 비는 것이다.

정약용

丁若鏞, 1762(영조 38)~1836(헌종 2)

자는 미용(美庸), 용보(頌甫), 호는 다산(茶山), 사암(俟菴), 시호는
문도(文度), 본관은 나주(羅州)이다. 28세 때 문과에 급제하여
정조의 총애를 받으며 관직 생활을 하다가 1801년 천주교도라는
죄명으로 18년간 강진(康津)에 유배되었다. 『목민심서』,
『경세유표』, 『흠흠신서』를 비롯하여 500여 권의 방대한 저술을
남겼으며 실학을 집대성한 학자로 알려져 있다.
『여유당전서』(與猶堂全書)가 전한다.

57　취가행

긴긴 날 하루 종일 한 동이 술에
두 사람 마주 앉아 미친 듯 취해 있네

마시면 미치고 미치면 더욱 마셔
돈 모으면 더 많은 돈 탐하는 꼴이라네

그대에게 묻노니 어인 일로 미치는가
"저 푸른 하늘이 열린 걸 보라

서쪽으로 해 지면
동쪽에 달이 뜨고

지고 뜨고 또다시 뜨고 지지만
그 사이 뛰어난 자, 한번 가면 오지 않아

경선(經線) 사만 오천 리
위선(緯線) 사만 오천 리

이 속에 한바탕 놀음판 벌여
뭇사람들 어지러이 놀다 가건만

잠깐 동안 나타나 신나게 달리다가
삽시에 자취 감춰 적막하게 사라지네

적막하게 사라지면 다시 못 오고
예쁜 아내 귀여운 자식 잃어버리니

적막하게 사라지면 무슨 소용 있으리오
백 말 술 있은들 무슨 소용 있으리오

많은 말 있어도 탈 수 없으며
천금이 있은들 만질 수 있으리오

농부가 소 끌고 와 무덤을 파헤쳐도
벽력같은 소리 질러 꾸짖지도 못한다네

갑자기 성인(聖人)이 되지 않으면
마침내 본성을 잃지 않겠나

본성을 잃었다면
너도 역시 미친 거요

네가 만일 미쳤다면 진실로 나의 벗
둘이 함께 십만 잔을 마셔 보지 않겠는가"

醉歌行

長日一尊酒	相對兩狂客
飮酒成狂狂益飮	如財旣富愈貪獲
問君緣何狂	視彼天宇闊
白日西逝	明月東來
西逝東來來復去	其間俊傑去不回
經線四萬五千里	緯線四萬五千里
設此一戲場	紛然衆戲子
倏爾現身馳驤驤	忽爾匿跡寥寥藏
寥寥藏遂不出	豔妻美子渾相失
寥寥藏可奈何	有酒百斗當奈何
有馬十乘能騎跨	有金千鎰能摩挲
有夫挈牛來耕面上土	何不一聲霹靂嚴叱呵
若非猝成聖	無乃失其性
失其性	汝亦狂
汝若狂眞我友	何不與我二人共飮百千觴

―『여유당전서』제1집 제2권

―――――――――

정약용은 1789년(28세) 문과에 급제한 이래 정조의 총애를
받으며 관직생활을 했지만 주위의 시기와 모함으로 시련을
겪기도 했다. 1795년(34세)에는 병조참의(兵曹參議),
우부승지(右副承旨)에 올랐으나 하찮은 일로 규영부(奎瀛府)

교서승(校書丞)으로 좌천되었고 이마저도 곧 정직(停職)되었다.
이해 7월에는 중국인 신부 주문모(周文謨)가 밀입국하여 포교한
사건에 연루되어 금정찰방(金井察訪)으로 외보(外補)되었는데
사실상의 유배나 다름없었다.

「취가행」은 금정찰방으로 나가기 직전, 실의와 좌절에 빠져
극도로 우울한 나날을 보내고 있던 때에 쓴 시이다. 괴롭고
답답할 때에는 술만한 약이 없다. 우주는 더 넓고 인생은
유한하다. 짧은 인생에서 괴로운 일을 당하면 성인이 아닐 진데
미치지 않을 수 없다. 그래서 미친 듯이 술을 마신다. 정약용이
누구와 함께 술을 마셨는지 알 수 없지만 "십만 잔"을 마시자고
한 것을 보면 당시 그가 얼마나 심한 좌절감에 빠졌는지 짐작할
수 있다. 정약용은 평소 술을 즐기는 풍류객이 아니었다. 그는
강진 유배 시절에 둘째 아들 학유(學游)에게 보낸 편지에서
이렇게 말했다.

나는 아직까지 술을 많이 마신 적이 없고 내 주량을 알지도
못한다. 벼슬하기 전에 중희당(重熙堂)에서 세 번 일등을 했던
덕택으로 소주를 옥필통(玉筆筒)에 가득 따라서 하사하시기에
사양하지 못하고 다 마시면서 혼잣말로 "나는 오늘
죽었구나"라고 했는데 그렇게 심하게 취하지 않았다. 또
춘당대(春塘臺)에서 임금을 모시고 공부하던 중 맛난 술을 큰
사발로 하나씩 하사받았는데, 그때 여러 학사들이
곤드레만드레가 되어 정신을 잃고 혹 남쪽을 향해 절을 하고
더러는 자리에 누워 뒹굴뒹굴 하였지만, 나는 내가 읽은 책을

다 읽어 내 차례를 마칠 때까지 조금도 착오 없게 하였다. 다만
퇴근하였을 때 조금 취기가 있었을 뿐이다. 그랬지만 너희들은
지난날 내가 술을 마실 때 반 잔 이상 마시는 걸 본 적이
있느냐?
—박석무 역, 『유배지에서 보낸 편지』, 창비, 2019, 108면

옥필통에 가득 따른 소주를 마시고, 큰 사발로 술을 마시고도
그렇게 취하지 않았다는 것을 보면 정약용이 일정한 주량을
지니고 있었음을 알 수 있다. 또 강진에서 쓴 시에 "낮고 습한
땅이라 항상 병에 시달려/낮술로 얼큰히 취하여 보네"란
구절이 있고, 강진에서 만난 승려 혜장(惠藏)이 자주 술병을
들고 정약용을 찾아 함께 술을 마셨다는 기록이 있는 것으로
보아 정약용이 결코 술을 철저히 배척한 것은 아님을 알 수
있다.

그러나 아들에게 보낸 앞의 편지에서 그는 "나라를 망하게
하고 가정을 파탄시키는 흉패한 행동은 모두 술 때문"이라
말하며 "술을 입에서 딱 끊고 마시지 말라"고 경고했는데 이는
아버지로서 자식을 타이르는 어쩔 수 없는 훈계쯤으로 보아야
할 것이다.

정약용이 술을 증오하지는 않았더라도 폭음을 하지 않고
매우 절제했음은 분명하다. 그런데 「취가행」에서 미친 듯이
십만 잔을 마시자고 했다. 정약용으로서는 파격적인 발언이
아닐 수 없다. 당시 그는 술의 힘을 빌리지 않고는 도저히
헤어날 수 없는 깊은 수심에 잠겨 있었던 것 같다.

신
위

申緯, 1769(영조 45)~1845(헌종 11)

자는 한수(漢叟), 호는 자하(紫霞), 경수당(警修堂), 본관은
평산(平山)이다. 31세 때 문과에 급제하고 여러 관직을 거쳐
대사간, 호조참판에까지 이르렀다. 시서화(詩書畵) 삼절(三絶)로
일컬어진다. 『경수당집』(警修堂集)이 전한다.

손님 있어 함께 마시는 게 뜻에 맞지만
혼자서 마시는 것도 나쁘진 않네

술병이 말랐다고 국화가 비웃겠네
책도 잡히고 옷까지 잡혀야지

菊十四絶句

有客同觴固可意　無人獨酌未爲非
壺乾恐被黃花笑　典却圖書又典衣

국화를 사랑한 도연명은 국화꽃 잎을 술에 띄워 마시면서
초연한 삶을 살았다. 그런 도연명을 본받아야 마땅한데,
국화꽃이 피었는데도 술병이 비어 있으면 국화꽃이 나를
비웃으리라. 그러니 책과 옷을 전당 잡혀 술을 사서 마셔야
하겠다고 생각한 것이다.

2부

중국의 주시

『시경』소아 小雅

기원전 9세기~기원전 7세기

손님들 처음 연회에 나갈 땐
좌우의 질서가 정연하여서

음식 그릇 벌여 있고
안주 과일 차렸으며

술도 이미 맛이 있어
모두 함께 술 마시네

종과 북을 설치하고
차례로 술잔 오가네

큰 과녁 펼쳐지고
활과 화살 준비되니

활 쏘는 자 짝을 지어
그대 솜씨 알리되

저 과녁 맞추어서
너의 벌주 기원하네

賓之初筵

賓之初筵　左右秩秩
籩豆有楚　肴核維旅
酒既和旨　飲酒孔偕
鍾鼓既設　舉酬逸逸
大侯既抗　弓矢斯張
射夫既同　獻爾發功
發彼有的　以祈爾爵

약무(籥舞)에 피리 불어
음악이 조화로워

나아가 열조(烈祖) 기쁘게
모든 예절 맞게 하네

모든 예절 지극하니
크고도 성대하네

네게 큰 복 내리니
자손들 평안하리

평안하고 즐거우니

각자 잔을 올리네

손님 친히 술을 뜨고
실인(室人)이 또 술 올려서

저 술잔에 술을 따라
그대 시제(時祭) 올리도다

籥舞笙鼓　樂既和奏
烝衎烈祖　以洽百禮
百禮既至　有壬有林
錫爾純嘏　子孫其湛
其湛曰樂　各奏爾能
賓載手仇　室人入又
酌彼康爵　以奏爾時

손님들 처음 연회에 나갈 땐
온화하고 공손하여

술 취하기 전에는
몸가짐 바르더니

211

이미 취한 후에는
몸가짐 경망하여

자기 자리 버리고 옮겨 가서는
드높이 춤추기 자주 하도다

술 취하기 전에는
몸가짐 신중터니

이미 취한 후에는
몸가짐 흐트러져

이를 일러, 취하면
질서를 모른다는 것

賓之初筵　溫溫其恭
其未醉止　威儀反反
曰既醉止　威儀幡幡
舍其坐遷　屢舞僛僛
其未醉止　威儀抑抑
曰醉既止　威儀怭怭
是曰既醉　不知其秩

손님 이미 취하면
고함치고 떠들어서

음식 그릇 흩트리고
자주 춤춰 비틀비틀

이를 일러, 취하면
허물을 모른다는 것

삐딱한 관(冠) 기울이고
쉬지 않고 춤을 추네

취한 뒤에 자리 뜨면
그 복 함께 받으련만

취하고도 자리 안 뜨니
이를 일러, 덕(德) 해치는 것

술 마셔서 아름다운 건
좋은 몸가짐 챙기는 것

賓既醉止　載號載呶
亂我籩豆　屢舞僛僛

213

是日既醉　不知其郵
側弁之俄　屢舞傞傞
既醉而出　并受其福
醉而不出　是謂伐德
飲酒孔嘉　維其令儀

무릇 술을 마실 때는
취하기도 안 취하기도

감시하는 사람 이미 두고
돕는 사람 두기도

취한 자의 추태를
안 취한 자 도리어 부끄러워하네

따라가서 말해 주길
너무 태만하지 말라고 말할 수 없겠는가

해선 안 될 말 하지 말고
따르지 않을 말 하지 말라고

취중에 나오는 대로 말하면
뿔 없는 숫양을 내라 하리라

214

석 잔 술에도 기억하지 못하는데
하물며 감히 또 더 마시겠는가

凡此飮酒　或醉或否

旣立之監　或佐之史

彼醉不臧　不醉反恥

式勿從謂　無俾大怠

匪言勿言　匪由勿語

由醉之言　俾出童羖

三爵不識　矧敢多又

너의 벌주 기원하네-활을 쏘아 이긴 자가 진 자에게 벌주를 먹이는 것
• 약무(籥舞)-고대 궁중 아악(雅樂)에 맞추어 추는 춤으로, 손에 피리(籥)를
들고 추는 문무(文舞)를 말함. 문무는 통치자의 문덕(文德)을 칭송하는
춤이고, 손에 도끼와 방패를 들고 추는 무무(武舞)는 통치자의 무공(武功)을
칭송하는 춤이다. • 열조(烈祖)-공업(功業)이 많은 조상들 • 감시하는
사람(監), 돕는 사람(史)-연회나 활쏘기에서 게으르거나 예를 잃은 자가 있을
것을 염려하여 이를 바로잡기 위하여 세운 사정관(司正官) • 뿔 없는
숫양(童羖)-취해서 함부로 말하면 그대에게 벌을 내려 뿔 없는 숫양을 내놓게
하겠다는 말로, 불가능한 요구를 함으로써 상대를 겁주고자 한 것이다.

위(衛)나라 무공(武公)이 유왕(幽王)을 풍자한 시라는 설과,
위나라 무공이 술을 마시고 잘못을 뉘우치고 지은 시라는 설이

있다. 한편 대사례(大射禮)의 과정을 노래한 시라는 설도 있다. 대사례는 제사를 지내기 전에 천자와 제후가 거행하는 활쏘기 의례이다. 이 시는 술로 인한 폐해를 지적하고 술을 경계해야 한다는 사람들이 자주 인용하는 작품이다.

조
조

曹操, 155~220

후한(後漢) 말기의 정치가이자 시인으로 자는 맹덕(孟德)이다.
일찍이 황건(黃巾)의 난을 평정하여 공을 세운 후 여포(呂布)와
원소(袁紹)를 차례로 격파하고 화북 지역을 통일하여 천하통일의
기초를 마련했다. 216년에는 위왕(魏王)이 되어 삼분(三分)된
천하에서 가장 강력한 세력을 유지했다. 그가 죽은 후 아들
조비(曹丕)가 후한의 헌제(獻帝)로부터 제위(帝位)를 찬탈한 후
그를 무제(武帝)로 추증했다.

217

술을 마주하고 노래하노니
사람의 일생이 얼마이던가

비유컨대 아침 이슬 같은 것
지난날엔 괴로움 많기도 했네

강개한 마음에 젖어
근심을 잊기 어렵네

이 근심 어찌 풀까
오직 두강(杜康)이 있을 뿐

푸르고 푸른 그대 옷깃
끝없이 그리운 이내 마음

다만 그대들 있기에
지금도 이 노래 읊조린다네

움매에 우는 사슴
들에서 대쑥을 뜯네

내게 좋은 손님 있어
거문고 생황 울린다

달은 밝고 또 밝으니
어느 때 이 근심 그치리

가슴속에서 근심이 생기는데
끊을 수가 없다네

논둑길 밭둑길 건너와
공연히 서로 안부 물으며

다시 만나 담소하고
옛 은혜 생각하네

달이 밝아 별 드무니
까마귀 까치 남으로 날아가

나무 세 번 맴돌지만
어느 가지에 의지하리

산은 더 높은 것 싫지 않고
바다는 더 깊은 것 싫지 않네

주공(周公)은 토포(吐哺)하여
천하 사람 귀의(歸依)했네

短歌行

對酒當歌　人生幾何

譬如朝露　去日苦多

慨當以慷　憂思難忘

何以解憂　唯有杜康

青青子衿　悠悠我心

但爲君故　沉吟至今

呦呦鹿鳴　食野之苹

我有嘉賓　鼓瑟吹笙

明明如月　何時可輟

憂從中來　不可斷絶

越陌度阡　枉用相存

契闊談讌　心念舊恩

月明星稀　烏鵲南飛

繞樹三匝　何枝可依

山不厭高　海不厭深

周公吐哺　天下歸心

두강(杜康)-술을 처음 만들었다는 전설상의 인물. 여기서는 술을 가리킨다.
• 푸르고 푸른 그대 옷깃(靑靑子衿)-『시경』정풍(鄭風)「자금」(子衿)의
구절을 그대로 인용한 것으로, 바람난 여자가 남자를 그리워하는 음란한
시라는 설과, '청금'(靑衿)을 학자의 의복으로 보아 학교의 정사가 폐지된
상황에서 공부하는 학자를 그리워하는 시라는 두 가지 해석이 있다. 여기서는
조조가 유능한 인재를 그리워한다는 뜻으로 새겼다. • 움매에 우는 사슴
(呦呦鹿鳴)-이 연(聯)은 『시경』소아「녹명」(鹿鳴)의 구절을 그대로 인용한
것으로, 임금이 신하들에게 연회를 베푸는 장면을 묘사한 시이다. 신하들을
사슴에 비유했다. • 달이 밝아 별 드무니(月明星稀)-달은 조조 자신을, 별은
조조와 세력을 다투던 군웅(群雄)을 가리킨다. 이하의 구절은, 군웅들이
조조의 세력에 밀려 까마귀 까치처럼 달아나 깃들일 가지가 없음을 의미한다.
• 주공(周公)은 토포(吐哺)하여-주공은 인재를 중시하여 식사 도중에도
빈객이 찾아오면 입안의 밥을 뱉고 맨발로 나가 맞이했다고 한다. 조조
자신도 그렇게 하겠다는 야심의 발로이다.

이 시는 어진 인재들을 모아서 천하를 경영하겠다는 조조의
심경을 토로한 작품이지만 "이 근심 어찌 풀까/오직 두강이
있을 뿐"(何以解憂 唯有杜康)이라는 구절로 인해 술의 공덕을
찬양하는 작품으로 널리 인용되고 있다.

도
연
명

陶淵明, 365~427

자는 원량(元亮), 자호(自號)는 오류선생(五柳先生)으로 강서성
심양(潯陽) 출신이다. 후에 이름을 잠(潛)으로 바꾸었다. 몰락한
관료 집안의 후예로 태어나 30세 무렵에 첫 벼슬길에 나선 이래
여러 지방관을 거치다가 41세에 팽택현령(彭澤縣令)이 되었으나
80일 만에 사직하면서 「귀거래사」(歸去來辭)를 짓고 귀향하여
이후로 평생 관직에 나아가지 않았다.

가을 국화 자태가 아름다워서
이슬에 젖은 꽃잎을 따

망우물(忘憂物)에다 이 꽃잎 띄우니
세상 버린 이내 마음 더욱 멀어져

한 잔 술 비록 혼자서 마시지만
술잔 비면 술병 절로 기울어지네

해 지면 온갖 움직임 그치나니
돌아오는 새들도 숲을 향해 지저귀네

동쪽 창 아래서 거침없이 읊조리니
애오라지 다시금 이런 삶을 얻게 됐네

飮酒

秋菊有佳色　裛露掇其英
泛此忘憂物　遠我遺世情
一觴雖獨進　杯盡壺自傾

日入群動息　歸鳥趨林鳴

嘯傲東軒下　聊復得此生

망우물(忘憂物)-술의 별칭으로 '근심을 잊게 하는 물건'이라는 뜻이다.
* 이런 삶(此生)-세속을 멀리하고 은거하는 삶

「음주」 시는 모두 20수인데 다음과 같은 도연명 자신의
서(序)가 달려 있다.

> 나는 한가롭게 살아 즐거움이 적은데 근래에는 밤마저 길어진
> 차에 우연히 좋은 술이 있어 마시지 않은 저녁이 없다.
> 그림자를 돌아보며 홀로 다 마시고 홀연히 다시 취한다. 취한
> 뒤에는 문득 시 몇 수를 지어 스스로 즐겼는데 쓴 시가
> 많아졌으나 말에 차례가 없었다. 그래도 애오라지 친구에게
> 쓰게 하여 즐거운 웃음거리로 삼고자 할 따름이다.

친구들이 나의 취향 기려서
술병 들고 서로 더불어 찾아 준다네

나뭇잎 깔고 소나무 밑에 앉아
몇 잔을 마시니 이내 다시 취한다

마을의 어른들 뒤섞여 떠들고
술 따르는 데에 차례도 잊는다

내가 있는 줄도 깨닫지 못하는데
바깥 사물 귀한 줄을 어이 알리오

머물 곳 찾아 헤매며 근심하는 자들아
술 속에 깊은 맛이 담겨 있다네

飮酒

故人賞我趣　挈壺相與至
班荊坐松下　數斟已復醉
父老雜亂言　觴酌失行次

225

不覺知有我　安知物爲貴
悠悠迷所留　酒中有深味

나뭇잎 깔고(班荊)-반(班)은 펴다, 깔다는 뜻이고 형(荊)은 가시나무 등의
낙엽관목 • 근심하는(悠悠)-유유(悠悠)는 근심하는 모양

마지막 연(聯)의 "머물 곳 찾아 헤매며 근심하는 자들"은 명예와
이익을 추구하는 사람들을 가리키고, "술 속에 깊은 맛이 담겨
있다"는 구절의 '술'은 일반적인 술이 아니고, 소나무 밑에
나뭇잎을 깔고 앉아서 사람들과 소박하게 마시는 술자리를
말한다. 이렇게 마시는 술 속에 깊은 정이 묻어나고 인간이
추구해야 할 도리가 있다는 것이다.

복희(伏羲) 신농(神農) 나에게서 멀어졌으니
온 세상에 참됨이 적어졌다네

노(魯)나라 노인께서 애쓰고 애써
그런대로 순박한 세상 만들려 했으니

봉황새는 비록 오지 않아도
예악이 잠시나마 새롭게 되었는데

수사(洙泗)의 심오한 말씀 끊어지고
세월은 흘러서 미친 진(秦)에 이르렀네

『시경』(詩經)과 『서경』(書經)이 무슨 죄 있기에
하루아침에 잿더미가 되었던가

그 후에 부지런한 여러 노인들
참으로 정성스레 일을 했지만

어찌하여 세상이 끊어진 이래
육경(六經)과 친한 이 하나도 없는가

227

사람들 하루 종일 분주히 치닫건만
나루를 묻는 이 보이지 않아

다시 또 실컷 마시지 않는다면
머리 위 두건을 저버리게 된다네

다만 말에 잘못 많아 한스러우니
그대 응당 취한 이를 용서하시게

飮酒

義農去我久　擧世少復眞
汲汲魯中叟　彌縫使其淳
鳳鳥雖不至　禮樂暫得新
洙泗輟微響　漂流逮狂秦
詩書復何罪　一朝成灰塵
區區諸老翁　爲事誠慇勤
如何絶世下　六籍無一親
終日馳車走　不見所問津
若復不快飮　空負頭上巾
但恨多謬誤　君當恕醉人

복희(伏羲) 신농(神農)-중국 고대 전설상의 제왕인 복희씨와 신농씨
• 노(魯)나라 노인-공자 • 봉황새-태평성대에 나타난다는 새 • 수사(洙泗)-
수수(洙水)와 사수(泗水). 공자가 이 두 강가에서 강학했다고 한다.
• 잿더미가 되었던가-진시황(秦始皇)이 유가의 경전을 불태운 일을 말한다.
• 여러 노인들-한초(漢初)에 소실된 유가 경전을 복구하여 전수한
복생(伏生), 신배(申培), 한영(韓嬰) 등을 말한다. • 나무를 묻는 이-『논어』
「미자」(微子)의 "장저(長沮)와 걸익(桀溺)이 나란히 밭을 가는데 공자가
지나다가 자로(子路)를 시켜 나루를 묻게 했다(問津)"는 구절에서 나온 말로
'올바른 길을 묻는다'는 뜻으로 쓰인다. • 머리 위 두건-도연명은 술이 익으면
머리에 쓴 두건을 벗어 술을 거르고 나서 다시 썼다고 한다.

64   술을 끊다

사는 곳이 성(城) 마을 가까이 있지만
이리저리 거닐며 스스로 한가롭네

큰 나무 그늘에 앉아도 보고
사립문 안에서 거닐기도 해

맛 좋은 건 채마밭의 푸성귀
큰 즐거움은 어린 자식 놈

평생에 술을 끊지 못하니
술 끊으면 마음에 기쁨이 없어

저녁에도 편안히 잠들지 못하고
새벽에도 능히 일어나질 못하네

매일같이 술을 끊고자 하나
술 끊으면 기혈(氣血)이 순조롭지 못하네

끊으면 즐겁지 않다는 것만 알뿐
내 몸에 이롭다는 건 알지 못했는데

230

비로소 끊는 게 좋은 줄 깨달아서
오늘 아침 정말로 끊어 버렸네

이제부터 내리 끊는다면
장차는 부상(扶桑)의 물가에 닿게 되고

맑은 얼굴이 옛날 모습 같으리니
어찌 천만년을 살 뿐이겠는가

止酒

居止次城邑　逍遥自閒止
坐止高蔭下　步止蓽門裏
好味止園葵　大懽止稚子
平生不止酒　止酒情無喜
暮止不安寢　晨止不能起
日日欲止之　營衛止不理
徒知止不樂　未知止利己
始覺止爲善　今朝眞止矣
從此一止去　將止扶桑涘
淸顔止宿容　奚止千萬祀

부상(扶桑)-동쪽에 해가 뜨면 첫 햇살이 비친다는 나무. 선계(仙界)를
가리킨다.

38세 때의 작품인데 천하의 술꾼 도연명도 한때는 술을 끊은
적이 있었나 보다. 그러나 이후의 시에 나타난 바를 보면 그의
금주 기간은 오래 가지 못했음이 분명하다.

이 시의 형식상의 특징은 매 구절마다 '止' 자를 쓴 것이다.
이 시에 쓰인 '止'의 뜻은 다양하다.

나의 죽음을 애도하는 시 제1수

삶이 있으면 반드시 죽음이 있는 법
일찍 죽는다고 명이 짧은 건 아니지

엊저녁엔 남과 같은 사람이더니
오늘 아침 귀신 명부에 올라 있다네

혼과 기운 흩어져 어디로 가나?
마른 형체를 텅 빈 나무 관에 맡기네

귀여운 자식들은 아비 찾으며 울고
좋은 벗들은 나를 어루만지며 통곡을 하네

이득과 손실을 더는 알지 못하니
옳고 그름을 어찌 깨달으리오

천년만년 지난 후에
영화와 치욕을 그 누가 알까

단지 한스러운 건 살아 있을 때
술 실컷 마시지 못한 것이네

挽歌詩

有生必有死　早終非命促
昨暮同爲人　今旦在鬼錄
魂氣散何之　枯形寄空木
嬌兒索父啼　良友撫我哭
得失不復知　是非安能覺
千秋萬歲後　誰知榮與辱
但恨在世時　飮酒不得足

자신의 죽음을 가상해서 스스로 애도하는 3수의 시 중에서
제1수이다. 제1수는 죽는 장면이고 제2수는 친구들이 발인하는
장면이며 제3수는 장사지내는 장면으로 되어 있다. "단지
한스러운 건 살아 있을 때/술 실컷 마시지 못한 것이네"라는
구절에서 그가 얼마나 술을 사랑했는지 알 수 있다. 실제로
그의 자서전이라 할 수 있는「오류선생전」(五柳先生傳)에서
그는 "본성이 술을 좋아했지만 집이 가난하여 항상 얻을 수는
없었다"라 말한 바 있다. 이 시는 도연명이 죽은 해인
427년(63세) 작이란 설과, 415년(51세) 큰 병을 앓았을 때의
작품이란 설이 있다.

도연명의 「오류선생전」

선생은 어디 사람인지도 모르고 그 성명도 자세하지 않다. 집 주변에 버드나무 다섯 그루가 있으므로 그것으로 호를 삼았다. 한가롭고 조용하여 말이 적었고 영화와 이익을 사모하지 않았다. 독서를 좋아하되 심한 뜻풀이를 구하지 않았고 마음에 맞는 일이 있을 때마다 문득 기뻐하여 밥 먹는 일을 잊었다. 본성이 술을 좋아했지만 집이 가난하여 항상 얻을 수는 없었다. 친구들이 그의 이러한 사정을 알고 간혹 술상을 차려 그를 부르면 가서 문득 다 마셔 버려 반드시 취하는 데에 한도를 두고 이미 취한 후에는 물러나, 가고 머무름에 마음을 둔 적이 없었다.

담장 안은 쓸쓸하여 바람과 햇볕을 가리지 못했고 짧은 갈옷은 해진 곳을 기웠으며 밥그릇과 표주박이 자주 비었어도 편안히 여겼다. 항상 문장을 지어 스스로 즐기며 자신의 뜻을 나타냈고 부귀와 빈천에 대한 생각을 잊은 채 그렇게 삶을 마쳤다.

찬(贊)하여 말한다.

검루(黔婁)의 처가 말하기를 "(검루는) 빈천을 근심하지 않고 부귀에 급급하지 않는다" 하였다. 그 말을 미루어 보면 오류선생이 이 같은 사람의 무리가 아니겠는가? 술 마시고 시를 지으며 그 뜻을 즐기니 무회씨(無懷氏)의 백성인가, 갈천씨(葛天氏)의 백성인가?

先生不知何許人也 亦不詳其姓字 宅邊有五柳樹 因以爲號焉 閑靜少言

不慕榮利 好讀書 不求甚解 每有會意 便欣然忘食 性嗜酒 家貧不能常

得 親舊知其如此 或置酒而招之 造飮輒盡 期在必醉 既醉而退 曾不吝

情去留 環堵蕭然 不蔽風日 短褐穿結 簞瓢屢空 晏如也 常著文章自娛

頗示己志 忘懷得失 以此自終

贊曰 黔婁之妻有言 不戚戚于貧賤 不汲汲于富貴 極其言 玆若人之儔

乎 酣觴賦詩 以樂其志 無懷氏之民歟 葛天氏之民歟

검루(黔婁)-제(齊)나라의 은사(隱士)·무회씨(無懷氏), 갈천씨(葛天氏)-모두
고대 전설상의 제왕으로 도(道)와 덕(德)으로 다스려 태평성대를 이루었다고
한다.

왕
적

王績, 589~644

자는 무공(無功), 호는 동고자(東皐子)이다. 수말(隋末)에 잠시
벼슬했으나 술을 좋아하여 공무를 소홀히 한다는 이유로 탄핵을
받아 파직당했다. 당초(唐初)에도 벼슬이 내렸지만 사임하고
귀향하여 은거했다. 귀향 후 집 앞에 '두강사'(杜康祠)를 짓고 술을
처음 만들었다는 두강에게 제사를 지냈다고 한다. 술을 좋아하여
'두주학사'(斗酒學士)라 불리기도 했다. 당나라 초기에 오언율시의
기본 틀을 완성했다. 『동고자집』(東皐子集)이 전하며 『전당시』에
시 1권이 수록되어 있다. 「취향기」(醉鄕記),
「오두선생전」(五斗先生傳) 등의 산문도 전하고 있다.

66   취한 후에

완적(阮籍)은 술 깬 날 적었고
도잠(陶潛)은 취한 날 많았네

어찌하면 백 년을 만족하게 보낼까?
흥(興)을 타고 또 길게 노래 부르며

醉後

阮籍醒時少　陶潛醉日多
百年何足度　乘興且長歌

완적(阮籍)-86면 23번 시 이색의 「취향」 참조 • 도잠(陶潛)-도연명(陶淵明)

67   홀로 마시다

뜬 인생 얼마나 살지 모르는 판에
헛된 공명 좇아 봐야 쓸데없는 짓

술이나 많이 빚어 대숲에 앉아
때때로 술잔 기울임만 같지 못하리

獨酌

浮生知幾日　無狀逐空名
不如多釀酒　時向竹林傾

요즈음 언제나 술에 젖어 있는 것은
성령(性靈)을 기르는 것과 관계가 없네

눈앞에 보이는 사람 모두가 취했는데
어찌 차마 홀로 깨어 있을 수 있으랴

過酒家 五首

此日長昏飮　非關養性靈
眼看人盡醉　何忍獨爲醒

240

왕적의 「오두선생전」

오두선생은 주덕(酒德)으로써 인간 세상에 노닐었으니, 술자리에 초대하는 자가 있으면 귀천을 가리지 않고 모두 갔으며 가면 반드시 취했고 취하면 자리를 가리지 않고 누워 잤다. 술이 깨면 일어나 다시 마셨는데 늘 다섯 말(五斗)의 술을 마셨기 때문에 '오두선생'을 호로 삼았다. 선생은 세상사에 생각을 끊고 말수가 적었으며 천하에 인의 도덕과 인정 후박이 있는 줄을 알지 못했다. 홀연히 떠났다가 갑자기 돌아오니 그 움직임은 하늘과 같고 고요함은 대지와 같아서 세상 만물에 마음을 얽매이지 않았다. 일찍이 말하기를 "천하의 일을 대략 알 만하도다. 삶이 무슨 보양(保養)할 만한 가치가 있다고 혜강(嵇康)은 글을 지었으며, 길이 어찌 끝남이 있다고 완적(阮籍)은 통곡을 하였는가? 그러므로 혼혼묵묵(昏昏默默)한 것이 성인의 처세이다"라 하였다. 마침내 그 뜻을 실행하여 간 곳을 알지 못했다.

有五斗先生者 以酒德遊於人間 人有以酒請者 無貴賤皆往 往必醉 醉則不擇地斯寢矣 醒則復起飲也 常一飲五斗 因以爲號焉 先生絕思慮 寡言語 不知天下之有仁義厚薄也 忽然而去 倏焉而來 其動也天 其靜也地 故萬物不能縈心焉 嘗言曰 天下大抵可見矣 生何足養 而嵇康著論 塗何爲窮 而阮籍慟哭 故昏昏默默 聖人之所居也 遂行其志 不知所如

움직임은~같아서-천지조화의 법칙 즉 자연에 따라 사는 것 • 혜강(嵇康)은 글을 지었으며-혜강이 지은 「양생론」(養生論)을 가리킨다. • 완적(阮籍)은 통곡을 하였는가-완적은 세상이 혼탁한 것을 개탄하여 늘 소가 끄는 수레를 타고 가다가 길이 다하는 곳에 이르면 통곡하고 돌아왔다고 한다. 이 구절의 뜻은, 혜강처럼 「양생론」을 지을 필요도 없고 완적처럼 세상을 개탄할 필요도 없다는 것이다. • 혼혼묵묵(昏昏黙黙)-시비(是非)를 따지지 않고 세상일에 무관심한 태도

왕
한

王翰, 687?~726?

산서성 병주(幷州) 출신으로 자는 자우(子羽)이다. 경운(景雲)
원년(710)에 진사에 급제한 후 당시 재상이던 장열(張說)의
인정을 받아 비서정자(秘書正字), 가부원외랑(駕部員外郎)에
발탁되었다. 호방한 성격으로 술과 풍류를 즐기며 방탕한 생활을
하다가 장열이 실각한 후 이곳저곳으로 좌천되었는데 마지막으로
호남성 도주사마(道州司馬)로 좌천되어 그곳에서 죽었다.
왕지환(王之渙)과 더불어 변새파(邊塞派) 시인으로 이름이 높다.
시 14수가 전한다.

243

69   양주의 노래

아름다운 포도주, 야광배(夜光杯)에 따르는데
말 위의 비파 소리, 마시길 재촉하네

모래밭에 취하여 누웠다고 웃지 마소
예로부터 전장에서 돌아온 자 몇이던가

凉州詞

葡萄美酒夜光杯　欲飮琵琶馬上催
醉臥沙場君莫笑　古來征戰幾人回

양주(凉州)-지금의 감숙성 무위현(武威縣)·포도주-한무제(漢武帝) 때
서역에서 전래된 포도로 만든 술로 황실에서나 마시던 극히 귀한 술
·야광배(夜光杯)-밤에도 빛이 난다고 하는 백옥으로 만든 귀한 술잔으로,
서호(西胡)가 주(周) 목왕(穆王)에게 바쳤다고 한다.

성당(盛唐) 변새시(邊塞詩)의 걸작으로 천고에 전송되는
명편이다. 이 시는 변새시이면서도 전쟁을 묘사하지 않고
음주(飮酒)를 그리고 있다. 1구에서부터 포도주와 야광배가

등장한다. 극히 진귀한 포도주와 야광배를 등장시킴으로써 이 장면이 매우 성대한 술자리임을 암시하고 있다. 말 위에서는 비파가 주흥을 돋우며 술 마시기를 재촉한다. 비파는 원래 말 위에서 연주하는 악기라고 한다. 변방의 전쟁터에서 병사들은 비파 소리에 이끌려 야광배에 포도주를 따라 마음껏 마시고 취하여 모래밭에 누워 있다. 열광적이고 질펀한 술자리의 묘사이다. 이렇게 대취(大醉)하여 모래밭에 누워서 그들은 말한다. "예로부터 전장에서 돌아온 자 몇이던가?" 예로부터 나라를 위하여 출정한 전사는 살아서 돌아갈 생각을 하지 않았다. 그것이 진정한 사나이다. 그러니 죽음을 두려워하지 말고 마시자는 것이다. 그러므로 제4구의 이 말은 일종의 권주사(勸酒詞)이다. 이는 생사를 초월한 병사들의 호방한 기상을 나타낸 것이다. 영웅본색(英雄本色)의 표출이라 할 만하다.

　이 시를 다른 각도에서 해석하기도 한다. 즉 1·2구를 출정하기 전의 장면으로 보는 견해이다. 1구는 출정하기 전의 주연(酒筵)이고 2구는 말 위에서 대장이 병사들의 출발을 재촉한다는 것이다. 3구는 전쟁에 지친 병사들이 술로 시름을 달래는 모습이다. "예로부터 전장에서 돌아온 자 몇이던가?" 우리들도 돌아갈 희망 없이 여기서 죽고 말 것이다. 이런 비통한 심정을 달래기 위해서, 죽음의 공포로부터 벗어나기 위해서 술을 마신다는 것이다.

　두 가지 견해에 다 일리가 있어서 어느 한쪽으로 단정하기 어렵지만, 이 시의 작자인 왕한의 평소 기질로 보아 전자의

해석이 보다 타당한 듯하다. 왕한은 평소 술을 좋아하고 그
무엇에도 얽매이지 않는 호방한 기상의 소유자였다고 한다.
그는 이 시의 배경이 되고 있는 서북쪽의 변방에 가본 적이
없다고 한다. 이러한 그에게, 포도주와 야광배와 비파가 있는
변방의 사막이라는 이국(異國) 풍정(風情)이 일종의 낭만적
상상력을 자극했을 것이다. 직접 가 보지 않았기 때문에, 전쟁의
참상이나 병사들의 애상(哀傷)을 묘사하기보다, 생사를
초월하여 술 마시는 병사들의 호쾌한 기상을 그렸을 법하다.
이백(李白) 류의 낭만적 상상력의 소산이 아닌가 한다. 또한
이것은 성당(盛唐) 변새시의 특징이기도 하다.

맹
호
연

孟浩然, 689~740

호북성(湖北省) 양양현(襄陽縣) 출신으로 자가 호연(浩然)이고
본명은 맹호(孟浩)이다. 40세쯤 진사 시험에 응시했으나
낙방하고 고향에 돌아와 녹문산(鹿門山)에서 은거했다. 만년에
재상 장구령(張九齡)의 부탁으로 잠시 일한 것 이외에는 관직에
오르지 못하고 일생을 마쳤다. 은둔 생활을 하면서 도연명을
존경하여 고독한 전원생활을 즐기고 자연의 정취를 읊은 작품을
남겨 왕유(王維)와 함께 성당의 산수전원시파를 대표한다. 그래서
흔히 '왕맹'(王孟)으로 병칭된다. 그는 특히 오언시에 뛰어나 그의
작품은 건안(建安)의 기풍을 되살린 명편으로 평가받는다. 이백이
존경했던 시인이다. 『맹호연집』(孟浩然集)에 263수의 시가
전한다.

허둥지둥 보내 버린 삼십 년 세월
글과 칼 양쪽에 이룬 것 하나 없어

오월(吳越)의 산수를 찾아가는 건
낙양의 바람 먼지에 염증이 났기 때문

강과 바다에 조각배 띄우려고
길게 절하고 공경(公卿)들께 하직하네

내 장차 배중물(杯中物)을 즐길 것이니
세상의 공명을 뉘라서 논하는가

自洛之越

遑遑三十載　書劍兩無成
山水尋吳越　風塵厭洛京
扁舟泛湖海　長揖謝公卿
且樂杯中物　誰論世上名

배중물(杯中物)-'잔 속의 물건'이란 뜻으로 술의 별칭. 도연명의 시
「책자」(責子)에 "하늘이 준 운명이 이러하다면/또다시 술이나
마시자"(天運苟如此 且進杯中物)라는 구절에서 유래되었다.

늦은 나이에 응시한 과거시험에 낙방한 후 맹호연은 심한
좌절감으로 실의에 빠져 있었다. 돌이켜 보면 삼십 년 동안
문무(文武) 어느 쪽에도 이룬 것이 없고 게다가 낙양의
벼슬아치들이 벌이는 냉혹한 정치 현실에 염증을 느꼈다.
그래서 오월(吳越)의 산수를 찾아 나서면서 술을 즐기며
부귀공명을 멀리하겠다고 말한 것이다.

71　주인에게 장난삼아 주다

취하여 잠든 채 일어나지 않았는데
주인이 부르네, 해장술 하자고

닭 잡고 기장밥 익었다 말하고 나서
갓 익은 술 맑다고 다시 말하네

戲贈主人

客醉眠未起　主人呼解酲
已言鷄黍熟　復道甕頭淸

갓 익은 술(甕頭)-옹두춘(甕頭春)으로, 갓 익은 술을 말한다.

왕
유

王維, 701~759

산서성 태원(太原) 출신으로 자는 마힐(摩詰)이다. 서화와
음악에도 조예가 깊어 예술계의 거장으로 추앙받는다. 개원
9년(721) 21세에 진사가 되어, 벼슬의 부침을 겪은 뒤
종남산(終南山) 망천(輞川)에 별장을 마련하고 은거와 관직
생활을 오갔다. 산수 전원의 한가하고 탈속한 정취를 담고, 불교
섭리를 주요 주제로 다루어 시성(詩聖) 두보, 시선(詩仙) 이백과
병칭해 시불(詩佛)이라 칭해졌다. 그의 시 세계는 도연명,
사령운의 시풍을 창조적으로 계승하여 함축미와 여운미가
생동하며, 맹호연, 위응물(韋應物), 유종원(柳宗元) 등과 함께
산수전원시인으로 분류된다. 후대에 이들의 시풍을 따르는
유파가 지속적으로 등장해 큰 흐름을 이루었는데 두보, 한유로
이어지는 유파와 대별해 순수예술성을 추구하는 계보를
형성했다. 그는 그림에도 일가를 이루어 명나라 동기창(董其昌,
1555~1636)은 남종산수화의 시조로 추숭하였고, 청나라
왕사정(王士禎, 1634~1711)은 왕유의 시풍을 신운설(神韻說)의
종지로 삼았다. 『왕우승집』(王右丞集)에 398수의 시가 전한다.

72 안서로 가는 원이를 송별하다

위성의 아침 비가 가벼운 먼지 적시니
객사는 푸르고 버들 빛은 싱그럽네

그대에게 권하노니 한 잔 더 비우시게
서쪽 양관 벗어나면 친한 벗 없다네

送元二使安西

渭城朝雨浥輕塵　客舍青青柳色新
勸君更盡一杯酒　西出陽關無故人

안서(安西)-지금의 신강성 고차(庫車) 부근으로 당시
안서도호부(安西都護府) 소재지 · 원이(元二)-누구인지 분명하지 않다.
· 위성(渭城)-섬서성 함양(咸陽). 장안 서쪽 위수(渭水) 북쪽에 있다.
· 객사(客舍)-나그네가 묵는 여관 · 양관(陽關)-돈황(燉煌) 서남쪽에 있던
관문으로 북쪽의 옥문관(玉門關)과 함께 서역으로 통하는 길목이다.

위성(渭城)은 당나라 때 서역으로 가는 사람을 마지막으로
떠나보내는 송별 장소였다. 장안에서 이곳으로 가는 데 하루가

252

걸렸다고 한다. 아마 시인은 서역으로 떠나는 원이와 함께
장안으로부터 위성에 가서 객사에서 하룻밤을 묵고 이튿날
아침에 술잔을 나누며 이별을 고한 듯하다. 집에서 작별 인사를
고하지 않고 이렇게 멀리까지 가서 전별하는 것이 옛사람들의
아름다운 풍속이었다. 우리나라에서도 친구가 와서 며칠
지내다가 떠날 때는 주인이 동구 밖까지 나가서 주막이나
느티나무 아래에 주연을 베풀고 마지막 작별을 고하는 풍속이
있었다. 참으로 아름다운 풍속이다. 가는 데에 하루가 걸리는
먼 곳까지 가서 배웅한 것으로 보아 친구에 대한 시인의 우정의
깊이를 느낄 수 있다.

　떠나는 날 위성의 분위기는 맑고 깨끗하다. 평상시엔
서쪽으로 가는 길에 먼지가 날렸을 터인데 이날엔 잠깐 내린
보슬비가 가벼운 먼지를 적셔 준다. 그래서 주위의 버드나무도
더없이 싱그럽다. 이곳이 이별의 장소이기에 버드나무가 많은
것이다. 떠나는 사람에게 버드나무 가지를 꺾어 주는 것이
오래된 관습이다. 객사가 푸르다는 것은 객사의 색채가
푸르다기보다는 주위의 버드나무가 비쳐 푸르다고 함이 옳을
듯하다. 이 청신하고 싱그러운 분위기를 뒤로 하고 떠나야
하다니…. 친구를 만류하여 주저앉히고 아름다운 풍광을 함께
더 즐기고 싶지만 버들가지를 꺾어 주며 작별해야 하는 시인의
마음이 어떠하리라는 것은 짐작할 수 있다.

　3, 4구는 마지막 술잔을 권하는 장면이다. "한 잔 더
비우시게"라 말한 것으로 보아 그동안 술잔이 여러 순배 돌았을
것이고 많은 이야기가 오고갔을 것이다. 그러나 이 모든 것이

253

생략되었다. 이제 일어서야 할 마지막 순간에 시인은 가슴에 품은 만단정회(萬端情懷)를 한 잔의 술에 담아서 마시라고 권하는 것이다. 서쪽 양관 벗어나면 친한 벗이 없을 테니까. 또 한 잔 더 비우라 권하는 것은 조금이라도 더 출발을 연장시키고 싶은 마음이 작용했을 것이다. 여기서 시인의 짙은 우정을 읽을 수 있다. 황량한 서역으로 친구를 떠나보내면서 1, 2구에서는 밝고 명랑한 분위기를 그려 냈고 3, 4구에서도 석별의 감정을 노골적으로 드러내지 않았다. 그러면서도 친구에 대한 진정한 우정을 28개의 글자 속에 잔잔하면서도 강렬하게 표현했다. 이 시는 천고의 절창으로 평가받아 후대에 널리 애송되며 송별시의 대명사로 자리 잡았고, 악보에 실려 가창되기도 했다.

이
백

李白, 701~762

자는 태백(太白), 호는 청련거사(靑蓮居士)이다. 지금의
키르키스스탄 토크마크 부근(당나라 때 안서도호부에 속함)에서
출생했다. 5세에 아버지를 따라 촉(蜀) 땅으로 이주하여 이곳에서
학문을 배우며 자유롭게 노닐었다. 25세에는 장대한 뜻을 품고
촉을 떠나 천하를 만유(漫遊)하다가 742년에 오균(吳筠)을 따라
장안(長安)으로 들어가 한림대조(翰林待詔)란 벼슬을 얻었지만 곧
고력사(高力士) 등의 모략으로 장안을 떠났다. 이때부터 다시
만유를 시작했는데, 안사(安史)의 난이 일어난 후 영왕(永王)
이린(李璘)의 반란에 가담했다가 체포되고, 이듬해
야랑(夜郎)으로 유배 가던 도중에 사면된다. 두보, 왕유와 더불어
성당을 대표하는 시인으로 두보의 현실주의적 경향에 비하여
낭만주의 문학을 꽃피웠다. 만년에는 도교(道敎)에 빠져 유랑
생활을 하다가 62세에 안휘성(安徽省) 당도(當塗)에서 병사했다.
『이태백전집』(李太白全集)에 시 1049수가 전한다.

73   아내에게

일 년이라 삼백육십 일을
날마다 흠뻑 취해 있으니

비록 이백의 아내가 되었지만
태상(太常)의 처와 다를 게 무어랴

贈內

三百六十日　日日醉如泥
雖爲李白婦　何異太常妻

태상(太常)-국가의 종묘(宗廟) 의례(儀禮)를 관장하는 관직. 동한(東漢) 때
주택(周澤)이 태상에 임명되자 집에도 가지 않고 1년 내내 하루도 빠짐없이
재계(齋戒)하며 종묘의 각종 의례를 경건하게 관장했다고 한다.

이백은 27세 때 안륙(安陸)에 머물면서 허씨부인과 결혼했는데
이 시는 그 무렵의 작품으로 추정된다. 날마다 술에 젖어
아내를 살뜰히 돌보지 못하는 자신을 자책하며 아내에 대한

안쓰러움을 나타낸 시이다.

꽃 사이에 한 병 술
친구도 없이 홀로 마시다가

잔 들어 밝은 달 맞이해 오니
그림자 대하여 세 사람 되었네

달은 이미 술 마실 줄 모르거니와
그림자도 내 몸을 따라다닐 뿐이나

잠시나마 달과 그림자 짝이 되어서
모름지기 봄날을 즐겨야 하리

내가 노래하면 달도 서성거리고
내가 춤추면 그림자 어지러이 헝클어지네

깨었을 땐 함께 서로 즐거움 나누지만
취한 후엔 각각 나눠 흩어지기에

정 없는 교유를 길이길이 맺고자
아득한 은하수에 기약해 보네

月下獨酌

花間一壺酒　獨酌無相親
擧杯邀明月　對影成三人
月旣不解飮　影徒隨我身
暫伴月將影　行樂須及春
我歌月徘徊　我舞影零亂
醒時同交歡　醉後各分散
永結無情遊　相期邈雲漢

세 사람-시인 자신과 달과 그림자 • 달과 그림자(月將影)-'장'(將)은 '~와'의
뜻 • 정 없는 교유(無情遊)-인간 세상의 이해관계를 떠난 순수한 교유
• 은하수(雲漢)-천상(天上)의 선계(仙界)를 가리킨다.

이백이 쓴 「월하독작」(月下獨酌)은 4수가 있는데 이것은
제1수이다. 이백은 42세 때 도사(道士) 오균의 추천으로
한림대조란 벼슬을 얻어 장안에 머물게 된다. 조그마한
벼슬이나마 그의 이상과 포부를 실현할 수 있는 계기를 마련한
것이다. 그러나 그의 장안 시절은 오래가지 못했다. 당시의
실력자인 고력사와 양귀비(楊貴妃)의 모함을 받아 44세에
조정에서 쫓겨났기 때문이다. 이 시는 이 시기의 작품으로
추정된다.

259

시의 배경은 꽃이 피어 있는 뜰 또는 들판이다. 등장인물은 이백 한 사람이고 무대의 소도구(小道具)는 술 한 병이다. 극히 단조롭고 쓸쓸한 풍경이다. 술은 적어도 둘이서 마셔야 맛이 나는데 그는 혼자 술잔을 기울이고 있다. 이것은, 모함과 질시와 권모술수가 판치는 현실에서 환멸을 느낀 그의 고독한 내면 풍경이다. 이러한 고독을 달래기 위하여 그는 술잔 속에 비친 달과 자신의 그림자를 억지로 친구로 삼는다. 이백 한 사람이 이제 세 사람이 된 것이다. 인간에게 환멸을 느낀 이백이 인간 아닌 달과 그림자와 짝하여 술을 마시는 심경을 알 만하다. 그러나 달과 그림자는 본래 그의 술친구가 될 수 없었다. 달은 술을 마실 줄 모르고 그림자는 자기 몸을 따라다니기만 할 뿐이다.

억지로 만든 친구인 달과 그림자가 허환(虛幻)인줄 알면서도 이들과 어울리지 않을 수 없을 만큼 그는 고독했다. 그래서 "잠시나마" 이들과 짝이 되어서 "모름지기 봄날을 즐겨야 하리"라고 다짐한다. 그가 노래를 부르니 달도 그의 노래를 경청하듯 하늘에서 서성이고, 그가 춤을 추니 그림자도 따라서 춤을 추듯 헝클어진다. 이제 세 사람은 마음 통하는 친구처럼 어울린다.

그러나 어쩌랴, 술에 취해 자고 나면 달도 지고 그림자도 없어질 것을. 그나마 짝이 되어 어울렸던 달과 그림자도 영원할 수 없었다. 인간 세상에서는 달과 그림자와도 영원한 교유를 맺을 수 없었던 것이다. 마지막 연의 "정 없는 교유"는 달과 그림자와의 교유이다. 달과 그림자는 정이 없는 사물이다. "정

없는 교유"는 달이나 그림자처럼 정이 없는 사물과의 교유라는 단순한 뜻 이외에도, 인간끼리 맺는 '정이 있는 교유'에서 느낀 환멸의 깊이를 역설적으로 표현한다. 인간 세상에서는 "정 없는 교유"나마 영원히 유지할 수 없기에 "아득한 은하수"에서나 기약해 보자는 것이다. "아득한 은하수"는 추악한 인간 세상이 아닌 천상의 선계(仙界)를 가리킨다.

이백은 평생 달과 술을 무척 사랑했다. 그래서 달을 읊고 술을 노래한 시를 수없이 썼다. 이 시에서 "홀로" 달을 보고 "홀로" 술을 마시는 이백의 고독한 모습을 엿볼 수 있다.

75 달 아래서 홀로 술을 마시며 제2수

하늘이 술을 사랑하지 않았다면야
하늘엔 주성(酒星)이 없었을 것이고

대지(大地)가 술을 사랑하지 않았다면야
땅엔 응당 주천(酒泉)이 없었을 것이라

하늘과 땅이 이미 술을 사랑했으니
술 사랑, 하늘에 부끄럽지 않도다

들으니 청주(淸酒)는 성인(聖人)에 비유되고
탁주(濁酒)는 현인(賢人)에 비유된다 말했겠다

성인과 현인을 나 이미 마셨으니
구태여 신선을 구할 필요 있으리오

술 석 잔 마시니 대도(大道)에 통하고
한 말 술 마시니 자연과 합하도다

취중(醉中)의 흥취를 얻으면 그만이지
술 마시지 않는 자에겐 말하지 말라

月下獨酌

天若不愛酒　酒星不在天
地若不愛酒　地應無酒泉
天地旣愛酒　愛酒不愧天
已聞淸比聖　復道濁如賢
賢聖旣已飮　何必求神仙
三杯通大道　一斗合自然
但得醉中趣　勿爲醒者傳

들으니~말했겠다–술에 대한 은어(隱語)에 '청성탁현'(淸聖濁賢)이라는 말이
있는데 '청주는 성인이요 탁주는 현인이다'라는 말이다.

이 시는 이백의 작품이 아니란 설과 이백의 작품이 확실하다는
설이 팽팽히 맞서고 있다.

끝없는 수심이 천만 갈래라
맛좋은 술 삼백 잔 마시네

수심 많고 술 적어도
술잔 기울이면 수심 오지 않으니

술을 성인이라 한 그 까닭 알겠도다
얼큰히 취하면 마음 절로 느긋해져

곡식을 끊고서 수양산(首陽山)에 누운 분과
뒤주가 자주 비어 굶주린 안회(顔回)는

사는 동안 음주를 즐기지 않았으니
헛된 명성이 무슨 소용 있으리오

게와 가재 안주는 신선 되는 약이요
술지게미 언덕은 봉래산(蓬萊山)이라

내 장차 모름지기 맛 좋은 술 마시며
달을 타고 높은 대(臺)에서 취하리로다

264

月下獨酌

窮愁千萬端　美酒三百杯
愁多酒雖少　酒傾愁不來
所以知酒聖　酒酣心自開
辭粟臥首陽　屢空飢顔回
當代不樂飲　虛名安用哉
蟹螯即金液　糟丘是蓬萊
且須飲美酒　乘月醉高臺

수양산(首陽山)에 누운 분-백이(伯夷)와 숙제(叔齊)를 말한다.

백이, 숙제와 안회는 술을 즐겼다는 기록이 없다. 그래서 그들이
"사는 동안 음주를 즐기지 않았다"라 단정하고 그들의 명성이
"헛된 명성"이라 말한다. 모든 사람들이 높이 추앙하는 백이,
숙제, 안회의 명성을 헛된 명성이라 말할 수 있는 자는 이백밖에
없을 것이다.

그대 보지 못하였나
황하의 물이 하늘에서 내려와
바다로 흘러가 다시 돌아오지 못하는 걸

또 보지 못하였나
고당(高堂)에서 거울 속 백발을 슬퍼하니
아침에 검던 머리 저녁엔 눈처럼 희다는 걸

인생에서 뜻 얻으면 모름지기 즐겨야지
금 술잔, 달 앞에서 헛되게 하지 말라

하늘이 날 낳을 땐 쓸모가 있었을 터
천금이 흩어지면 다시 또 돌아오리

양 삶고 소 잡아 즐길 일이니
한 번에 모름지기 삼백 잔은 마셔야지

잠부자(岑夫子), 단구생(丹丘生)아
술 권하노니 그대는 멈추지 마시게나

그대 위해 노래 한 곡 불러 보리니

그대는 나를 위해 귀 기울여 들어 주게

종고(鐘鼓)와 찬옥(饌玉)은 귀할 것 없네
다만 길이 취하여 깨지 않길 바랄 뿐

예부터 성현들은 모두 적막하건만
술 마시던 사람만 그 이름 남겨서

그 옛날 진왕(陳王)이 평락궁(平樂宮)서 잔치할 때
한 말에 일만 냥 술 맘껏 마시며 즐겼다네

주인 어찌 돈 적다 말하겠으리
당장 술 사와서 그대와 대작하리

오화마(五花馬), 천금구(千金裘)를
아이 시켜 좋은 술과 바꾸게 하여
그대와 함께 만고의 시름 씻어 내리라

將進酒

君不見
黃河之水天上來　奔流到海不復回
又不見

高堂明鏡悲白髮　朝如青絲暮成雪

人生得意須盡歡　莫使金樽空對月

天生我材必有用　千金散盡還復來

烹羊宰牛且爲樂　會須一飮三百杯

岑夫子 丹丘生　將進酒 杯莫停

與君歌一曲　　　請君爲我倾耳聽

鐘鼓饌玉不足貴　但願長醉不願醒

古來聖賢皆寂寞　惟有飮者留其名

陳王昔時宴平樂　斗酒十千恣歡謔

主人何爲言少錢　徑須沽酒對君酌

五花馬 千金裘　呼兒將出換美酒　與爾同銷萬古愁

잠부자(岑夫子)-잠훈(岑勛). '부자'(夫子)는 존칭 • 단구생(丹丘生)-
원단구(元丹丘) • 종고(鐘鼓)와 찬옥(饌玉)-'종고'는 부귀한 가정의 연회 때
연주하는 악기, '찬옥'은 진귀한 음식 • 진왕(陳王)-진왕에 봉해진
조조(曹操)의 셋째 아들 조식(曹植). 그가 쓴 「명도편」(名都篇)에 "돌아와
평락궁에서 잔치를 베푸니 아름다운 술 한 말이 만금이라네"(歸來宴平樂
美酒斗十千)라는 구절이 있다. • 오화마(五花馬)-털빛이 다섯 가지 꽃문양을
띤 명마 • 천금구(千金裘)-천금의 값이 나가는 털가죽 옷

이 작품의 창작 시기에 대해서는 733년, 735년, 744년, 752년
등 여러 설이 있는데 여기서는 일단 752년으로 추정한다. 이
해에 이백은 잠훈과 함께 원단구의 거처를 방문하여 술판을

268

벌인다. 원단구는 이백의 오랜 친구로 그는 당시 숭산(嵩山)에 은거하고 있었다. 이때 이백은 744년 조정에서 방출된 이래 9년째 유랑 생활을 하고 있었다.

그의 나이 52세, 어느덧 인생의 황혼기에 접어들었다. 세월이 참 빠르기도 하다. 하늘에서 내리쏟는 듯한 웅장한 황하의 물결이 바다로 흘러가서 다시 돌아오지 않듯이 우리 인생도 한번 가면 돌이킬 수 없다. 하물며 "아침에 검던 머리가 저녁엔 눈처럼 희게" 될 만큼 인생은 짧아서 순식간에 가 버린다. 그러니 이 짧은 인생에서 뜻 맞는 일을 만나면 모름지기 즐겨야 한다. 인생이 짧은 것을 한탄할 겨를이 어디 있겠는가? 그러나 이백은 생애에서 뜻 맞는 일을 만난 적이 없다. 그야말로 좌절과 실의의 연속이었을 뿐이다. 그런데 이날 세 사람이 만났으니 이보다 더 뜻 맞는 일이 있을 수 없다. 그래서 "금 술잔, 달 앞에서 헛되게 하지 말라"고 한 것이다. 금 술잔에 술을 가득 부어 마시며 마음껏 즐기자는 것이다.

"하늘이 날 낳을 땐 쓸모가 있었을 터"라고 말한 데에는, 장차 등용되기를 바라는 마음과 함께 '지금은 불우하지만 언젠가는 하늘이 나를 다시 쓸 것이다'라는 낙관적인 자신감마저 엿보인다. 까짓 술값이야 걱정할 필요가 없다. "천금이 흩어지면 다시 돌아오리라" 믿으니까. 그는 34세 때 안륙(安陸)에 있으면서 당시 현령에게 자신을 천거해 주기를 바라는 편지를 보냈는데 그 가운데 "제가 전에 동쪽 유양(維揚: 지금의 양주揚州)으로 유람할 때 1년이 안 되는 동안에 30여만 냥을 풀어 어려움을 당한 공자(公子)가 있으면 모두 구제했는데 이는 제가 재물을 가볍게 여기고 베풀기를 좋아한 것입니다”
(「상안주배장사서」上安州裵長史書)라는 구절이 있다. 그만큼
자기는 금전의 지배를 받지 않는 사람임을 밝히고 있다. 그러니
“천금이 흩어지면 다시 또 돌아오리”라는 말은 헛된 호언장담이
아니다. 술판이 점차 무르익어 가자 그는 더욱 호기를 부린다.
“양 삶고 소 잡아 즐길 일이니/한 번에 모름지기 삼백 잔은
마셔야지.” 이쯤 되면 도도한 주흥(酒興)이 최고조에 달한
것이다.

드디어 그는 “술 권하노니 그대는 멈추지 마시게나”라고
말하며 두 사람에게 노래를 불러 주는데 노래에는 지금까지의
호방한 자세와는 달리 가슴속 깊은 곳에서 솟아나는 울분이
섞여 있다. “예부터 성현들은 모두 적막하건만”이란 말은
공자와 맹자 같은 성현이 모두 보잘것없었다는 말이 아니다.
자고로 성현들도 명주(明主)를 만나 큰 뜻을 펼친 이가
드물다는 말이다. 그래서 적막하다고 했다. 이백 자신도
적막하기는 마찬가지다. 진왕(陳王) 조식(曹植)도 뛰어난
재주를 지녔으나 형인 조비(曹丕)가 그를 시기하여 소외된 채
41세의 나이로 죽었으니 적막하다고 해야 할 것이다. 그러나
그는 평락궁에서 “한 말에 일만 냥이나 하는 술을 맘껏 마시며
즐겼기 때문에” 그 이름이 지금까지 전해 온다. 이백은 성현과
진왕을 빌려 자신의 불평과 울분을 토로하고 있는 것이다.
어차피 적막할 바에는 진왕처럼 술이나 맘껏 마시자고
다짐한다. “다만 길이 취하여 깨지 않길 바랄 뿐”이다. 이것은
현실에 대한 격분의 표출이다.

"주인 어찌 돈 적다 말하겠으리/당장 술 사와서 그대와 대작하리"란 대목에서는 주객이 전도된 느낌을 준다. 술자리의 주인은 원단구인데도 이백은 자신이 주인인 양 행세하고 있다. 여기서 '주인'을 누구로 보느냐에 대해서는 해석이 구구하지만 아무래도 이백으로 보아야 할 것이다. 오화마, 천금구와 같이 진귀한 물건을 술과 바꾸겠다는 말은 "천금이 흩어지면 다시 돌아오리라"는 말과 맥을 같이한다. 이렇게 술을 마시지 않을 수 없는 것은 "만고의 시름을 씻어 내기" 위함이다. 술을 빌려 광달한 호기를 부려 보기도 했지만 결국 그를 휩싸고 있는 것은 시름, 수심이다. 그러므로 이 시는 호방하면서도 수심에 잠겨 있는 52세 무렵 이백의 쓸쓸한 자화상이라 할 수 있다.

지금 중국 안휘성 마안산시(馬鞍山市)의 이백기념관 경내에 모택동이 쓴 「장진주」 시가 대리석판에 새겨져 있다. 아마 그가 이곳을 방문한 기념으로 썼을 터인데 그 시기가 언제인지는 알 수 없지만, 1948년 이전에는 항일투쟁, 국공내전, 혁명 활동 등으로 바빴을 것이고 1948년 이후에도 신중국 건설에 여념이 없었을 그가 이곳에 와서 이백의 장편시를 모필(毛筆)로 썼다는 것은 놀라운 일이다. 더구나 「장진주」는 그가 추구하는 '사회주의 리얼리즘'과는 거리가 먼 작품이다. 사회주의적 관점에서는 퇴폐적인 시로 평가 받을 수도 있는 작품이다. 그럼에도 불구하고 이 시를 쓴 데에서 자국의 고전문학에 대한 그의 애정을 읽을 수 있다. 더 놀라운 것은 이 시비(詩碑) 끝에 "기억에 의존하여 쓰다"는 문구가 있는 것으로 보아 그는 이 시를 외우고 있었음이 분명하다. 이 밖에도 중국 전역에서 중국의 고전시가를 쓴 모택동의 글씨를 많이 볼 수 있다. 그만큼 그는 인문학적 소양이 풍부한 지도자였다. 그 자신이 적지 않은 시를 남긴 시인이기도 했다. 이념을 떠나서 이 정도는 되어야 훌륭한 지도자라 할 수 있지 않겠는가? '권력은 총구(銃口)로부터 나온다'고 말했던 냉혹한 현실감각과 고전문학을 애호한 인문학적 감수성이 적절한 조화를 이루었기 때문에 그가 거대한 중국을 이끌 수 있었을 것이라는 생각이 든다. 오늘의 우리나라 지도자들이 다산 정약용의 시나 매월당 김시습의 시, 「춘향전」이나 「홍길동전」을 얼마나 알고 있을지….

친구와 모여 하룻밤을 묵으며

천고의 시름을 씻어 내고자
백 병의 술을 즐기며 마시노라

좋은 밤엔 맑은 얘기 알맞고
밝은 달에 잠 못 이루네

취하여 텅 빈 산에 누우니
하늘과 땅이 곧 이불과 베개로다

友人會宿

滌蕩千古愁　留連百壺飮
良宵宜淸談　皓月未能寢
醉來臥空山　天地即衾枕

273

태자빈객 하공(賀公)이 장안의 자극궁(紫極宮)에서
한번 나를 보고 나를 적선인(謫仙人)이라 부르고는
금구(金龜)를 떼어 술과 바꾸며 즐겼다. 그가 죽은 후
술잔을 대하니 서글픈 감회가 있어 이 시를 짓는다.

사명산(四明山)에 광객(狂客) 있으니
풍류남아 하계진(賀季眞)

장안에서 한번 만나
나를 불러 적선인이라

옛날엔 배중물(杯中物)을 좋아했는데
지금은 소나무 아래 먼지 되었네

금구와 술 바꾸던 그때 그곳을
생각하면 눈물이 수건을 적시네

對酒憶賀監

　太子賓客賀公 于長安紫極宮一見余 呼余爲謫仙人

因解金龜換酒爲樂 歿後對酒 悵然有懷 而作是詩

四明有狂客　風流賀季眞
長安一相見　呼我謫仙人
昔好杯中物　今爲松下塵
金龜換酒處　却憶淚沾巾

사명산(四明山)-절강성 하지장의 고향 근처에 있는 산인데 하지장은
자호(自號)를 '사명광객'(四明狂客)이라 했다. · 하계진(賀季眞)-하지장.
'계진'(季眞)은 그의 자 · 적선인(謫仙人)-해설 참조 · 배중물(杯中物)-248면
70번 시 맹호연의 「낙양에서 월땅으로 가며」 참조 · 금구(金龜)-당시 조정의
3품 이상 대신들이 차고 있던 금으로 만든 배지. 하지장이 이백과 술을 마시고
술값이 없어 금구를 떼어 술값을 치렀다는 얘기가 전한다.

이백은 천하를 경륜하겠다는 웅지를 품고 25세에 고향을 떠나
중원으로 진출했지만 아무도 그를 알아주지 않았다. 그러던
어느 날 장안의 유명한 도관(道觀: 도교 사원)인 자극궁에서
우연히 하지장을 만났다. 이때 이백의 나이는 30세, 하지장은
70여 세의 고령이었다. 이미 이백의 이름을 알고 있던 하지장은
그와 담소를 나누던 중 근래에 쓴 시를 보여 달라고 했다. 이에
이백이 「촉도난」(蜀道難: 촉 땅으로 가는 길 어려워라)을 보여
주었더니 시를 읽고 난 하지장이 그를 향해 "당신은 태백 금성
(太白金星)의 화신으로 이 세상에 귀양 온 신선(謫仙)이오"라고

했다. 사람의 능력으로는 이렇게 뛰어난 시를 쓸 수 없다는 찬사이다. 이로부터 '적선'은 이백의 별칭이 되었다.

하지장과 이백이 만나 얼마 동안 교분을 나누었는지 알 수 없지만 누구보다 술을 좋아했던 두 사람이 그야말로 '죽이 맞아' 장안의 술을 얼마나 축냈을지 가히 짐작할 수 있다. 어느 날은 하지장이 이백을 초청하여 술집에서 거나하게 마셨는데 그만 돈주머니를 가져오지 않았다. 이에 하지장은 허리에 차고 있던 금구를 떼어 술값을 치르려 했다. 이를 보고 이백이 만류했다.

"안 됩니다. 이것은 황제께서 내리신 귀한 물건인데 술값으로 내다니요."

금구는 금으로 만든 거북이 모양의 장식품으로 조정 대신 중 3품 이상은 금, 4품은 은, 5품은 동으로 만든 거북을 차고 있었다. 말하자면 신분을 나타내는 일종의 배지인 셈이다.

"그게 무슨 상관이오? 나는 당신이 쓴 시 중에서 '인생에서 뜻 얻으면 모름지기 즐겨야지/금 술잔을 달 앞에서 헛되게 하지 말라'(人生得意須盡歡 莫使金樽空對月)는 구절을 기억하고 있소."

하지장이 말한 시구는 이백의 시 「장진주」(將進酒)의 일부이다. "금 술잔을 달 앞에서 헛되게 하지 말라"는 것은, 달 앞에서 빈 잔을 들고만 있지 말고 술을 가득 부어 마시라는 뜻이다. 그러니 '당신과 같은 좋은 친구를 만나서 실컷 마셨으면 되었지 그까짓 금구쯤이야 무슨 상관이 있겠느냐'는 말이다. 엄밀히 말해서 술값 대신 금구를 떼어 준 것은 처벌을 받을 수도 있는 범법 행위이다. 그러나 이에 아랑곳하지 않는

276

하지장이야말로 진정한 풍류객이라 할 수 있다. 이로부터 '금구환주'(金龜換酒: 금구를 술과 바꾸다)라는 성어가 생겼다.

하지장은 85세 되던 해(743년)에 장안 생활을 청산하고 고향으로 돌아갈 것을 요청하여 현종이 허락했다. 그는 귀향한 다음 해에 세상을 떠났다. 하지장이 별세한 후 이백은 술 한 병을 들고 그의 고택을 찾아 고인을 추도했는데 이 시는 그때의 작품이다. 이 시에서 이백은 자신의 재능을 인정해 주던 하지장과의 특별한 인연, 하지장의 평소의 풍모와 그에 대한 그리움을 아무런 시적 기교 없이 진솔하게 묘사하고 있다. "지금은 소나무 아래 먼지"가 된 하지장과 옛날처럼 함께 마실 수 없어 혼자 술을 들이켰을 이백의 고독한 모습을 떠올릴 수 있다. 42세의 나이 차이를 뛰어넘어 '망년지교'(忘年之交)를 맺은 하지장을 그는 죽을 때까지 잊을 수 없었을 것이다.

80 술을 기다려도 오지 않고

옥 술병에 푸른 실 매어
술 사러 보냈는데 어찌 이리 더딘가?

산꽃이 나를 향해 웃고 있으니
참으로 술 마시기 좋은 때인데

저녁에야 동창(東窓) 아래서 술을 마시니
꾀꼬리들 또다시 여기로 날아들고

봄바람과 술 취한 나그네
오늘 따라 서로 잘 어울리누나

待酒不至

玉壺繫靑絲　沽酒來何遲
山花向我笑　正好銜杯時
晚酌東窓下　流鶯復在玆
春風與醉客　今日乃相宜

두 사람이 술 마시니 산꽃이 피어나
한 잔, 한 잔, 다시 또 한 잔

나는 취하여 잠잘 터, 그대는 돌아가서
내일 아침 생각나면 거문고 안고 오게

山中與幽人對酌

兩人對酌山花開　一杯一杯復一杯
我醉欲眠卿且去　明朝有意抱琴來

『송서』(宋書) 「은일전」(隱逸傳)에 도연명에 대하여 이렇게
기록되어 있다. "도연명은 음율(音律)을 이해하지 못했지만
현(絃)이 없는 소박한 거문고를 가지고 있었는데 매번 술자리에
나아가면 문득 거문고를 어루만지며 그 뜻을 기탁하였다.
귀천을 가리지 않고 술이 있으면 술자리를 마련했는데, 그가
먼저 취하면 손님에게 '나는 취하여 잠을 잘 터이니 그대는
돌아가도 좋다'(我欲醉眠 卿可去)라 말했다. 그의 진솔(眞率)함이
이와 같았다."

현산(峴山) 서쪽으로 저녁 해가 지려는데
두건을 거꾸로 쓰고 꽃 아래서 비틀비틀

양양(襄陽)의 아이들 일제히 손뼉 치며
길을 막고 다투어 백동제(白銅鞮)를 불렀지

무슨 일로 웃느냐고 옆 사람이 물으니
엉망으로 취한 산공(山公) 우스워 죽겠다나

물새 모양 술 국자와
앵무새 모양 술잔으로

백 년 삼만 육천 일에
하루에 모름지기 삼백 잔은 마셔야지

멀리 한수(漢水) 바라보니 오리 머리처럼 푸르러
포도주가 이제 막 익는 것 같은데

이 강물이 변해서 봄 술이 된다면
쌓인 누룩으로 술지게미 누대(樓臺)를 지을 수 있겠고

천금 가는 준마를 첩과 바꾸어

웃으며 비단 안장에서 낙매가(落梅歌)를 부르리

수레 옆에 술 한 병 매달아 놓고

봉생용관(鳳笙龍管) 불면서 가는 길 재촉하네

함양(咸陽) 저자에서 누른 개를 탄식했거늘

달 아래서 금 술잔 기울임과 어찌 같으랴

그대 보지 못했는가

진나라 양공(羊公)의 한 조각 비석이

거북 머리 깨어지고 이끼 낀 것을

그를 보고 눈물도 흘리지 않고

그를 보고 슬퍼도 하지 않네

맑은 바람 밝은 달은 돈 한 푼 없어도 가지는 것

옥산(玉山)은 밀지 않아도 저절로 쓰러졌다네

서주(舒州)산 술 국자, 역사(力士) 그려진 술잔이여

이백은 너희들과 생사를 같이하리

양왕(襄王)의 운우지정(雲雨之情) 지금은 어디 있나?

강물은 동으로 흐르고 밤엔 원숭이 소리뿐

襄陽歌

落日欲没峴山西　　倒著接䍦花下迷
襄陽小兒齊拍手　　攔街争唱白銅鞮
傍人借問笑何事　　笑殺山公醉似泥
鸕鶿杓　　　　　　鸚鵡杯
百年三萬六千日　　一日須傾三百杯
遙看漢水鴨頭綠　　恰似葡萄初醱醅
此江若變作春酒　　壘麴便築糟丘臺
千金駿馬換小妾　　笑坐雕鞍歌落梅
車旁側挂一壺酒　　鳳笙龍管行相催
咸陽市中嘆黃犬　　何如月下傾金罍
君不見
晉朝羊公一片石　　龜頭剥落生莓苔
淚亦不能爲之墮　　心亦不能爲之哀
清風朗月不用一錢買　　玉山自倒非人推
舒州杓 力士鐺　　李白與爾同死生
襄王雲雨今安在　　江水東流猿夜聲

현산(峴山)-호북성 양양(襄陽)의 동남쪽에 있는 산. 진(晉)나라 때
죽림칠현의 한 사람인 산도(山濤)의 아들 산간(山簡, 253~312)이 양양을
맡아 다스릴 때 종종 술에 만취하여 두건을 거꾸로 쓰고 근처의
습가지(習家池)에서 노닐었다고 한다. •백동제(白銅鞮)-남조(南朝)
양무제(梁武帝) 때 양양 일대에서 불리던 동요. •산공(山公)-산간(山簡)

• 천금~바꾸어-조조(曹操)의 아들 조창(曹彰)이 남의 준마를 보고 탐이 나서
자신의 첩과 바꾸었다고 한다. • 봉생용관(鳳笙龍管)-봉황을 새긴 생황과
용을 새긴 피리 • 함양~탄식했거늘-진(秦)나라의 이사(李斯)가 함양
저자에서 처형당할 때 아들을 보고 "너와 다시 누른 개를 이끌고 토끼를
사냥하고자 한들 어찌 될 수 있겠는가?"라 했다고 한다.
• 진나라~비석이-진(晉)나라 양호(羊祜, 221~278)가 양양의 도독(都督)으로
있을 때 선정을 베풀어서 그가 죽은 후 평소 주연을 베풀며 노닐던
현산(峴山)에 사당을 짓고 비석을 세웠다. 후에 백성들이 이 비석을 볼 때마다
눈물을 흘렸다고 해서 두예(杜預)는 이를 '타루비'(墮淚碑)라 이름 붙였다.
• 옥산(玉山)은~쓰러졌다네-죽림칠현의 한 사람인 혜강은 평소 소나무처럼
우뚝했지만 술에 취하면 옥산이 무너지듯 밀지 않아도 쓰러졌다고 한다.
• 양왕(襄王)의 운우지정(雲雨之情)-초(楚) 양왕(襄王)이 송옥(宋玉)과 함께
고당(高唐)에서 노닐다가 송옥에게 선왕인 회왕(懷王)의 다음 고사를
들었다: 회왕이 고당에서 유람하다가 피곤하여 낮잠을 잤는데 꿈에 한 여인이
나타나서 잠자리를 같이했다. 다음 날 여인이 떠나면서 "첩은 아침이면
구름이 되고 저녁이면 비가 되어 내립니다. 아침이면 아침마다 저녁이면
저녁마다 양대의 밑에 있을 것입니다"(旦爲朝雲 暮爲行雨 朝朝暮暮
陽臺之下)라 했다. 이 여인이 무산신녀(巫山神女)인데, 양왕은 이야기를 듣고
송옥에게 「고당부」(高唐賦)를 짓게 했다. 그날 밤 양왕은 꿈에 무산신녀를
만나 애타는 연정을 표했으나 뜻을 이루지 못했다. 이 사실은 송옥의
「고당부」와 「신녀부」(神女賦)의 내용을 종합한 것이다.

───────

이백이 734년(34세)에 양양을 방문했을 때 쓴 시이다. 그는
여기서 형주대도독부장사(荊州大都督府長史) 겸 양주자사
(襄州刺史)로 있던 한조종(韓朝宗)에게 자기를 천거해 달라는
편지를 보냈다. 이 편지가 유명한 「여한형주서」(與韓荊州書)
이다. 그러나 뜻을 이루지 못하자 울분에 차서 술을 마시며 쓴
시로 보인다.

난릉(蘭陵)의 좋은 술 울금향(鬱金香) 나는데
옥 술잔에 담아 오니 호박빛이네

주인이 나그네를 취하게만 해 준다면
어디가 타향인지 알지 못하리

客中行

蘭陵美酒鬱金香　玉碗盛來琥珀光
但使主人能醉客　不知何處是他鄉

난릉(蘭陵)-산동성 남부의 지명으로 술의 산지로 유명하다.
• 울금향(鬱金香)-향초(香草)인 울금의 향기. 옛 사람들은 울금을 술에 넣어
우려 마셨는데 그 색깔이 황금빛이었다고 한다.

푸른 하늘 저 달은 언제부터 왔는지
나 이제 잔 멈추고 한번 물어보노라

사람은 밝은 달에 오를 수 없는데
달은 도리어 사람을 따른다

거울같이 밝은 달이 붉은 대궐 비치고
푸른 안개 사라지니 맑은 빛 발하는데

밤바다에서 솟는 것만 보일 뿐이지
새벽 구름 사이로 사라짐을 어찌 알리오

흰 토끼는 봄가을로 불사약을 찧는데
항아(嫦娥)는 홀로 살며 누구와 이웃하리

지금 사람은 옛날 달을 보지 못하나
지금 달은 옛 사람을 비췄으리라

옛 사람 지금 사람 흐르는 물 같으니
모두 다 밝은 달을 이와 같이 보았으리

285

오직 바라건대, 노래하고 술 마실 때
달빛이 오래도록 금 술잔에 비추기를

把酒問月

靑天有月來幾時	我今停杯一問之
人攀明月不可得	月行却與人相隨
皎如飛鏡臨丹闕	綠烟滅盡淸輝發
但見宵從海上來	寧知曉向雲間没
白兔搗藥秋復春	嫦娥孤棲與誰隣
今人不見古時月	今月曾經照古人
古人今人若流水	共看明月皆如此
唯願當歌對酒時	月光長照金樽裏

흰 토끼는~찧는데-흰 토끼가 달에서 불사약을 찧는다는 전설이 있다.
• 항아(嫦娥)-남편 예(羿)의 불사약을 훔쳐 먹고 달에 올라가 혼자 산다는
여인. 달의 이칭(異稱)으로도 쓰인다.

85 왕역양이 술을 마시려 하지 않음을 조롱하다

땅은 희고 바람은 찬데
눈꽃은 크기가 손바닥만 하네

우스워라, 도연명이여
잔 속의 술을 마시지 않다니

쓸데없이 거문고를 어루만지고
다섯 그루 버들을 헛 심었도다

머리 위 두건을 저버리고 있으니
내가 그대에게 무얼 할 수 있으리

嘲王歷陽不肯飮酒

地白風色寒　雪花大如手
笑殺陶淵明　不飮杯中酒
浪撫一張琴　虛栽五株柳
空負頭上巾　吾于爾何有

287

왕역양(王歷陽)-역양(歷陽)은 지금의 안휘성 화현(和縣) 역양진(歷陽鎭).
왕역양은 왕씨 성(姓)을 가진 역양 현승(縣丞). • 쓸데없이 거문고를
어루만지고-도연명은 음률을 이해하지 못했지만 술을 마실 때는 줄 없는
거문고를 어루만지면서 "거문고의 정취를 알면 되지 수고롭게 줄의 소리를
들을 필요가 없다"라 말했다고 한다. • 다섯 그루 버들-도연명의
「오류선생전」(五柳先生傳)에 "집 주위에 다섯 그루의 버드나무가 있어 이를
그의 호로 삼았다"라는 구절이 있다. 235면 도연명의 「오류선생전」 참조
• 머리~있으니-도연명의 「음주」(飮酒) 제20수에 "다시 또 실컷 마시지
않는다면/머리 위 두건을 저버리게 된다네"(若復不快飮 空負頭上巾)라는
구절이 있다. 227면 63번 시 도연명의 「음주」 제20수 참조.

이백이 역양을 방문하자 현승 왕씨가 술대접을 했는데 막상
왕씨가 술을 마시지 않으므로 이백이 그를 조롱하며 쓴 시이다.
아마 왕씨는 평소에 자신을 도연명에 비겼을 것으로
짐작되는데, 이에 이백은 도연명의 고사를 들어 그를 조롱했다.

두
보

杜甫, 712~770

자는 자미(子美)이다. 시성(詩聖)으로 불리는 중국 최고의
시인으로, 이백과 병칭해 이두(李杜)라 불린다. 그의 시를 '시로 쓴
역사'라는 뜻으로 '시사'(詩史)라고도 하는데, 개원 연간의 성세와
전란을 모두 겪어 급변하는 사회, 불안정한 정세, 백성들의 고통
등이 시에 담겼기 때문이다.

755년(44세)에 병조참군(兵曹參軍)에 임명되고, 안록산의 난
이후에 좌습유(左拾遺)가 되었으나 재상 방관(房琯)의 무죄를
상소하다 좌천되었다. 759년(48세) 12월에는 가족과 함께
성도(成都)로 가서 초당을 짓고 정착, 한동안 안정된 생활을
하였다. 그곳에서 검남동천절도사(劍南東川節度使) 엄무(嚴武)
밑에서 검교공부원외랑(檢校工部員外郎)을 지냈다. 이 때문에
'두공부'(杜工部)라고 불리게 되었다. 765년에 엄무가 세상을
떠나자 성도를 떠나 전전하다가 768년 1월에 기주(夔州)에서
배를 타고 장강을 따라 선상 생활(船上生活)을 한 끝에 그해 말에
동정호의 악양루 밑에 정박했다. 그곳에서 담주(潭州: 장사長沙)를
오가며 지내다가 770년(59세) 가을에 배 위에서 객사했다.
『두공부집』(杜工部集)『초당시전』(草堂詩箋) 등의 시집에 1,400여
수의 시가 전한다.

하지장(賀知章)은 말 탄 것이 배 탄 듯하여
눈이 흐려 우물에 빠지면 물속에서 잠을 자네

여양왕(汝陽王)은 술 세 말에 비로소 조천(朝天)하고
길에서 누룩 수레 보면 입에서 침 흘리며
주천(酒泉) 태수 못 됨을 한탄한다네

좌상(左相)은 하루에 술값이 만전(萬錢)이라
고래가 백천(百川)을 삼키듯 술 마시고
청주를 즐기고 탁주는 피한다네

최종지(崔宗之)는 깨끗한 미소년이라
술잔 들어 백안(白眼)으로 푸른 하늘 바라보니
맑기가 옥수(玉樹)가 바람 앞에 서 있는 듯

소진(蘇晉)은 부처 앞에 항상 재계하는데
취하면 가끔씩 참선을 안 한다네

이백은 술 한 말에 시 백 편 짓고
장안의 시장터 술집에서 잠자는데
천자가 불러와도 배를 타지 못하고

스스로 일컫기를 "신(臣)은 주중선(酒中仙)"

장욱(張旭)은 술 석 잔에 초성(草聖)이라 전하니
모자 벗고 왕공(王公) 앞에 맨머리 드러내나
붓 휘두르면 종이 위에 구름안개 같은 글씨

초수(焦遂)는 술 닷 말에 이제 막 우뚝하여
고담(高談)과 웅변으로 사방을 놀라게 하네

飮中八僊歌

知章騎馬似乘船　眼花落井水底眠
汝陽三斗始朝天　道逢麴車口流涎　恨不移封向酒泉
左相日興費萬錢　飮如長鯨吸百川　銜盃樂聖稱避賢
宗之瀟灑美少年　擧觴白眼望靑天　皎如玉樹臨風前
蘇晉長齋繡佛前　醉中往往愛逃禪
李白一斗詩百篇　長安市上酒家眠　天子呼來不上船
　自稱臣是酒中仙
張旭三盃草聖傳　脫帽露頂王公前　揮毫落紙如雲烟
焦遂五斗方卓然　高談雄辯驚四筵

하지장(賀知章)-현종 때 비서감(祕書監)을 지낸 조정의 대신으로, 이백의

시를 보고 그를 '귀양 온 신선'(謫仙)이라 부른 풍류남아 • 여양왕(汝陽王)-
현종의 형인 이헌(李憲)의 아들 이진(李璡) • 조천(朝天)-천자에게 조회하러
가는 것 • 주천(酒泉)-감숙성의 지명으로 이곳에 술이 솟는 샘이 있다고 한다.
• 좌상(左相)-좌승상 이적지(李適之) • 청주(淸酒)를 즐기고 탁주(濁酒)는
피한다네-청주를 성인에, 탁주를 현인에 비긴 은어(隱語)가 있다.
• 최종지(崔宗之)-이백과 교유한 인물 • 백안(白眼)-죽림칠현의 일원인
완적(阮籍)이 속물을 대할 때는 백안으로, 고결한 인물을 대할 때는
청안(靑眼)으로 보았다고 한다. 86면 23번 시 이색의 「취향」 참조
• 옥수(玉樹)-고귀하고 깨끗한 사람의 비유 • 소진(蘇晉)-불교를 믿어
수놓은 불도(佛圖)를 가지고 있었다고 한다. • 가끔씩 참선을 안
한다네(愛逃禪)-직역하면 '참선으로부터 도망하는 것을 사랑한다'이다.
• 장욱(張旭)-초서(草書)의 대가로 하지장과 친교가 두터웠다.
• 구름안개(雲煙)-필세(筆勢)가 약동하는 것을 '운연비동'(雲煙飛動)이라
한다. 구름과 안개가 꿈틀거리는 듯하다는 뜻 • 초수(焦遂)-일생이 잘
알려지지 않은 평민인 듯하다. 일설에는 평소 말더듬이었는데 술에 취하면
유창한 달변을 쏟아내었다고 한다.

당대 애주가들 8명의 초상을 그린 시이다. 이들의 생몰연대로
보아 8명이 동시에 장안에 거주했던 것은 아니고 이들 모두가
상호간에 내왕이 있었던 것도 아니다. 두보 자신의 전후 시대에
살았던 8명의 애주가를 자신의 기준에 따라 선택했을 뿐이다.
선택의 큰 기준은 물론 술을 좋아하는 것이다. 이에 더하여
술을 좋아하면서도 세속적 관념과 규율에 얽매이지 않고
초탈한 삶을 영위한 인물들을 선택했다. 굳이 8명을 선택한
것은, 중국의 전통 민간 전설에 전해오는 도교의 팔선(八仙)이
있기 때문이다. 한·당 이래로 팔선 전설은 계속 이어져 와서
'팔선과해'(八仙過海)와 같은 이야기가 보태어졌고

'팔선궁'(八仙宮)이란 도교사원도 만들어졌다.

　제일 먼저 등장하는 인물은 하지장이다. 술에 취해 말
위에서 흔들리며 가는 모습을 파도에 일렁이는 배에 비유했다.
급기야 우물에 빠졌는데 우물 밑에서도 잠을 잔다고 함으로써
그가 술과 끊을 수 없는 인연을 맺고 있음을 나타내고 있다.
다음은 여양왕 이진이다. 그는 아침부터 술 세 말을 마시고
천자를 뵈러 가는데 도중에 누룩 실은 수레를 만나면 입에 침이
고이고, 술이 샘처럼 솟는다는 주천의 태수로 부임하지 못한
것을 한탄할 만큼 술을 좋아한 인물이다.

　이적지는 황실의 후예로 742년에 좌승상이 되어 낮에는
공무를 처리하고 밤에는 연회를 베풀어 술을 즐기면서도
공사(公私)와 시비(是非)를 분명히 하여 관료들의 존경을
받았다고 한다. 그러나 간신 이임보(李林甫)의 횡포가 심해지자
좌상이 된 지 5년 만에 스스로 한직(閑職)을 택하여 물러나
다음과 같은 시를 지었다.

　현인(賢人)을 피하여 막 재상을 그만두고
　성인(聖人)을 좋아하여 술잔을 입에 문다

　묻노라, 문 앞의 손님들이
　오늘 아침엔 몇이나 왔는가?

　避賢初罷相　樂聖且銜杯
　爲問門前客　今朝幾箇來

293

'현인'은 좌상 직과 탁주를 동시에 가리키고 '성인'은 청주를
가리킨다. 좌상 직을 그만두고 물러나 있지만 오히려 탁주 대신
청주를 마신다고 함으로써 해학이 섞인 체념과 함께 광달한
그의 기개를 엿볼 수 있다. 좌상 직에 있을 때 그렇게 많이
찾아오던 손님이 오늘 아침엔 과연 몇 명이나 왔을까
물어본다는 것은 권력에 따라 이합집산(離合集散)하는
염량세태(炎涼世態)를 개탄하는 말이다. 좌상 직에서 물러난
후에도 이임보가 대대적인 숙청을 계속하자 신변의 위험을
느낀 그는 이듬해에 음독자살하고 만다. 술값으로 하루에
만전을 소비하며 고래처럼 술을 들이킨 이적지를 두보가
'팔선'의 반열에 올린 것이다.
　　이상 3명의 현달한 인사에 이어 높은 벼슬에 오르지는
못했지만 술을 좋아하고 깨끗한 품성을 지닌 2명이 등장한다.
최종지는 말쑥한 미소년으로 마땅치 않은 세상을
'백안시'(白眼視)할 줄 아는 비판적 안목을 가진 사람이다.
소진은 서역의 승려로부터 수놓은 미륵불을 하나 얻어 보배로
여기고 "이 부처는 미즙(米汁: 술)을 좋아해서 마음에 든다.
나는 이 부처를 섬기겠다. 다른 부처는 좋아할 수 없다"라
했다고 한다. 독실한 불교신자인 그는 참선과 술 사이에서
갈등하다가 가끔은 술이 참선을 이긴다. 엄격한 불교의 계율을
맹목적으로 추종하지 않고 술을 즐기는 그가 여덟 신선에
끼이는 것은 당연한 일이다.
　　다섯 명의 신선에 이어 이 시의 중심인물인 이백이
등장한다. 다른 사람은 2구 또는 3구로 묘사한 반면 이백에게는

파격적으로 4구를 할애한 것을 보아도 그가 팔선의 중심임을
알 수 있다. 술에 얽힌 일화가 많지만 여기서는 두 개의 일화를
들었다. 현종이 양귀비와 침향전에서 모란꽃을 구경하다가
이백을 불러 새로운 노래 가사를 짓게 했는데 그때 그가 장안의
장터에서 술에 취해 잠을 자고 있었다는 이야기와, 현종이
백련지(白蓮池)에서 뱃놀이를 하던 중 그를 불러 글을 짓게
했는데 그가 한림원에서 술에 취해 있어서 고력사(高力士)로
하여금 부축하여 배에 오르게 했다는 이야기다. "천자가
불러와도 배를 타지 못하고" 자신을 주중선(酒中仙)이라 했다는
것이 사실인지 아닌지 알 수 없으나 그의 호방한 성격을 잘
나타내는 일화임에 틀림없다.

　'초서의 성인'이라 전하는 장욱은 술에 취하면 왕공(王公)들
앞에서 관모(冠帽)도 쓰지 않고 붓을 휘둘러 글씨를 썼다.
이렇게 그는 권력자에 아부하지 않는 자유로운 영혼을 가진
예술가였다. 일설에는 그가 술에 취해 머리카락을 먹물에 적신
후 휘둘러 글씨를 쓰고는 깨어나 스스로 신기하게 여겼다고
한다. 그래서 당시 장욱의 글씨를 '장전'(張顚)이라 불렀다고
하는데 '장욱의 이마'라는 뜻으로 이마를 휘둘러 글씨를 썼다는
말이다. 초수는 일개 평민이지만 술 다섯 말을 마신 후에는
고담준론(高談峻論)을 펴 사방을 놀라게 했다.

　여기 묘사된 여덟 명은 모두 술을 무척이나 좋아한
사람들이다. 그러나 이들은 단순한 주정뱅이가 아니고 모두
술로써 신선의 경지에 든 사람들이다. 그래서 '음중팔선'이라
한 것이다. 이 시는 체제 면에서도 독특하여 일반적인 시가

갖추어야 할 기승전결의 맥락을 무시한 병렬로 이루어져 있다. 이것은 한시 전통에 없었던 체제로 두보가 처음 시도한 체제라 한다.

여러 사람 줄지어 대성(臺省)에 오르건만
광문선생(廣文先生) 벼슬만 홀로 싸늘하고요

즐비한 높은 저택, 고량진미(膏粱珍味) 물리건만
광문선생은 끼니도 못 때우네

선생이 지닌 도(道)는 복희씨(伏羲氏)에서 나왔고
선생이 지닌 재주는 굴원(屈原), 송옥(宋玉) 넘었는데

덕망이 높지만 언제나 불우하니
만고에 이름나도 무슨 소용 있으리

사람들이 비웃는 두릉(杜陵)의 촌 늙은이는
걸친 옷 짧고 좁고 귀밑머리 실낱같아

태창(太倉)의 다섯 되 쌀 날마다 사먹으며
때때로 정노인(鄭老人) 찾아 흉금을 터놓는데

돈 생기면 이내 서로 찾아가
술 사서 마시길 주저치 않고

형체를 잊고서 너, 나 하는 사이 되어
통쾌하게 마시니 진실로 나의 스승

깊어 가는 맑은 밤 술잔을 기울이니
등잔 앞엔 가랑비, 처마엔 꽃이 지네

높은 노래에 귀신이 깃든 것만 깨달을 뿐이지
굶어 죽어 골짜기 메우는 것 알게 무어랴

사마상여(司馬相如) 뛰어난 재주로도 손수 그릇 씻었고
양웅(揚雄)은 글을 알아 천록각(天祿閣)서 몸 던졌네

선생도 일찌감치 귀거래사 읊으시오
돌밭과 띠집에 푸른 이끼 돋았다오

유학(儒學)이 나에게 무슨 소용 있으리오
공자도 도척(盜跖)도 모두 티끌 되었는데

이 말 듣고 마음에 슬퍼할 필요 없소
살아생전 서로 만나 술이나 듭시다

醉時歌

諸公袞袞登臺省　廣文先生官獨冷
甲第紛紛厭梁肉　廣文先生飯不足
先生有道出羲皇　先生有才過屈宋
德尊一代常坎軻　名垂萬古知何用
杜陵野老人更嗤　被褐短窄鬢如絲
日糴太倉五升米　時赴鄭老同襟期
得錢即相覓　　　沽酒不復疑
忘形到爾汝　　　痛飲眞吾師
清夜沉沉動春酌　燈前細雨簷花落
但覺高歌有鬼神　焉知餓死塡溝壑
相如逸才親滌器　子雲識字終投閣
先生早賦歸去來　石田茅屋荒蒼苔
儒術于我何有哉　孔丘盜跖俱塵埃
不須聞此意慘愴　生前相遇且銜杯

대성(臺省)-어사대(御史臺), 상서성(尙書省)등 조정의 높은 관직
・광문선생(廣文先生)-광문관(廣文館) 박사 정건(鄭虔)・복희씨(伏羲氏)-
중국 상고시대의 전설적인 제왕・굴원(屈原), 송옥(宋玉)-초(楚)나라 문인.
두보는 항상 이들에 필적할 수 있기를 원했다.・두릉(杜陵)의 촌 늙은이-
두릉은 한(漢)나라 선제(宣帝)의 무덤이고 그 남쪽에 허황후(許皇后)의
무덤인 소릉(少陵)이 있는데, 두보는 소릉 서쪽에 살면서 자신을
'두릉포의'(杜陵布衣) '소릉야노'(少陵野老)라 불렀다.・태창(太倉)-

299

나라에서 직영하는 쌀 창고. 이곳에서 쌀을 값싸게 팔았다고 한다. • 형체를
잊고서(忘形)-내 몸이 있는 것을 잊는다는 뜻으로 물아(物我)의 경계를
초월한 경지. • 사마상여(司馬相如)-한(漢)나라 때의 문인. 그는
탁왕손(卓王孫)의 반대를 무릅쓰고 그의 딸 탁문군(卓文君)과
임공(臨邛)으로 달아나 주점을 경영하며 손수 식기를 씻었다고 한다.
• 양웅(揚雄)-한(漢)나라 때의 대문장가. 양웅은 천록각(天祿閣)에서 책을
교정하고 있다가 왕망(王莽)이 그를 잡으러 오자 뛰어내렸다고 한다.
• 도척(盜跖)-중국 고대의 큰 도적

조정에서 돌아오면 날마다 봄옷 전당 잡히고
날마다 강가에서 잔뜩 취해 돌아온다

술빛이야 으레 간 곳마다 있는 법
칠십까지 사는 건 예부터 드문 일

꽃을 뚫는 나비는 깊이깊이 보이고
물 차는 잠자리는 느릿느릿 날고 있네

풍광(風光)에게 말하노니, 함께 유전(流轉)하는 터
잠시나마 감상하는 일 어기게 하지 말게

曲江二首

朝回日日典春衣　每日江頭盡醉歸
酒債尋常行處有　人生七十古來稀
穿花蛺蝶深深見　點水蜻蜓款款飛
傳語風光共流轉　暫時相賞莫相違

예부터 드문 일(古來稀)-이 구절이 쓰인 이래 70세를 '고희'(古稀)라 칭하게
되었다.

살면서 서로 간에 만나지 못하는 게
걸핏하면 삼성(參星)과 상성(商星) 같은데

오늘 저녁이 어떤 저녁이기에
이렇게 촛불을 함께하다니

젊은 날이 그 얼마이리오
제각기 머리가 희끗희끗해졌네그려

옛 친구 찾으니 반은 귀신 되어 버려
놀라서 부르며 속을 끓이네

어찌 알았으리, 이십 년 만에
다시 그대의 집에 오를 줄이야

헤어질 땐 그대 미혼이었는데
아들 딸 홀연히 줄을 이어서

기쁘게 아비 친구에게 예를 올리며
어디서 왔느냐고 나에게 묻네

묻고 답하는 말 끝나지 않았는데
아이들이 술상을 차려 내오네

밤비 속에서 봄 부추 베어 오고
새로 지은 밥에는 메조를 섞었네

주인은 만나기 어렵다고 말하며
단숨에 열 잔을 들이키는데

열 잔을 마셔도 취하지 않으니
그대의 옛정이 깊음을 느끼겠소

내일이면 산 너머로 헤어질 테니
세상일 서로가 아득하여라

贈衛八處士

人生不相見　動如參與商
今夕復何夕　共此燈燭光
少壯能幾時　鬢髮各已蒼
訪舊半爲鬼　驚呼熱中腸
焉知二十載　重上君子堂
昔別君未婚　兒女忽成行

怡然敬父執　問我來何方

問答乃未已　兒女羅酒漿

夜雨剪春韭　新炊間黃粱

主稱會面難　一擧累十觴

十觴亦不醉　感子故意長

明日隔山岳　世事兩茫茫

삼성(參星)과 상성(商星)-삼성은 서쪽에, 상성은 동쪽에 있는데 삼성이 뜨면
상성이 지고 상성이 뜨면 삼성이 져서, 두 별은 서로 볼 수 없다고 한다.
그래서 삼상(參商)은 이별하여 만나지 못하는 것에 비유된다.

안사(安史)의 난이 한창인 전란 중에 낙양에서 화주(華州)로
가던 도중, 봉선현(奉先縣)에서 소년 시절의 옛 친구를 만나
하룻밤을 묵으면서 술잔을 나누는 장면이다. 759년 두보 48세
때의 작품이다. 창작 시기에 대해서는 여러 설이 있다.

90   손님이 오다

초당의 남쪽 북쪽 모두가 봄 물결
보이는 건 날마다 날아오는 갈매기 떼

꽃길은 손님 맞아 청소한 적 없었는데
사립문 그대 위해 처음으로 열었다오

시장 멀어 반찬은 한 가지뿐이고
가난 탓에 동이 술은 묵은 것뿐이라오

이웃 노인 함께하여 마셔도 좋다면
울 너머로 불러와 남은 술 다 마시리

客至

舍南舍北皆春水　但見群鷗日日來
花徑不曾緣客掃　蓬門今始爲君開
盤飱市遠無兼味　樽酒家貧只舊醅
肯與隣翁相對飮　隔籬呼取盡餘杯

306

"최명부가 방문한 것을 기뻐하다"(喜崔明府相過)란 자주(自註)가
달려 있는 것으로 보아 손님이 최명부인 것은 분명한데 그가
누구인지는 미상이다. 두보의 어머니가 최씨란 점에서 외가 쪽
친척으로 추측하기도 한다. '명부'(明府)는 현령(縣令)의
존칭이다. "꽃길"(花徑)을 청소할 만큼 귀한 손님을 맞아 차려낸
소박한 술상이 정겹다. 이 꽃길은 성도의 두보초당에 지금도
보존되어 있다.

91　높은 곳에 올라

바람 급하고 하늘 높고 원숭이 울음 슬픈데
강물 맑고 모래 희고 새들은 날아드네

가없는 낙엽은 쓸쓸히 떨어지고
끝없는 장강은 세차게 흘러오네

만리타향 슬픈 가을 언제나 나그네
한평생 병 많은 몸 홀로 대(臺)에 오르네

가난이 한스러워 흰머리 많아지고
쇠약해서 요사인 탁주 잔도 멈추었네

登高

風急天高猿嘯哀　渚淸沙白鳥飛廻
無邊落木蕭蕭下　不盡長江滾滾來
萬里悲秋常作客　百年多病獨登臺
艱難苦恨繁霜鬢　潦倒新停濁酒杯

308

765년(54세) 두보는 그를 돌봐주던 엄무(嚴武)가 죽자 가족을 이끌고 성도 초당을 떠나 3년간 기주(夔州: 지금의 사천성 중경) 일대를 떠돌며 극도로 곤궁한 생활을 하고 있었다. 이 시는 767년(56세) 어느 가을날 높은 곳에 올라 자신의 신세를 한탄하며 쓴 작품이다. 가난에다 병까지 얻어 좋아하던 술마저 끊어야 했던 두보의 처지가 심금을 울린다.

최
민
동

崔敏童, ?~?

성당(盛唐)의 시인이란 사실 이외에 생몰 연대나 자세한 생애는
알려져 있지 않다. 『전당시』에 시 1수가 수록되어 있다.

성 동쪽 별장에서 잔치하며

한 해 가면 다시 또 한 해 봄이 오는데
인생 백 년이라지만 백세인(百歲人)은 일찍이 없었다오

꽃 앞에서 몇 번이나 취할 수 있으랴
만 전(錢)으로 술을 사지 가난 핑계 마시오

宴城東莊

一年始有一年春　百歲曾無百歲人
能向花前幾回醉　十千沽酒莫辭貧

311

위
응
물

韋應物, 737~792?

섬서성 장안 출신으로 젊은 시절에 현종의 시위(侍衛)로
총애받았으나 안사(安史)의 난 이후 힘겨운 시절을 보냈다.
마지막 관직으로 소주자사(蘇州刺史)를 지냈으므로 세칭
'위소주'(韋蘇州)라 한다. 비교적 장기간 지방관을 지냈기에
안사의 난 이후 백성들이 겪은 고통을 십분 이해하고, 조정의
정치적인 부패에 대해서도 절감했다. 때문에 많은 시들이 백성의
고난과 부패한 정치를 비판하는 내용을 담고 있다. 시 가운데는
산수 전원과 은거 생활에 대해 읊은 작품들도 많은데 이러한
시편들에는 도연명을 본받고자 했던 뜻이 담겨 사람들은 그를
'도위'(陶韋)로 병칭했다. 중당 시기의 걸출한 시인 백거이는
위응물의 시가 지닌 '고아한담'(高雅閑淡)한 풍격을 높이
평가했다. 『위소주집』(韋蘇州集)에 508수의 시가 전한다.

부자가 장안 거리에서 술을 파는데
하루아침 세운 누각 높이가 백 척이라

푸른 창은 영롱하게 봄바람 머금었고
은빛 옥호(屋號), 채색 주렴 높은 손님 맞이하네

둘러보면 대궐이요
바로 보면 낙유원(樂游苑)이라

사방에서 칭송하니 명성 이미 높아서
멀리서 가까이서 오릉(五陵) 수레 몰려드네

삼월 하늘, 갠 날 햇살 멀리까지 퍼져 가고
버들 드리운 술자리 소반에 복사꽃 흩날린다

현란한 현악기 빠른 피리, 한꺼번에 연주하니
이웃의 다른 술집은 어찌 저리 적막한가

주인은 만족 않고 이익도 독점하여
다른 곳 천 말 술값이 한 병 술값 되는데다

술맛 처음 진하다가 후에는 싱거워 큰 도적질이건만
마시는 자는 명성만 알고 맛은 모르네

손님 적은 깊은 곳서 은밀히 빚는 술은
일 년 내내 진하여 맛이 변치 않는데

장안의 술꾼들은 공연히 시끄럽지
길가를 지나면서 이를 어찌 알리오

酒肆行

豪家沽酒長安陌	一旦起樓高百尺
碧疏玲瓏含春風	銀題彩幟邀上客
回瞻丹鳳闕	直視樂游苑
四方稱賞名已高	五陵車馬無近遠
晴景悠揚三月天	桃花飄俎柳垂筵
繁絲急管一時合	他壚隣肆何寂然
主人無厭且專利	百斛須臾一壺費
初醲後薄爲大偸	飲者知名不知味
深門潛醞客來稀	終歲醇醲味不移
長安酒徒空擾擾	路傍過去那得知

푸른 창(碧疏)-'소'(疏)는 창(窓)의 뜻이다. • 대궐(丹鳳闕)-당나라
대명궁(大明宮) 남쪽 정문이 단봉문(丹鳳門)이다. • 낙유원(樂游苑)-당나라
장안 동남쪽에 있는 높은 언덕으로 제왕과 귀족들의 유락지였다.
• 오릉(五陵)-한(漢)나라 다섯 황제의 능으로 이 부근에 고관대작들이 모여
살았다. • 다른 곳 천 말 술값-이곳의 술값이 비싸서 술 한 병 값이 다른 술집
천 말의 값에 해당된다는 뜻이다.

'소문난 잔치에 먹을 것 없다'는 옛말이 있듯이 호화롭게
장식한 이름난 술집도 막상 술을 마셔 보면 술맛이 시원치 않은
경우가 있는 법이다. 우리는 이보다 알려지지 않은 허름한
술집이 훨씬 실속이 있는 경험을 해 본 적이 있을 것이다.
전원산수시파(田園山水詩派)로 일컬어지는 위응물의
작품으로는 특이한 시이다. 아마 그는 초야에 묻혀 있는 훌륭한
선비를 몰라보는 세태를 풍자하기 위하여 이 시를 쓴 것이
아닌가 한다.

한
유

韓愈, 768~824

하남성 하양(河陽) 출신으로 자는 퇴지(退之)이다. 792년에
진사에 급제한 후 여러 관직을 거쳤고 819년 헌종(憲宗)이
불골(佛骨)을 모신 것을 간하다가 조주자사(潮州刺史)로
좌천되었다. 목종(穆宗)이 즉위하자 다시 조정에 들어와서
국자좨주(國子祭酒)를 거쳐 이부시랑(吏部侍郞)에까지 올랐다.
유종원과 함께 '고문부흥 운동'을 주도하여 '한유'(韓柳)로
병칭되며 유종원, 구양수(歐陽修), 소식(蘇軾)과 함께
'천고문장사대가'(千古文章四大家)로 일컬어진다. 또 시호가
'문'(文)인 까닭에 한문공(韓文公)으로도 불린다.
『한창려집』(韓昌黎集)이 전한다.

십 년 전 술 마시며 서로 만났을 때에는
그대는 장년이고 나는 소년이었는데

십 년 후 술 마시며 서로 만나니
나는 장년이고 그대는 백발노인

나의 재주 세상과 서로 맞지 않아서
비늘 날개 움츠리고 다시 희망 없다오

지금은 어진 인재 모두 벼슬하는데
그대 또한 어찌하여 서성거리나

그대 앞에 술잔 오면 손 멈추지 말게나
만사(萬事)를 잊는 데는 술만 한 것이 없다네

贈鄭兵曹

樽酒相逢十載前　君爲壯夫我少年
樽酒相逢十載後　我爲壯夫君白首
我材與世不相當　戢鱗委翅無復望

317

當今賢俊皆周行　君何爲乎亦遑遑

杯行到君莫停手　破除萬事無過酒

정병조(鄭兵曹)는 정통성(鄭通誠)을 가리키는데,
장건봉(張建封)이 무녕절도사(武寧節度使)로 있을 때 그
막하에서 정통성은 부사(副使)로, 한유는 종사(從事)로
있으면서 서로 어울려 술을 마셨다고 한다. "만사(萬事)를 잊는
데는 술만 한 것이 없다"는 말은 예나 지금이나 술꾼들의
불변의 구호이다.

백
거
이

白居易, 772~846

원적(元籍)은 산서성 태원(太原)이나 하남성 신정(新鄭)에서 나고
자랐다. 자는 낙천(樂天), 호는 향산거사(香山居士)이다. 800년
29세로 진사에 급제한 후 여러 관직을 두루 역임했으며
원진(元稹)과 함께 신악부(新樂府) 운동을 펼쳐 문단의 혁신을
주도했다. 문학은 인간을 대상으로 하며 생활의식이나
생활감정이 뒷받침되지 않으면 안 된다는 생각으로
'유려평이'(流麗平易)한 문학의 폭을 넓혀 그의 작품은 사람들에게
널리 애송되었다. 여러 관직을 거치다가 58세에는 낙양에서
살기로 결심하고 시와 술과 거문고를 벗으로 삼아
'취음선생'(醉吟先生)이란 호를 쓰며 유유자적했다. 원진(元稹)과
함께 '원백'(元白)으로 병칭되고 유우석(劉禹錫)과 함께
'유백'(劉白)으로 병칭되기도 한다. 또한 이백, 두보, 한유와 함께
'이두한백'(李杜韓白)으로도 병칭된다. 그는 문학사에 길이 남을
『신악부』 50수와 「장한가」(長恨歌), 「비파행」(琵琶行)의 작가로
이백, 두보와 함께 중국의 3대시인으로 꼽힌다.
『백씨문집』(白氏文集)에 2,900여 수의 시가 전한다.

초록 개미 떠 있는 새로 빚은 탁주에
붉은 진흙 조그마한 화로도 있소

저물녘 하늘엔 눈이라도 오려는데
술 한 잔 마시지 않으시려오

問劉十九

綠蟻新醅酒　紅泥小火爐
晚來天欲雪　能飮一杯無

유십구(劉十九)-유씨 집안에서 한 증조부의 자손들 즉 6촌 사이 친척들의
항렬이 열아홉 번째인 사람. 여기서는 누구인지 분명치 않다.
• 초록 개미(綠蟻)-쌀로 술을 빚어 아직 거르지 않았을 때 표면에 황록색의
찌꺼기가 뜨고 그 모양이 개미같이 가늘다고 해서 이를 '녹의' 즉 '초록
개미'라 부른다. 후에는 '녹의'가 미주(米酒)의 대명사로 되었다.

이 시는 백거이가 강서성의 강주사마(江州司馬)로 좌천되어
있던 817년(46세)에 쓴 작품이다. '유십구'는 누구인지

분명하지 않으나 그의 시 「유십구동숙」(劉十九同宿)에
"唯共嵩陽劉處士"(오직 숭양의 유처사와 함께하다)란 구절이
있는 것으로 보아 그가 숭양(嵩陽) 출신임은 알 수 있다. 숭양은
하남성에 있는 숭산(嵩山)의 남쪽이란 뜻이다. 그는 아마
백거이의 이웃에 살았던 듯하다.

　제목의 '묻다'는 몰라서 묻는 것이 아니고, 좌천되어 쓸쓸한
날을 보내던 어느 겨울날 유십구에게 술 한 잔 마시러 오라는
초대의 뜻이 담겨 있다. 그래서 처음부터 술이 등장한다. 갓
빚은 좋은 술이 있음을 알리고 또 술을 데울 화로도 있다고
했다. 이 화로는 술을 데울 뿐만 아니라 겨울의 추위를
녹이기도 한다. 그런데 화로가 '조그마하다'고 했다. 조그마한
화로가 있다고 한 것은 시인이 큰 술판을 벌리는 것이 아니라
단둘이서 오붓하게 술 한잔하자는 뜻이 담겨 있다.

　제3구에서는 저녁 무렵 눈이 내릴 것 같은 분위기를
말함으로써 화로에 불을 쬐면서 술 마시기 좋은 때임을 넌지시
알린다. 이렇게 상대방을 은근히 유혹하고는 마지막 구에서
초대의 의사를 밝힌다. 좋은 술이 있고 술을 데우고 추위를
녹일 화로도 있고 게다가 저녁 무렵 눈이라도 내릴 날씨인데
그래도 한잔하러 오지 않겠는가라는 간곡한 권유다. 시인은
아마 하인을 시켜 이 시를 이웃에게 보냈을 것이다. 말하자면
초대의 시인 셈이다.

　이 초대장을 받고 달려가지 않을 사람이 있겠는가? 두
사람은 화로를 사이에 두고 오순도순 정담을 나누면서 밤 깊은
줄도 모르고 술잔을 기울였을 것임에 틀림없다. 송나라

구양수(歐陽脩)의 시에 "술이 지기를 만나면 일천 잔도 적다"(酒逢知己千杯少)는 구절이 있는데, 뜻 맞는 친구와 술잔을 나누었을 그날 밤의 백거이는 한없이 행복했으리라.

백거이의 시는 대중성으로 특징지어진다. 그는 화려한 수식이나 기교를 즐겨하지 않았고 어려운 전고(典故)를 사용하지 않았으며 형식에 얽매이지 않았다. 평이한 시어를 구사하여 이른바 '알기 쉬운 시'를 썼기 때문에 당시에 광범위한 대중적 지지를 받았다고 한다.

「유십구에게 묻다」는 이러한 백거이의 시풍을 가장 잘 드러낸 작품이다. 아무런 수식이나 기교 없이 일상의 소박한 구어체(口語體)의 언어로 극히 자연스럽게 써 내려갔다. 그러면서도 친구에 대한 정이 담뿍 담긴 초청장을 시로 써서 독자의 마음을 사로잡는다.

「유십구에게 묻다」와 관련해서 좋은 추억이 하나 있다. 2013년에 안휘성의 저주(滁州)에서 취옹정(醉翁亭)과 풍락정(豊樂亭)을 둘러보고 저주 시내에서 점심식사를 하기 위해서 음식점을 찾았는데 마침 '홍니소주'(虹泥小廚)란 간판이 달린 음식점을 발견했다. 나는 직감적으로 백거이 시의 "紅泥小火爐"가 떠올랐다. '虹'이 백거이 시의 '紅'은 아니지만 왠지 백거이 시와 관련이 있을 것 같았다. 아니나 다를까 들어가 보니 식탁 위의 컵에 「유십구에게 묻다」의 전문이 새겨져 있었다.

그러니 이 집의 옥호는 백거이의 시에서 따온 것이 분명했다. 옥호 '홍니소주'(虹泥小廚)는 '무지갯빛 진흙으로 만든 조그마한 주방'이란 뜻인데 '紅'을 '虹'으로 바꾼 것은, 그냥 '붉다'고 하는 것보다 '무지갯빛'이라 하는 것이 더 운치 있다고 생각한 주인의 취향이겠다. 놀라운 것은, 요리도 일반 음식점에서처럼 알코올램프에 데우는 것이 아니라 진흙(泥)으로 만든 화로의 숯불에 데우도록 되어 있었다. 이 화로 위에서 음식이 끓으니 화로가 바로 '작은 주방'인 셈이다. 이제야 옥호를 '홍니소주'라 정한 사연을 알 것 같았다.

　　이곳이 백거이와 직접적인 관련이 있는 장소가 아닌데도 옥호를 '홍니소주'로 하고 컵에 백거이의 시를 새긴 것으로 보아 주인이 백거이를 무척 좋아하거나 술을 즐기는 사람인 듯했다. 나는 이를 보면서 중국의 풍부한 인문학적 유산이 부럽고 이 유산을 재미있게 활용할 줄 아는 중국인의 낭만이 부러웠다. 그러나 2015년 다시 저주시를 찾았을 때 '홍니소주'는 없었다. 가이드를 시켜 샅샅이 찾아보라 했지만 결론은 없다는 것이었다. 무슨 이유로 폐업했는지 알 수 없으나 참으로 안타까운 일이다.

96   동쪽 이웃을 부르다

조그마한 술통에 두 되의 술
새 대자리 깔아 놓은 여섯 자 평상

와서 밤새 얘기 나누지 않으시려오
연못가에 가을이 서늘해지려는데

招東鄰

小榼二升酒　新簟六尺床
能來夜話否　池畔欲秋涼

95번 시 「유십구에게 묻다」와 마찬가지로 이웃 사람에게 술
마시러 오라고 요청하는 시이다. 술 마시러 오라고 할 때에는
그럴듯한 핑계가 있어야 하는데 여기서는 "가을이
서늘해지려는 것"이 그 핑계이다. 기뻐서 마시고, 슬퍼서
마시고, 봄이 와서 마시고, 가을바람이 불어서 마시고, 눈이
와서 마시고… 술꾼들이 술 마실 핑계는 도처에 널려 있다.

도연명의 시를 본떠 짓다 제8수

집에서 빚은 술 이미 다 마셨는데
마을엔 술 살 곳 없어

오늘 밤 맨정신이 걱정이어라
이 가을의 회포를 어이하리오

갑자기 문 두드리는 손님이 있어
하는 말이 어찌 그리 반가운지

말하길 남촌(南村)의 늙은이인데
술 단지 끌고서 찾아왔다네

단지에 술 있는 게 기쁜 터이라
많고 적음을 어찌 물어보리오

중양절(重陽節)은 이미 지나갔지만
울타리엔 아직도 국화가 남아 있어

즐거울 땐 몹시도 낮이 짧은 법
어느새 저녁 해가 기울고 있네

노인장은 서둘러 일어나지 마시고
새 달이 뜨기를 기다려 보시오

손님이 가고 나도 흥취가 남아
저녁 내내 혼자서 술 마시고 노래하네

效陶潛體 十六首

家醞飮已盡　村中無酒沽
坐愁今夜醒　其奈秋懷何
有客忽叩門　言語一何佳
云是南村叟　挈榼來相過
且喜樽不燥　安問少與多
重陽雖已過　籬菊有殘花
歡來苦晝短　不覺夕陽斜
老人勿遽起　且待新月華
客去有餘趣　竟夕獨酣歌

들으니 심양군(潯陽郡)에
그 옛날 도징군(陶徵君) 있었다는데

술을 사랑하지 명예 사랑하지 않고
술 깨는 것 걱정하지 가난 걱정 않았다네

일찍이 팽택의 현령이 되어
재직한 날 겨우 팔십 일 만에

발끈하여 홀연히 즐기지 않아
관인(官印)을 관청 문에 걸어 두고는

입으론 귀거래(歸去來) 읊으며
머리엔 녹주건(漉酒巾) 쓰고서

관리들 말려도 어쩔 수 없어
고향 산 구름 속에 곧장 들었네

돌아와 다섯 그루 버들 아래서
도리어 술로써 진(眞)을 길렀고

인간 세상 영화, 이익
티끌처럼 내쳤다네

선생이 가신 지 오래이건만
서책에 남긴 글 실려 있어서

글마다 나에게 술을 권하지
이밖엔 말한 것 하나 없도다

나 이제 늙으면서
몰래 그분 사모해

다른 점은 따르지 못하겠지만
얼큰히 취하는 건 본받으려네

效陶潛體 十六首

吾聞潯陽郡　昔有陶徵君
愛酒不愛名　憂醒不憂貧
嘗爲彭澤令　在官纔八旬
悵然忽不樂　掛印著公門
口吟歸去來　頭戴漉酒巾
人吏留不得　直入故山雲

歸來五柳下　還以酒養眞

人間榮與利　擺落如泥塵

先生去已久　紙墨有遺文

篇篇勸我飲　此外無所云

我從老大來　竊慕其爲人

其他不可及　且傚醉昏昏

도징군(陶徵君)-도연명을 가리킨다. '징군'은 학덕이 높은 초야의 선비를
조정에서 불러 벼슬을 내린 사람인데 도연명은 조정의 부름을 받았지만 이에
응하지 않고 끝내 벼슬을 사양했다. • 팽택의 현령(縣令)-222면 도연명
소전(小傳) 참조 • 녹주건(漉酒巾)-술을 거르는 두건이란 뜻으로 도연명은
평소 집에서 술이 익으면 머리에 쓰고 있던 두건을 벗어 술을 거르고 나서
다시 썼다고 한다. 도연명과 술을 이야기할 때 빠지지 않는 고사이다.

도연명의 인간적 풍모를 이보다 더 곡진하게 그린 시는 없을
것이다. 그리고 그러한 도연명을 본받고자 한 데에서 백거이의
지취(志趣)를 읽을 수 있다. 그러나 그가 "몰래 그분을
사모한다"고 한 것은 단순히 술 때문만은 아닐 것이다.

초(楚)나라 왕은 충신을 의심하여
굴원(屈原)을 강남으로 추방했고

진(晉)나라는 높은 선비를 경시하여
유령(劉伶)을 초야에 버려두었네

한 사람은 늘 홀로 취해 있었고
한 사람은 늘 홀로 깨어 있는데

깨어 있는 사람은 괴로움이 많았고
취해 있는 사람은 즐거움이 많았네

즐거웠던 사람은 한 몸 보존했지만
괴로웠던 사람은 끝내 무얼 이루었나

오만하게 술독 사이에 누워 있던 자
초췌하게 호숫가를 배회하던 자

후자는 우울했고 전자는 즐거웠던
그 이치 참으로 분명했다네

바라건대 그대는 장차 술이나 마시고
죽은 뒤의 명예는 생각지 말게나

效陶潛體 十六首

楚王疑忠臣	江南放屈平
晉朝輕高士	林下棄劉伶
一人常獨醉	一人常獨醒
醒者多苦志	醉者多歡情
歡情信獨善	苦志竟何成
兀傲甕間臥	憔悴澤畔行
彼憂而此樂	道理甚分明
願君且飲酒	勿思身後名

유령(劉伶)-29면 5번 시 이규보의 「속장진주가」 및 32면 유령의 「주덕송」,
34면 이한의 「유령해정」 참조 • 한 사람은~깨어 있는데-늘 홀로 취해 있던
사람은 유령이고 홀로 깨어 있던 사람은 굴원이다. 굴원에 대해서는 55면
「어부사」(漁父辭) 참조 • 오만하게 술독 사이에 누워 있던 자-필탁(畢卓)을
가리킨다. 102면 30번 시 이승소의 「술에 취한 뒤에 동년 노삼에게 장난삼아
지어 주다」 참조. 이 고사는 동진(東晉)의 필탁에 관한 것인데 백거이는 술을
좋아한 유령을 필탁에 비긴 것으로 보인다. • 초췌하게 호숫가를 배회하던
자-굴원을 가리킨다. 「어부사」에 "굴원이 추방당하여 강변에서 노닐고
못가를 거닐며 시를 읊을 때 안색이 초췌하고 모습이 여위었다"(屈原既放
游於江潭 行吟澤畔 顏色憔悴 形容枯槁)라는 구절이 있다.

유령은 늘 취해 있었고 굴원은 늘 깨어 있었는데, 유령은
즐거움이 많았고 굴원은 괴로움이 많았다고 말함으로써 술의
공덕을 찬양하고 있다. 술을 사랑한다는 점에서 백거이는
도연명이나 이백에 결코 뒤처지지 않을 것이다.

100 원구에게 술을 권하며

염교 잎에는 아침 이슬 맺혀 있고
무궁화 가지에는 밤 지난 꽃이 없어

그대도 지금 이와 같아서
짧은 인생은 유한하다네

선승(禪僧) 따라 숲속에서
『능가경』(楞伽經)도 안 배우고

도사 따라 산중에서
연단(煉丹)도 안 하니

인생 백 년에 절반이 밤이요
일 년에 봄날은 많지 않은데

어찌하여 좋은 술 마시지 않고
스스로 슬퍼하며 한탄하시오?

근심을 없애 주는 약이라 하는데
이보다 효과가 빠른 게 없다오

한 잔이면 세상 근심 쫓아 버리고
두 잔이면 천화(天和)가 돌아오고요

석 잔이면 크게 취해
웃으며 미친 노래 맘껏 부르며

술기운에 빠져서 흐뭇하게 즐기지
다른 일은 내가 알 게 무어랴

하물며 벼슬길에 나선 마당엔
한평생 풍파가 몰아치는 법

맘속 깊이 함정을 감추어 두고
교묘한 말 속에 그물을 짜고 있을 터

눈 들면 이런 게 훤하게 보이는데
취하지 않고 또 무얼 하려오?

勸酒 寄元九

薤葉有朝露　槿枝無宿花
君今亦如此　促促生有涯
旣不逐禪僧　林下學楞伽

又不隨道士　山中煉丹砂

百年夜分半　一歲春無多

何不飮美酒　胡然自悲嗟

俗號鎖憂藥　神速無以加

一杯驅世慮　兩杯反天和

三杯卽酩酊　或笑任狂歌

陶陶復兀兀　吾孰知其他

況在名利途　平生有風波

深心藏陷穽　巧言織網羅

擧目非不見　不醉欲如何

원구(元九)-백거이의 절친인 원진(元積). 종형제 간의 항렬이 아홉 번째이기 때문에 '원구'(元九)라 한 것이다. • 염교(薤)-백합과에 속하는 다년초. 사람의 목숨이 염교 잎 위의 이슬과 같아서 쉽사리 없어진다고 해서, 상여가 나갈 때 부르는 노래를 '해로'(薤露)라 한다. • 무궁화 가지(槿枝)-무궁화는 아침에 피어 저녁에 시든다. 『능가경』(楞伽經)-대승불교의 중요 경전 • 연단(煉丹)-도가에서 장생불사약인 단약(丹藥)을 만드는 것 • 천화(天和)- 천지의 화기(和氣)

810년(39세)에 친구 원진이 조정 실력자들의 노여움을 사서 강릉사조참군(江陵士曹參軍)으로 좌천되었는데 백거이가 세 차례나 상소하여 원진을 변호했으나 받아들여지지 않고 도리어 그 자신도 외직(外職)으로 좌천되었다. 이에 분격한 백거이가

강개한 마음으로 원진에게 이 시를 지어 보냈다. 술을 마심으로써 가슴속에 쌓인 울분을 풀어 보라는 간곡한 권유이다.

어느 곳에서 술을 잊지 못할까?
하늘 끝에서 옛정을 나눌 때이지

두 사람이 청운의 꿈 이루지 못하고
백발 되어 서로 놀라는 경우

이십 년 전에 헤어져
삼천리 밖에서 떠도는 신세

이때에 한 잔의 술이 없다면
평생의 사연을 어찌 풀어놓으리

何處難忘酒

何處難忘酒　天涯話舊情
青雲俱不達　白髮遞相驚
二十年前別　三千里外行
此時無一盞　何以叙平生

어느 곳에서 술을 잊지 못할까?
서리 내린 뜰에서 병든 늙은이

밤 귀뚜라미 소리 들리고
오동나무 마른 잎이 떨어질 때지

시름에 귀밑머리 먼저 희어지고
취기 빌려 얼굴이 잠시 붉어지나니

이때에 한 잔의 술이 없다면
무슨 수로 가을바람 견뎌 내리오

何處難忘酒

何處難忘酒　霜庭老病翁
闇聲啼蟋蟀　乾葉落梧桐
鬢爲愁先白　顔因醉暫紅
此時無一盞　何計奈秋風

829년(58세) 낙양에서 한적하게 생활하고 있을 때의 작품이다.
그는 만년에도 변함없는 애주가임을 과시하려는 듯
「하처난망주」(何處難忘酒) 7수와 「불여래음주」(不如來飲酒)
7수를 묶어 「권주」(勸酒) 14수의 연작시를 지었다. 백거이에게
술을 마셔야 하는 핑계는 실로 다양하다.

103 늦은 봄날 술을 사다

온갖 꽃이 떨어져 눈처럼 날리는데
귀밑머리 늘어져 하얀 실이 되었네

봄은 가도 또다시 올 날 있지만
나는 늙어 젊은 시절 오지 않아라

우리 삶은 부귀를 기다리느라
즐기는 것 언제나 너무 늦다네

빈천할 때라도 분수에 따라
얼굴 활짝 펴고 사는 것만 못하리로다

내 타던 말 팔아 버리고
옛 조복(朝服)도 전당 잡혀서

모조리 술을 사서 마신 후
잔뜩 취해 걸어서 돌아오련다

이름은 나날이 잊혀 가고
육신은 나날이 쇠약해지는데

340

취해서 주막집에 누워 있으면
내가 누구인지 알아나 볼 건가?

晩春沽酒

百花落如雪　　兩鬢垂作絲

春去有來日　　我老無少時

人生待富貴　　爲樂常苦遲

不如貧賤日　　隨分開愁眉

賣我所乘馬　　典我舊朝衣

盡將沽酒飲　　酩酊步行歸

名姓日隠晦　　形骸日變衰

醉臥黃公肆　　人知我是誰

주막집(黃公肆)-황공사(黃公肆)는 죽림칠현의 일원인 왕융(王戎)이
완적(阮籍), 혜강(嵇康) 등과 술을 마셨던 곳으로 후대에 주막의 뜻으로
쓰였다.

백거이의 「주공찬」(酒功贊)

진(晉)나라 건위장군 유백륜(劉伯倫)이 술을 좋아하여 「주덕송」
(酒德頌)이 세상에 전하는데, 당나라 태자빈객 백낙천(白樂天)이
또한 술을 좋아하여 「주공찬」을 지어 그 뒤를 잇는다.

누룩의 영기(英氣)와
쌀과 물의 정수(精髓)가

합하여 술이 되어
화(和)를 잉태하고 영(靈)을 낳도다

화(和)를 잉태한 것 무엇인가?
한 동이 탁주라

서리 낀 하늘, 눈 내리는 밤에
한기(寒氣)를 바꾸어 온기(溫氣)가 되네

영(靈)을 낳는 것 무엇인가?
한 잔의 청주라

이별하고 귀양 간 사람

근심을 바꾸어 즐거움 되네

목 안으로 들어가면 부드럽게 흘러서
진귀한 맛을 내는 맑은 이슬과 같고

가슴속을 적시면 훈훈하게 녹아서
단비를 몰고 오는 화평한 바람 같네

백 가지 생각이 모두 다 사라지니
이것이 너(술)의 덕(德)이요

만 가지 인연이 모두 다 없어지니
이것이 너(술)의 공(功)일세

내가 하루 종일 먹지도 않고
밤새도록 잠도 안 자고

생각해 보았으나 얻은 게 없었으니
술 마시느니만 못하더라

晉建威將軍劉伯倫嗜酒　有酒德頌傳於世 唐太子賓客白樂天亦嗜酒
作酒功贊以繼之.

麥麴之英	米泉之精
作合爲酒	孕和產靈
孕和者何	濁醪一樽
霜天雪夜	變寒爲温
產靈者何	清醑一酌
離人遷客	轉憂爲樂
納諸喉舌之內	淳淳泄泄醍醐沆瀣
沃諸心胸之中	熙熙融融膏澤和風
百慮齊息	時乃之德
萬緣皆空	時乃之功
吾嘗終日不食	終夜不寢
以思無益	不如且飲

유
종
원

柳宗元, 773~819

산서성 하동(河東) 출신으로 자는 자후(子厚)이다. 21세에
진사시에 급제하여 벼슬길에 나갔으나 당시 재상
왕숙문(王叔文)이 주도한 영정혁신(永貞革新) 운동에 참여했다가
실패하여 호남성의 영주사마(永州司馬)로 좌천되었고 후에는
광동성의 유주자사(柳州刺史)로 나가서 그곳에서 사망했다.
그래서 그를 유하동(柳河東), 유유주(柳柳州)라 부른다. 그는
한유와 함께 '고문부흥 운동'을 펼쳤지만 불교를 배척한 한유와
달리 불교와 도교를 수용하는 유연한 사고를 가졌다. 우언(寓言)
형식의 풍자 산문이 유명하며 영주(永州)에 좌천되어 관리 생활을
하면서 그곳 산수를 묘사한 산문은 산수유기(山水遊記)라는
문체의 탄생을 가져왔다. 산수시에 능해 도연명과 비교되었고,
왕유·맹호연 등과 '산수전원시파'를 형성했다.
『유하동집』(柳河東集)에 146수의 시가 전한다.

104　법화사 서쪽 정자에서 밤에 술을 마시다

석양이 비치는 절 옆 정자에서
함께 모여 삼매주(三昧酒) 기울이는데

안개 짙어 물기가 계단에 번지고
달 밝아 꽃 그림자 창을 덮는다

술동이 앞에서 취하는 것 싫어 말게
바라보니 아직은 백발이 아니잖아

法華寺西亭 夜飮

祗樹夕陽亭　共傾三昧酒
霧暗水連墄　月明花覆牖
莫厭樽前醉　相看未白首

절(祗樹)-기수(祗樹)는 기원(祗園)으로, 인도의 기타태자(祗陀太子) 소유의
동산인데 후에 수달장자(須達長者)가 이 동산을 사서 기원정사(祗園精舍)를
세웠다. 후대에 '기수' '기원'을 사찰의 뜻으로 사용했다. • 삼매주(三昧酒)-
삼매(三昧)는 불교 용어로 오직 한 가지 일에만 마음을 집중하여 번뇌와
잡념을 물리치는 것. '삼매주'는 '삼매의 경지에 이르게 하는 술'이라는

뜻이다.

유종원은 805년(33세) 왕숙문이 주도한 영정혁신 운동에
참여했다가 100일 만에 실패로 끝나고 영주사마로 좌천되었다.
영주로 유배된 그는 근처의 법화사 부근에 정자를 짓고
소일했는데 810년경(38세)에 그를 따르는 인사 8명이 이
정자에서 술을 마시며 시를 짓는 모임을 가졌다. 위의 시는
이때의 작품이다. 술을 '삼매주'라 한 것으로 보아 현실
정치에서의 좌절과 유배지의 고독을 술로 달래려는 모습을 볼
수 있다. 또 "아직은 백발이 아니잖아"란 구절에서 좌절에
굴하지 않는 진취적인 기상도 읽을 수 있다.

이
하

李賀, 790?~817?

하남성 창곡(昌谷)에서 태어나 자랐으며 자는 장길(長吉)이다.
터무니없는 이유로 진사시(進士試)에 응시조차 못했는데 후에 9품
말단 관직을 지낸 뒤 28세에 요절했다. 염세적 색채가 짙으며
풍부한 상상력을 바탕으로 낭만적이고 환상적인 분위기를
표현하였다. 초자연적인 제재(題材)를 잘 써서 '귀재'(鬼才)
'시귀'(詩鬼)라고 일컬어지기도 했다. 이백, 이상은(李商隱)과 함께
'삼이'(三李)로 불렸다.

유리 술잔에 호박 빛 진한 술
술통에 방울지는 진주홍(眞珠紅)일세

용(龍) 삶고 봉(鳳) 구우니 옥 기름 흐느끼고
수놓은 비단 장막, 향기로운 바람

용 피리 불어대고 악어가죽 북 치며
하얀 이 노래하고 가는 허리 춤춘다

하물며 푸른 봄날 저물어 가고
복사꽃 붉은 비 어지러이 떨어지니

권컨대 그대는 종일 실컷 취하게
유령(劉伶)도 무덤에선 술 마시지 못 한다네

將進酒

琉璃鍾琥珀濃   小槽酒滴眞珠紅
烹龍炮鳳玉脂泣   羅幃繡幕圍香風
吹龍笛擊鼉鼓   皓齒歌細腰舞

349

況是青春將日暮　桃花亂落如紅雨

勸君終日酩酊醉　酒不到劉伶墳上土

유리 술잔(琉璃鍾)-유리로 만든 술잔이 당시엔 매우 진귀한 물건이었다.
· 진주홍(眞珠紅)-술 이름 · 옥 기름 흐느끼고(玉脂泣)-육류를 조리할 때
기름이 끓는 소리를 흐느끼는 것에 비유했다. · 용 피리(龍笛)-용처럼 생긴 긴
피리. 불면 용의 울음소리 같은 음이 난다고 한다. · 하얀 이(皓齒), 가는
허리(細腰)-가기(歌妓)와 무희(舞姬) · 유령(劉伶)-진(晉)나라 때 죽림칠현의
한 사람으로 평소 술을 무척 좋아했다. 32면 유령의 「주덕송」, 34면 이한의
「유령해정」 참조

자신의 이상과 포부를 보상받지 못해 좌절한 이하의
내면세계를 잘 보여 주는 작품이다. 1, 2, 3련은 술 마시고
즐기는 장면을 극히 화려하게 묘사하고 있다. 여기 등장하는
술과 술잔, 안주 등은 호화로움의 극치이다. 이러한 호화로움을
강조하기 위해서 '삶은 용' '구운 봉'과 같은 과장법이
동원되기도 한다. 술과 안주만 있는 것이 아니다. '용 피리'
'악어가죽 북'과 같은 악기가 아름다운 음악을 연주하고,
미녀들이 노래하고 춤을 춘다. 인간 세상에 이만한 즐거움이
없다. 그러니 짧은 인생에서 이 즐거움을 어찌 누리지 않을 수
있겠는가? 게다가 "푸른 봄날"도 "저물어 가서" 붉은 복사꽃이
비처럼 떨어지고 있다. "푸른 봄"(靑春)은 계절의 봄과 인생의
봄을 동시에 가리킨다. 이 봄이 저물기 전에, 인생의 봄이 가기

전에 술 마시고 즐겨야 한다. 죽고 나면 즐길 수 없다. 그토록 술을 좋아했던 유령도 죽은 뒤에는 아무도 그에게 술을 권하지 않는다, 아니 권할 수가 없다.

지극히 퇴폐적이고 허무주의적인 시의 문맥 속에는 시인의 분노와 세상에 대한 비웃음, 조롱의 뜻이 숨겨져 있다. 이것은, 불합리한 현실에서 '종일 취하지 않고 또 무얼 하겠는가'라는 자조(自嘲)이고 이 자조는 소리 없는 분노를 동반하고 있다. 또 이것은 자기 힘으로는 어찌할 수 없는 완강한 현실에 대한 분노이기도 하다.

두
목

杜牧, 803~852

자는 목지(牧之), 호는 번천거사(樊川居士)이다. 그는 명문(名門)
출신으로『통전』(通典)을 저술한 유명한 사학자 두우(杜佑)의
손자이다. 828년 진사에 급제한 그는 원대한 정치적 포부를
지니고 정치 개혁에 앞장섰으나 당나라 말기의 부패하고
어지러운 정국에서 끝내 이상을 실현하지 못하고 중앙과 지방의
관직을 전전하다가 생을 마쳤다. 그는 시에도 능하여 '소두'(小杜:
작은 두보)라 불리기도 하고 또 동시대의 시인 이상은(李商隱)과
함께 '소이두'(小李杜)로 병칭되기도 한다. 흔히 이백과 두보를
'이두'(李杜)로 병칭하는데 이와 구별하여 이상은과 두목을
'소이두'라 부르는 것이다. 국운이 기우는 만당(晩唐) 시기에
살면서 풍류를 즐기고 구속을 싫어했지만 평탄치 않은
벼슬살이로 인해 작품에는 인생의 감개를 말하며 우환과 애상의
정서를 담았다. 그의 영사시(詠史詩)는 수준 높은 정치적 사상과
인식을 보여 주며 특히 절구와 같이 짧은 시형 속에 시상을 한
폭의 그림처럼 표현하는 데 능했는데 언어가 정련되고 시상이
함축적이며, 맑고 뛰어난 정조 속에 담담한 애수를 담았다.
『번천문집』(樊川文集)에 522수의 시가 전한다.

청명절, 어지러이 비 내리는데
길 가는 나그네 혼, 끊어지려네

묻노라, 술집은 어디 있는가?
목동이 저 멀리 행화촌(杏花村)을 가리키네

淸明

淸明時節雨紛紛　路上行人欲斷魂
借問酒家何處有　牧童遙指杏花村

청명절-24절기의 하나로, 음력 3월 초순경·행화촌(杏花村)-보통명사로는
'살구꽃 피는 마을'이란 뜻. 고유명사로서의 행화촌의 소재에 대해서는
산서성 분양(汾陽), 안휘성 귀지(貴池), 강소성 풍현(豊縣) 근처 등 여러 설이
있다.

널리 알려진 두목의 대표작 중의 하나이다. 청명절에 어지러이
비가 내리고 있다. 청명절은 문자 그대로 날씨가 맑아서
가족들과 성묘(省墓)하는 것이 고대 중국인들의 관습이었다.

353

그런데 맑아야 할 청명절에 비가 내린다. 그것도 "어지러이"
내리는 비다. 2구의 "길 가는 나그네"는 가족들과 성묘하러
가는 사람이 아님이 분명하다. 아마 객지에서 떠도는 나그네인
것으로 보인다. 그러니 이 나그네의 심사가 편할 리 없다. "혼이
끊어지려고 한다"는 것 은 억제할 수 없는 고독과 수심에 싸여
있다는 말이다. "어지럽다"(紛紛)는 말은 비가 내리는 모양을
나타내기도 하고 동시에 나그네의 심사를 지시하기도 한다.

이쯤해서 나그네는 좀 쉬고 싶었을 것이다. 지친 다리도
쉬고 비도 피하고 젖은 옷도 말릴 장소가 필요했음 직하다.
그러나 무엇보다도 수심을 달래 줄 한 잔의 술 생각이 간절했을
것이다. 그래서 누구에게랄 것 없이 묻는다, "술집은 어디
있느냐?"고. 그리고 목동이 멀리 행화촌을 가리키는 것으로
시가 끝난다. 강렬한 여운을 남기는 결말이다.

나그네의 다음 행동은 독자의 상상에 맡기고 있다. 아무런
기교를 부리지 않고 평이하게 시상을 전개하고 있어 마치 한
폭의 그림을 보는 것 같다.

행화촌의 소재지에 대해서는 설이 분분하지만, 산서성
분양현의 행화촌에서는 「청명」시의 행화촌이 그곳임을
기정사실화하고 있다. 더구나 그곳에는 유명한 백주(白酒)인
분주(汾酒)를 만드는 공장이 있다. 이 공장은 종업원 8천 명을
거느린 거대 그룹인데 정문을 들어서자마자, 술집을 묻는
나그네와 소를 탄 목동이 먼 곳을 가리키는 거대한 조각상이

눈에 띈다. 뿐만 아니라 공장 곳곳에 이러한 조각과 그림을
많이 배치해 놓고 있어서 「청명」시의 판권을 독점한 듯이
보인다. 모택동 주석이 이곳을 방문하여 모필(毛筆)로 쓴
「청명」시를 전시하고 있기도 하다. 또 공장 안 공원에는
살구나무를 수백 주 심어 놓아 이곳이 행화촌임을 알리고
있다. 지금 출시되는 분주의 술병에도 "借問酒家何處有
牧童遙指杏花村"이라는 시구를 새겨 놓고 있다. 그러나 이
시의 행화촌은 어느 특정 지명을 지칭한다기보다 '살구꽃 피는
마을'의 범칭으로 보는 것이 타당할 듯하다.

　　2012년 4월 1일에는 산서성 행화촌에 「청명」시를
기념하는 음시대(吟詩臺) 광장을 조성하고 높이 4m의
두목상을 건립했으며 이곳에서 제1회 두목공제(杜牧公祭)를
거행했다고 한다.

라
은

羅隱, 833~910

자는 소간(昭諫)으로 절강성 항주 출신이다. 859년부터 13년간
10차례나 진사시에 응시했으나 낙방했다고 한다. 황소(黃巢)의
난이 일어나자 한때 구화산(九華山)에 은거했다가 후에 작은
벼슬을 역임했다.

뜻 얻으면 높은 노래, 뜻 잃으면 그만이지
근심 많고 한 많아도 유유자적하노라

오늘 아침 술 있으면 오늘 아침 취하고
내일의 근심은 내일에 근심하리

自遣

得卽高歌失卽休　多愁多恨亦悠悠
今朝有酒今朝醉　明日愁來明日愁

"오늘 아침 술 있으면 오늘 아침 취하고/내일의 근심은 내일에
근심하리"라는 말에서 시인이 처한 당시의 심경을 짐작할 수
있다. 극도로 혼란한 만당의 정치적 상황에서 10번이나 과거에
낙방한 시인의 달관한 듯한 마음의 자세를 엿볼 수 있다.
이제는 세상과 다투지 말고 술이나 마시며 낙관적으로
살아가자는 것이다. "今朝有酒今朝醉"는 지금은 '오늘은
오늘이고 내일은 내일이다. 그럭저럭 되는대로 살아간다'는
뜻으로 널리 쓰이고 있다.

357

우
무
릉

于武陵, ?~?

867년 전후에 살았던 인물이다. 이름은 업(鄴)이고, 자가 무릉
(武陵)인데, 자로 행세했다. 혹은 우무릉과 우업이 다른 사람이란
설도 있다. 선종(宣宗) 대중(大中) 연간에 진사 시험에 응시했지만
낙방한 후 출사하려는 뜻을 포기하고 상락(商洛)과 파촉(巴蜀)
사이를 유랑했으며 일찍이 시장 거리에서 점을 쳐 주며 생계를
꾸렸다. 일설에는 당나라 말기에 진사 시험에 급제하여 오대 때
후당(後唐)에서 벼슬하고, 일찍이 도관원외랑(都官員外郞)과
공부낭중(工部郞中)을 지냈다고도 한다. 만년에는 숭양(崇陽)에
별장을 두고 은거하다가 목을 매어 죽었다. 시를 잘 지었고,
오율(五律)에 뛰어났다. 『전당시』(全唐詩)에 시가 1권으로
편집되어 있다.

그대 위해 황금 술잔에
술 가득 따랐으니 부디 사양 마시게

꽃이 피면 비바람 잦은 법이고
인생엔 이별이 원래 많은 것

勸酒

勸君金屈巵   滿酌不須辭
花發多風雨   人生足別離

황금 술잔(金屈巵)-굽은 손잡이가 있는 술잔으로 귀한 손님을 접대할 때
썼다고 한다.

내용상으로 이 시는 길 떠나는 친구를 위해 베푼 송별연에서의
간배사(乾杯辭)의 성격을 띤다. 그런데 주인의 정성이 지극하다.
진귀한 술잔에 술을 가득 따라 사양하지 말고 마시라고 간곡히
권한다. 주인이 이렇게 정성을 다해 술을 권하는 이유가 3, 4구에

드러난다. 그 이유는 두 가지인데, 하나는 떠나는 친구의
벼슬길이 순탄치 않거나 또 다른 이유로 불우한 처지에 있기
때문에 이를 위로하기 위함이다. 꽃이 피면 시샘하는 비바람이
잦은 것이 자연의 이치이니 그 비바람에 너무 가슴 아파하지
말라는 위로이다. 또 하나의 이유는 이별을 아쉬워하는 친구의
마음을 달래기 위함이다. '만나면 헤어지게 되어 있고 또
언젠가는 다시 만나는 날이 있을 것이니 우리가 지금
헤어진다고 해서 너무 상심하지 말라'는 위로의 말을 해 주고
있는 것이다. 좌절과 실의에 빠진 친구를 달래기 위해서 주인은
지극한 정성을 황금 술잔에 담아 권하고 있다.

　　시인 우무릉에 관해서는 그 행적이 자세하지 않지만 일찍이
진사에 급제하고도 출세하지 못해 평생 불우하게 지냈다고
한다. 이렇게 보면 이 시는 친구를 위로하기 위하여 쓴
것이지만 자기 자신에 대한 자위(自慰)의 표출이기도 하다. 이
시의 3, 4구는 격언에 가까운 명구(名句)로 인구에 회자되고
있다.

술자리에서 '건배(乾杯)합시다'라 할 때의 '건배'의 뜻을
살펴볼 필요가 있다. '乾'에는 두 가지 뜻이 있다. 하나는
'하늘'이라는 뜻이고 또 하나는 '마르다, 말리다'의 뜻이다.
그런데 이 글자는 뜻에 따라서 독음(讀音)이 달라진다.
'하늘'이라 했을 때의 독음은 '건'이고 '말리다'라 했을 때의
독음은 '간'이다. '건배합시다'는 '술잔의 술을 말리자, 즉 다

마시자'는 뜻이다. 그러니 이 경우에는 '건배'가 아닌 '간배'라 발음해야 맞다. 중국어에서도 '마르다'의 경우에는 '깐'으로 '하늘'의 경우에는 '치엔'으로 구별해서 발음한다. 당연히 '乾杯'도 '깐베이'로 발음한다. 그러나 오랜 관습에 따라 '건배'로 발음해 온 것을 굳이 '간배'로 바꾸어야 하는가에 대해서는 사회적 논의가 필요한 사항이다.

소식

蘇軾, 1037~1101

자는 자첨(子瞻), 호는 동파(東坡), 시호는 문충(文忠)으로 사천성
미산현(眉山縣) 출신이다. 22세 때 진사시에 급제하고 26세 때
제과(制科)에 급제한 이래 여러 관직을 거치다가 34세 때에는
당시 조정의 실권자인 왕안석(王安石)과의 의견 충돌로 자청하여
항주(杭州), 서주(徐州) 등지의 지방관으로 나갔으나 44세에는
황주(黃州)로 유배되었다. 50세에 중앙으로 복귀했지만 59세에
다시 혜주(惠州)로 유배되고 이어 해남도로 이배(移配)되었다.
65세에 사면을 받았으나 66세에 사망했다. 그는 북송 문단의
거장으로 부친 소순(蘇洵), 아우 소철(蘇轍)과 함께 3부자가
당송팔대가의 반열에 올랐고, 서예와 그림에도 능했다.
「적벽부」(赤壁賦)의 작가로 널리 알려져 있다.

싱겁고 싱거운 술이라도 차(茶)보다 낫고
　거칠고 거친 베옷이라도 없는 것보다 나으며
추하고 악독한 아내라도 없는 것보다 낫네

꼭두새벽 대루원(待漏院)에서 임금 조회 기다리며
　신발 가득 서리 맞는 벼슬살이하는 것이
삼복더위에 해가 높이 솟을 때까지
　서늘한 북창 아래 실컷 자는 것만 못하네

구슬 장식 수의(壽衣) 입고 옥으로 만든 관에 누워
　만인 전송 받으며 북망산에 돌아가는 것이
누덕누덕 꿰맨 남루한 옷 입고
　홀로 앉아 아침 햇볕 쬐는 것만 못하네

생전에 부귀요 사후에 문장이라지만
백 년도 순간이요 만세(萬世)도 바삐 흘러

백이(伯夷) 숙제(叔齊) 도척(盜跖)도 죽기는 마찬가지
눈앞에서 한번 취해 옳고 그름 근심 즐거움을 모두 잊는
　것만 못하다네

薄薄酒

薄薄酒勝茶湯黐黐布勝無裳　醜妻惡妾勝空房

五更待漏靴滿霜　　　　　　不如三伏日高睡足北窓凉

珠襦玉匣萬人祖送歸北邙　　不如懸鶉百結獨坐負朝陽

生前富貴死後文章　　　　　百年瞬息萬世忙

夷齊盜跖俱亡羊　　　　　　不如眼前一醉是非憂樂都兩忘

대루원(待漏院)-조정의 대신들이 조회에 참석하기 위해 새벽에 대기하던
장소·백이(伯夷) 숙제(叔齊)-은(殷)나라의 충신·도척(盜跖)-춘추시대
진(秦)나라의 큰 도적·죽기는 마찬가지(亡羊)-『장자』「변무」(駢拇)의 고사.
장(臧)과 곡(穀) 두 사람이 양을 치다가 모두 양을 잃어버렸다. 무엇을 하다가
잃었느냐고 물으니 장은 책을 읽다가 잃었고 곡은 놀이를 하다가 잃었다고
답했다. 무슨 일을 했든 양을 잃은 것은 같다는 말로, 충신인 백이 숙제나
도적인 도척도 죽기는 마찬가지라는 뜻이다.

달밤에 손님과 살구꽃 아래에서 술을 마시다

살구꽃은 주렴에 날아 남은 봄을 흩뜨리고
밝은 달은 문에 들어 유인(幽人)을 찾아 주네

옷 걷고 달빛 아래 꽃 그림자 밟으니
밝기가 흐르는 물에 마름 풀이 잠긴 듯

꽃 사이 술자리 펴니 맑은 향기 피어나고
긴 가지 서로 당기니 향기로운 눈 내리네

산성(山城)의 싱거운 술 마실 만한 것 못 되니
그대는 술잔 속의 달이나 마시게

퉁소 소리 끊어지고 달 밝은 가운데
달 져서 술잔 빌까 그것이 걱정이네

내일 아침 봄바람이 거세게 불어오면
푸른 잎 사이 남아 있는 붉은 꽃만 보이리

月夜與客飮酒杏花下

杏花飛簾散餘春　明月入戶尋幽人
褰衣步月踏花影　炯如流水涵青蘋
花間置酒淸香發　爭挽長條落香雪
山城薄酒不堪飮　勸君且吸杯中月
洞簫聲斷月明中　惟憂月落酒杯空
明朝卷地春風惡　但見綠葉栖殘紅

유인(幽人)-세상을 피하여 그윽한 곳에 숨어 사는 사람. 시인 자신을
가리킨다. • 향기로운 눈(香雪)-살구꽃 잎이 눈처럼 떨어진다는 표현

왕안석(王安石)의 신법(新法)을 반대하여 그의 노여움을 사자
소식은 외직(外職)을 자청하여 약 9년간 항주(杭州), 서주(徐州),
호주(湖州) 등지의 지방관으로 지냈는데 이 시는 1077년(41세)
서주 지주(知州)로 재직했을 때의 작품이다. 늦은 봄날 달 밝은
밤에 꽃잎이 눈처럼 흩날리는 살구나무 아래에서 친구와
술잔을 나눈다면 그 술맛이 과연 어떠할까?

소식은 대주가(大酒家)는 아니지만 애주가(愛酒家)였다. 그는 「서동고자전후」(書東皐子傳後)에서 이렇게 말했다. 동고자는 「취향기」를 쓴 왕적(王績)의 호이다.

나는 하루 종일 술을 마시지만 다섯 홉에 지나지 않으니 천하에 나만큼 술을 잘 마시지 못하는 사람은 없을 것이다. 그러나 남이 술 마시는 것을 좋아해서 손님이 술잔을 들어 천천히 마시는 것을 보면 내 가슴속이 넓고 높아져서 그 시원하고 유쾌한 맛이 마시는 손님보다 더하였다. 한가하게 거처할 때에는 하루도 손님이 없는 적이 없었고 손님이 왔을 때 술자리를 마련하지 않은 적이 없었으니 나만큼 술 마시기를 좋아하는 사람도 없을 것이다.

육
유

陸游, 1125~1210

자는 무관(務觀), 호는 방옹(放翁)으로 절강성 소흥(紹興)
출신이다. 태어난 지 2년 후(1127년)에 금(金)나라가 수도
개봉(開封)을 함락하고 송(宋)나라는 남쪽으로 천도하여
남송(南宋) 정권이 성립되었다. 34세에 벼슬길에 나아가 여러
관직을 거쳤는데, 그는 줄곧 금나라와 싸워서 중원을 회복할 것을
주장한 애국시인이었다. 이 때문에 주화파(主和派)의 공격을 받아
여러 번 파직을 당하기도 했다. 중년에는 촉(蜀)으로 들어가 직접
군사를 지휘하며 항금(抗金) 활동을 했는데 이때 많은 시를
남겼다. 지금 남아 있는 『검남시고』(劍南詩藁)에 9,000여 수의
시가 전한다.

사람으로 태어나 안기생(安期生) 되어
술 취해 동해에 가서 큰 고래 못 탄다면

응당 세상에 나가 이서평(李西平)이 되어서
역적을 죽이고 옛 서울을 맑혀야 하련만

빛나는 황금 인장(印章) 아직 얻지 못하고
무정케도 흰머리만 짧게 돋았네

늦가을 성도(成都)의 옛 절에 누웠으니
지는 해가 창문에 유독 밝게 비치는데

내 어찌 말 위에서 적 무찌른 몸으로
시를 읊어 언제나 쓰르라미 소리 내랴

흥이 나면 시교(市橋)의 술을 몽땅 사 버려
큰 수레에 긴 병이 수북이 쌓였고

구슬픈 거문고 호방한 피리 소리가
　　실컷 마시도록 흥을 돋우면
거야(鉅野) 호수가 쏟아지는 황하의 물 받는 듯하여

평시엔 술 한 방울 입에 넣지 않다가
뜻 맞으면 갑자기 천 사람을 놀라게 하네

나라 원수 못 갚고 장사(壯士)는 늙어
칼집 속의 보검이 밤이면 운다네

어찌하면 개선하여 눈 덮인 비호성(飛狐城)에서
밤늦도록 병사들에게 잔치 베풀꼬

長歌行

人生不作安期生　醉入東海騎長鯨
猶當出作李西平　手梟逆賊清舊京
金印輝煌未入手　白髮種種來無情
成都古寺臥秋晚　落日偏傍僧窗明
豈其馬上破賊手　哦詩長作寒螿鳴
興來買盡市橋酒　大車磊落堆長瓶
哀絲豪竹助劇飮　如鉅野受黃河傾
平時一滴不入口　意氣頓使千人驚
國仇未報壯士老　匣中寶劍夜有聲
何當凱旋宴將士　三更雪壓飛狐城

안기생(安期生)-진(秦)나라 때 산동성에 살았다는 전설상의 신선
• 이서평(李西平)-당나라 때 명장 이성(李晟, 727~793). 여러 반란을 평정한
공으로 서평군왕(西平郡王)에 봉해졌다. • 시교(市橋)-성도에 있던 다리
이름 • 거야(鉅野)-산동성에 있던 큰 호수. 한때 황하가 범람하여 이곳으로
흘러 들어갔다. • 비호성(飛狐城)-하북성에 있던 성으로 북방 변경의 중요한
군사 요충지였다.

육유가 살았던 시대는 송나라가 여진족에게 밀려 남쪽으로
내려가 있던 남송 때였다. 그는 여진족을 물리치고 중원을
회복하려는 일념으로 시종(始終)한 애국시인이었다. 그래서
그의 음주시는 중원을 회복하지 못한 데서 오는 울분과, 조정의
무능하고 부패한 관료들에 대한 비분강개한 심정에서 쓰인
작품이 많다. 이 시는 1174년(50세) 촉주통판(蜀州通判)에서
물러나 안복원(安福院)이란 사원에 있을 때의 작품이다.

112   술을 대하고

느닷없는 수심은 날리는 눈과 같아
술잔 속에 들어가면 녹아 버리고

아름다운 꽃은 옛 친구 같아
한번 웃어 주니 잔이 절로 텅 비네

꾀꼬리도 다정하게 나를 생각해
버들 곁 봄바람에 하루 종일 우는구나

장안에 못 가 본 지 십사 년인데
술꾼들은 하나둘 노쇠해졌네

고관대작 허리띠가 땅을 밝게 비추지만
그대 함께 두 뺨이 붉어짐만 못하리

對酒

閑愁如飛雪　　入酒即消融
好花如故人　　一笑杯自空
流鶯有情亦念我　柳邊盡日啼春風

長安不到十四載　酒徒往往成衰翁

九環寶帶光照地　不如留君雙頰紅

장안(長安)-여기서는 남송(南宋)의 수도인 임안(臨安: 지금의 항주)을
말한다. • 고관대작 허리띠(九環寶帶)-수(隋)나라 문제(文帝)가
이덕림(李德林) 등에게 하사했다는 아홉 개의 고리(環)가 있는 허리띠로,
후대에 고관대작이 착용하는 허리띠를 지칭했다. • 땅을 밝게 비추지만-
당나라 경종(敬宗) 때 어떤 신하가 '야명서'(夜明犀: 밤에도 빛나는 코뿔소
뿔)를 바쳤는데 경종이 이것으로 허리띠를 만드니 밤에도 백 보 앞까지 훤히
비쳤다고 한다. • 두 뺨이 붉어짐-술에 취해 뺨이 붉어진다는 뜻

육유는 1163년(39세) 조정의 간신들을 탄핵하다가
효종(孝宗)의 노여움을 사서 진강통판(鎭江通判)으로 좌천된
이래 여러 곳을 전전했는데 1175년(51세)에는 사천성 성도로
와서 범성대(范成大)의 막료로 있었다. 두 사람은 신분에 구속
받지 않고 술을 즐기며 교분을 나누었지만 이듬해 그는 관직을
그만두었다. 이 시는 이때에 쓰인 것으로 보인다. "장안에 못 가
본 지 십사 년"이란 말은 1163년부터 1176년까지의 기간이다.
"느닷없는 수심은 날리는 눈과 같아/술잔 속에 들어가면 녹아
버린다"는 표현은, 술이 '망우물'(忘憂物)임을 절묘하게
형상화한 명구(名句)라 하겠다.

113 강가 누각에서 피리 불고 술 마시고 크게 취하여 짓다

세상 사람들 말하기를 구주(九州) 바깥에
다시 큰 구주가 있다고 하는데

이 말이 과연 헛된 말 아니라면
근근이 나의 근심 담을 수 있겠네

이리 많은 근심에는 그만큼 많은 술 있어야 하기에
내 술은 은하수를 몽땅 빚어 만들어야

만곡(萬斛)들이 유리 배에 그 술을 따르고서
오성(五城) 십이루(十二樓)에서 잔치 열리라

하늘은 푸른 비단 장막이 되고
달은 백옥(白玉)의 갈고리 삼으리

직녀는 오색구름을 짜서
오색 갖옷을 만들어 내는데

갖옷 입고 술 앞에서 함께 마실 손님 없어
북극성에 긴 읍(揖)하고 서로 술잔 주고받네

한 번 마시는데 오백 년이고
한 번 취하면 삼천 년이로다

흰 봉황 타고 얼룩 규룡(虯龍) 몰면서
아래에선 현주(玄洲)에서 마고(麻姑)와 노닌다

금강(錦江)에서 피리 불지만 한 생각 남아 있어
다시 검남(劍南) 지날 때는 응당 잠시 머물러야지

江樓吹笛飮酒 大醉中作

世言九州外	復有大九州
此言果不虛	僅可容吾愁
許愁亦當有許酒	吾酒釀盡銀河流
酌之萬斛玻璃舟	酣宴五城十二樓
天爲碧羅幕	月作白玉鉤
織女織慶雲	裁成五色裘
披裘對酒難爲客	長揖北辰相獻酬
一飮五百年	一醉三千秋
却駕白鳳驂斑虯	下與麻姑戲玄洲
錦江吹笛餘一念	再過劍南應小留

구주(九州)-전국시대 제(齊)나라 추연(鄒衍)이 말하기를 "중국을 이름하여
적현신주(赤縣神州)라 한다. …중국 바깥에 적현신주와 같은 것이 아홉 개
있는데 이것이 이른바 구주(九州)이다"라 했다. • 오성(五城) 십이루(十二樓)
-곤륜산(崑崙山) 위에 있다는 신선들이 사는 곳 • 현주(玄洲)-전설상의
신선이 사는 곳 • 마고(麻姑)-전설상의 선녀 • 금강(錦江)-육유가 종군
생활을 했던 촉(蜀) 땅을 흐르는 강

육유가 1177년(53세) 성도(成都)에 있을 때의 작품이다. 당시
조정은 여진족의 금나라에 대항해서 싸우자는
주전파(主戰派)와 화친을 하자는 주화파(主和派)로 나뉘었는데
애국시인 육유는 주전파였다. 그는 1176년에 적극적인 주전을
주장하다가 당국자에 의해 '연음퇴방'(燕飮頹放: 잔치에서 술을
즐기며 퇴폐하고 방종하다)하다는 모함을 받고 벼슬에서 물러나
자신의 호를 '방옹'(放翁: 방종한 늙은이)으로 지었다.

육유의 근심은 여진족에게 빼앗긴 중원(中原)을 회복하지
못한 데서 오는 울분에 기인한 것인데 그는 이 근심을 술로 풀
수밖에 없었다. 그러나 지상의 술로는 그 많은 근심을 다 풀 수
없어서 하늘의 "은하수를 몽땅 빚어" "한 번 마시는데 오백
년이고/한 번 취하면 삼천 년"이 되는 술을 만들겠다고 했다.
그는 이 술을 마시며 천상(天上)의 신선들과 노니는 꿈을 꾼다.

마지막 구에서 "다시 검남 지날 때는 응당 잠시
머물러야지"라 말한 것은 그에게 검남은 잊을 수 없는 곳이기
때문이다. 검남은 북으로 금(金)을 치는 중요한 기지로 그는 이

지역에서 7, 8년을 머물면서 국경지대의 전황을 관찰하고 직접 전투에 참가하기도 하여 이곳에서의 활동을 가장 보람 있는 일로 여겼다. 그가 후일 자신의 시집을 편찬하면서 표제를 『검남시고』(劍南詩稿)라 한 데에서도 검남에 대한 그의 애정을 읽을 수 있다.

원
호
문

元好問, 1190~1257

자는 유지(裕之), 호는 유산(遺山)으로 산서성 태원(太原)
출신이다. 금(金), 원(元)대에 활동한 문학가로 당시 문단의
맹주로서 '북방문웅'(北方文雄) '일대문종'(一代文宗)이라
일컬어졌다.

헛된 명예 가까이하고 인정(人情) 멀리하는 자
보라, 술 안 마시고 무슨 일을 이루었나

술 석 잔에 세상 분란 멀어짐을 깨닫겠고
술 한 말에 쌓인 불평 모조리 사라지네

깨고 나면 다시 취하고 취하면 또 깨는데
초췌한 영균(靈均)은 가련한 삶이로다

「이소」(離騷)를 다 읽어도 도무지 맛이 없고
시가(詩家)의 완보병(阮步兵)이 나는 좋아라

鷓鴣天

只近浮名不近情　　且看不飮更何成
三杯漸覺紛華遠　　一斗都澆塊磊平
醒復醉醉還醒　　　靈均憔悴可憐生
離騷讀殺渾無味　　好個詩家阮步兵

인정(人情)을 멀리하는 자−술을 좋아하는 것이 인지상정인데 이를 멀리하고 술을 마시지 않는 자를 가리킨다. • 영균(靈均)−굴원의 자(字). 55면 「어부사」 참조. • 「이소」(離騷)−굴원의 대표작 • 완보병(阮步兵)−술을 좋아한 죽림칠현의 한 사람인 완적. 보병교위(步兵校尉)를 역임했기 때문에 그를 완보병이라 부른다.

부록

중국의 술

중국술은 중국에서 만들어지는 중국적인 술을 가리킨다. 중국은 유구한 역사를 지녔거니와 술의 역사 또한 유구하여 그동안 다양한 술을 만들어 왔다. 이 다양한 술은 제조 방법에 따라 대체로 발효주(醱酵酒), 증류주(蒸溜酒), 배제주(配制酒)로 크게 분류할 수 있다. 이러한 분류는 어느 나라에서나 마찬가지이다.

발효주(醱酵酒): 양조주(釀造酒)라고도 하는데 곡물, 과일, 유제품 등을 발효시켜 만든다. 도수는 3도에서 18도 사이로 맥주, 포도주, 과실주, 황주(黃酒)가 이에 속한다. 황주는 술의 색깔이 황갈색을 띠기 때문에 붙여진 이름이다.

증류주(蒸溜酒): 발효주를 증류시켜 얻은 술로 백주(白酒)가 이에 속한다. 백주는 무색투명한 색깔로 원래는 소주, 고량주 등으로 불렸으나 1949년 신중국 성립 이후 백주로 명칭이 통일되었다. 전통적인 백주의 도수는 50도에서 70도 사이인데, 최근에는 40도 이하의 저도주(低度酒)가 많이 생산되고 있다.

배제주(配制酒): 노주(露酒)라고도 한다. 발효주 또는 백주에 향

료, 약제(藥劑), 동물 등을 첨가한 술로 리큐어(liqueur)와 같은 술
이다.

그러나 제조 방법, 원료, 생산 과정 등을 종합해서 백주, 황주, 맥
주, 포도주, 배제주의 5종으로 분류하는 것이 일반적이다. 이 중에
서 가장 중국적인 술이 백주와 황주이고 이 두 주종의 술이 중국
을 대표하는 술이다. 따라서 이 두 종류의 술에 대하여 간략히 살
펴본다.

백주(白酒)

1. 백주의 기원과 분류

백주의 기원에 대해서는 한대설(漢代說), 당대설(唐代說)이 있으나 원대(元代)에 외국으로부터 전래되었다는 것이 일반적인 학설이다. 가령 다음과 같은 시에서

> 양 삶고 소 잡아 한바탕 즐기세
> 한 번에 모름지기 삼백 잔은 마셔야지
> 烹羊宰牛且爲樂　會須一飮三百杯
> ―이백, 「장진주」(將進酒)에서

> 이백은 술 한 말에 시 백 편 짓고
> 장안 저자 술집에서 잠이 들었네
> 李白一斗詩三百　長安市上酒家眠
> ―두보, 「술 마시는 여덟 신선」(飮中八儞歌)에서

'삼백 잔' '술 한 말'이 과장된 표현이라 하더라도 이백인들 60도가 넘는 백주를 이렇게 많이 마실 수는 없었을 것이다. 이로 보면 당나라 때는 백주가 없었을 것이라 추정된다.

백주를 분류하는 방법은 다양하지만 향(香)을 기준으로 분류하는 것이 일반적이다. 백주의 향은 쌀, 고량(수수) 등의 원료, 누룩의 성분, 누룩과 원료의 배합 비율, 발효 방법, 교(窖: 발효, 저장 용기)의 수명, 생산지의 자연환경 등에 의하여 다양한 형태로 나타난다. 백주 향의 주성분은 초산에틸인데 이것은 교(窖) 안에서 일어나는 미생물 신진대사의 산물이라 할 수 있다. 중국 국가가 공인한 백주의 향은 다음의 다섯 가지이다.

① 장향형(醬香型): 모태주(茅台酒)가 대표적인 술이기 때문에 모향형(茅香型)이라고도 한다. 낭주(郎酒), 무릉주(武陵酒)가 여기에 속한다.

② 농향형(濃香型): 노주노교특국(瀘州老窖特麴)이 대표적인 술이기 때문에 노향형(瀘香型)이라고도 한다. 오량액(五糧液), 고정공주(古井貢酒), 전흥대국(全興大麴), 검남춘(劍南春), 양하대국(洋河大麴), 황학루주(黃鶴樓酒) 등 중국 명주에 선정된 술 중에서 농향형에 속하는 술이 가장 많다.

③ 청향형(清香型): 분주(汾酒)가 대표적인 술이기 때문에 분향형(汾香型)이라고도 한다. 보풍주(寶豊酒)가 이에 속한다.

④ 미향형(米香型): 계림삼화주(桂林三花酒)가 이에 속한다. 밀향형(蜜香型)이라고도 한다.

⑤ 기타향형(其他香型): 기타향형은 또 다음과 같이 4가지로 분류된다.

• 약향형(藥香型): 누룩에 약초를 배합하기 때문에 약한 약초 향이 난다. 대표적인 술은 동주(董酒)로 최근에는 '동향형'(董

香型)으로 표기하기도 한다.

• 봉향형(鳳香型): 유명한 서봉주(西鳳酒)의 '봉'(鳳) 자를 따서
붙인 이름으로 여러 가지 향을 두루 갖춘 독특한 향의 술이다.

• 겸향형(兼香型): 장향과 농향을 겸한 향의 술인데 백운변주
(白雲邊酒)가 대표적이다.

• 특향형(特香型): 장향, 농향, 청향을 겸하고 있는 술로 사특주
(四特酒)가 대표적이다.

백주의 향은 매우 복잡한 조건과 과정에 의하여 생성되기 때문
에 이를 기계적으로 분류할 수 없고 다만 감관(感官)에 의해서 분
류할 뿐이다. 그러므로 이상의 다섯 가지 향형(香型)은 절대적이
라 할 수 없으며, 같은 향형에 속하더라도 약간의 차이가 있을 수
있다. 이들 향은 아주 미세한 차이를 보이기 때문에 일반인들은
구별하기가 쉽지 않다. 향형은 백주의 상표에 반드시 표기하도록
의무화되어 있다.

2. 백주의 제조와 저장

백주는 발효—증류—저장—구태(勾兑)의 과정을 거쳐 출시된다. 구태는 블렌딩(blending)을 말한다. 이 과정은 서양의 증류주 제조 과정과 같지만 중국 백주는 발효와 저장 방법이 서양 술과 다르다. 백주는 '교'(窖)에서 발효시키고 교에 저장한다. 발효교는 교지(窖池)라 불리는데 진흙으로 만든 움이고, 저장교는 도자기 항아리인데 이 교(窖)가 술의 품질을 좌우한다. 그리고 교 특히 발효교는 오래될수록 좋아서 적어도 30년 된 교가 아니면 좋은 술을 만들 수 없다고 한다. 오래된 교일수록 기생하는 미생물이 많기 때문이다. 유명한 오량액을 생산하는 교에는 1킬로그램의 점토(粘土) 안에 수백 종에 달하는 10억 개의 미생물이 기생한다고 한다. 그래서 좋은 술이 생산되는 것이다.

또 교는 장기적으로 연속 사용해야 한다. 왜냐하면 술을 발효시키고 저장하는 동안 교의 안쪽 표면에 수천 종의 미생물이 생성되어 술을 숙성시키는데, 연속 사용하지 않으면 이 미생물이 죽어 버리기 때문이다. 이 미생물이 술을 숙성시키고 중국술 특유의 향을 만들어 낸다. 그래서 100년 된 교라도 3, 4개월 사용하지 않으면 폐기해야 한다고 한다.

그러나 예외적인 경우도 있다. 교에 기생하는 미생물은 혐기성 세균(嫌氣性細菌)인데 이 미생물은 원래의 생존 환경에서 분리되면 대부분 죽어 버리지만 일부는 포자(胞子)를 형성하여 휴면상태에 있다가 원래의 환경으로 돌아오면 다시 활성화된다고 한다. 600년 전의 양조 시설을 발굴하여 수정방(水井坊) 술을 만들면서

"600년 동안 중단 없이 연속 사용했다"고 말하는 것은, 600년 전의 발효교에 포자 형태로 생존해 있는 미생물을 분리하는 데 성공하여 이를 번식시켰다는 것을 의미한다(392면 수정방 참조).

그러나 이것은 비록 한동안 사용하지 않았더라도 같은 장소의 같은 교에서나 가능한 일이다. 교가 그 지방을 벗어나면 미생물이 정상적으로 성장하지 못한다고 한다. 미국과 일본에서 오량액의 발효, 저장 교로부터 미생물을 채취하여 자기 나라에서 시험 배양했으나 실패했다는 보고가 있다. 오량액이 생산되는 사천성(四川省) 의빈(宜賓) 지역의 온도, 습도, 일조량 등의 기후 조건과 토양, 지질 등의 여러 조건이 복합적으로 작용하여 그 지역 특유의 미생물이 생성되는 것이다. 그러므로 이 과정은 과학적으로도 완전히 분석되지 못하고 있다

좋은 술은 적어도 3년 이상, 보통 술은 1년 이상 저장한다. 지금은 위스키의 저장 연도 표기를 본받아 상표에 '10년' '15년' 등으로 표기한 백주가 시중에 나오고 있다. 저장교(貯藏窖)는 위스키의 오크통에 해당되는 것이다. 저장 기간이 끝난 술은 '제일 구태원'(第一句兌員) 즉 마스터블렌더(master blender)의 손을 거쳐서 출시된다. 물론 블렌딩의 과정을 거치는 술은 좋은 술에 한정될 것이다. 5천여 종이 넘을 것으로 추산되는 백주가 모두 그런 과정을 거치지는 않을 것이다.

3. 백주 이야기

지금까지 알려진 가장 오래된 백주는 1996년 요녕성(遼寧省) 금주
(錦州)에서 재개발 공사 중 땅을 파다가 발견한 것인데 1845년에
제조된 것으로 술의 양이 4톤이라고 한다. 이 중 93kg이 2003년
7월 광주(廣州)에서 경매되어 558만 위안(한화로 약 8억 4천만
원)에 팔렸다고 한다. 우리 돈으로 kg당 약 960만 원인 셈이다.*

중국은 워낙 가짜 천국이기 때문에 술도 예외일 수 없다. 2003년
중국 공상총국(工商總局)이 북경, 심양, 정주, 성도의 일급 호텔 50여
곳을 조사한 결과 판매 중인 고급 백주의 진품률은 47.7%, 고급
양주의 진품률은 28.6%였다고 한다. 어느 중국인 교수로부터 들
은 바에 의하면 중국 국무위원 만찬석상에 올라온 술도 가짜가 있
었다고 한다. 그러니 직접 마셔 보지 않고는 진위를 판별할 수 없
는 것이 중국술이다.

중국에서는 가짜 술로 인한 피해 사례가 종종 보도되는데 그중
에서 1998년 산서성에서 일어난 사건이 가장 충격적이다. 그해 춘
절(春節: 설날)에 산서성 문수현(文水縣)의 왕청화(王青華)라는 농
민이 34톤의 메틸알코올에 물을 섞어 57.5톤의 가짜 분주(汾酒)를
만들어 판매했는데, 이를 마시고 27명이 사망하고 222명이 병원
치료를 받았다고 한다. 그 후 왕청화 등 6명은 사형에 처해졌다.

---

* 이 책에 표기된 중국 위안화의 한화 환산액은 해당 문건이 쓰여진 당시의 환율에 따른 것
  이므로 현재의 환산액과 다를 수 있다.

4. 내가 마신 백주

나는 이 세계의 모든 술 중에서 중국의 백주를 가장 좋아한다. 세계의 술을 모두 마셔 보진 않았지만 여러 나라의 술을 적지 않게 마셔 보았는데 어느 나라 술보다 백주가 좋았다. 백주는 여러 장점을 가지고 있지만 가장 큰 장점은 숙취가 없다는 점이다. 상당한 양을 마셔도 이튿날 일어나면 머리가 깨끗하다. 마치 산에 낀 안개가 걷히듯 술기운이 말끔히 사라진다. 이렇게 좋은 술이 백주 말고 또 어디에 있겠는가! 영국의 스카치위스키, 프랑스의 코냑, 멕시코의 데킬라 등도 훌륭한 술이지만 백주엔 미치지 못한다고 생각한다.

그래서 나는 중국을 수도 없이 드나들면서 백주를 수도 없이 마셨다. 중국 각지를 여행하면서 마셔 본 백주를 일일이 세어 보진 않았지만 적어도 100여 종은 될 것이다. 그중에서 여기 15종의 백주를 소개한다. 이 15종은, 노주노교(瀘酒老窖)와 분주(汾酒)를 제외하고는 모두 졸저『시와 술과 차가 있는 중국 인문 기행』(1~3)에서 소개한 것들이다. 여행하면서 그 지방에서 생산된 백주이거나 그 지방에서 마셔 본 백주를 주로 소개한 것이다. 그러므로 이 15종은 '백주 베스트 15'가 아니다. '베스트 15'는 아니지만 이중에 중국 명주에 선정된 술이 5종이나 되고 나머지도 백주 중에서는 상위층에 드는 술들이다. 모태주, 오량액 등은 우리에게도 너무나 잘 알려져 있기 때문에 여기서는 생략했다. 특히 우리에게 전혀 알려지지 않은 술 중에서 매우 좋은 술이 있다는 사실을 알렸다는 데에 나름대로 자부심을 느낀다.

391

• 수정방(水井坊)

수정방은 2000년에 첫 출시된 신종 백주이다. 이렇게 짧은 역사에도 불구하고 전통적인 명주를 따돌리고 중국 백주의 최정상급에 오른 데에는 그럴 만한 이유가 있다.

사천성 성도(成都)에서 중국 명주 전흥대국(全興大麴)을 생산하는 전흥집단(全興集團)이 1998년에 양조 시설을 수리하던 중 지하에서 우연히 오래된 양조 시설을 발견했는데 놀랍게도 증류주를 만드는 모든 시설이 거의 완벽하게 보존되어 있었다. 고고학계의 감정을 거친 결과 이 유적은 원(元)·명(明)·청(淸) 3대에 걸쳐 증류주를 생산하던 곳임이 입증되었다. 연대로 따지면 약 600여 년 전부터 이곳에서 술을 만들었던 것이다.

자국의 술 문화에 유달리 자긍심이 높은 중국인들은 이를 중요시하여 1999년 전국 10대 고문물 발굴로 평가하고 2001년에는 이 지역을 '전국중점문물보호단위'로 지정했다. 말하자면 국가급 문화재로 지정한 것이다. 이어서 세계 최초의 양조 시설로 기네스북에 등재되기도 했다. 당시 중국에서는 진시황의 병마용(兵馬俑)에 비견할 만한 유적이라 보도했고 '중국 백주의 무자서(無字書: 글자 없는 역사책)'라고까지 평가했다.

이 양조 시설 발견을 계기로 전흥집단이 만든 신제품이 수정방이다. 발견된 유적지가 성도시 금강(錦江) 변에 있는 수정가(水井街)이기 때문에 그 이름을 딴 것이다.

전흥집단의 주력 생산품은 전흥대국이었다. 이 술은 1963년 제2회 평주회(評酒會), 1984년 제4회 평주회, 1989년 제5회 평주회에서 중국 명주로 선정된 바 있지만 1900년대 후반기에 들어 다소 침체기에 있었다. 사천성에서 생산되는 백주는 농향형이 주류를 이루고 있었는데 같은 농향형 백주인 노주노교와 오량액에 크게 밀리고 있었던 것이다. 전통의 명주인 노주노교는 그렇다 치더라도 후발주자인 오량액의 급성장에 위기의식을 느낀 전흥집단은 이 새로운 유적의 발굴을 발판 삼아 신제품 수정방을 출시함으로써 승부수를 던졌다. 반전의 기회를 노린 것이다.

수정방이 세운 전략은 크게 두 가지이다. 첫째는 '600여 년 동안 연속 사용된 교(窖)에서 생산된 백주'라는 명분이다. 백주의 품질을 좌우하는 요소는 지리적 환경, 기후, 물 등 다양하지만 술을 발효시키는 교가 결정적 역할을 한다. 교는 황토로 만든 구덩이인데 이 구덩이 안 벽에 수많은 미생물이 기생하여 그들 상호간의 작용에 의하여 술이 발효되고 또 백주 특유의 향이 만들어진다. 그러므로 교는 연속 사용하는 것이 중요하다. 그래야만 미생물이 계속 생존할 수 있기 때문이다.

그런데 지하에서 발견된 고대 양조 시설을 계기로 신제품을 출시하면서 '600여 년 동안 연속 사용된 교에서 생산된 백주'라 선전하는 것은 말이 안 된다. 발견된 고대 양조 시설은 이미 활동이 중단된 오래된 유물일 뿐이다. 어떻게 '600여 년 동안 연속 사용'되었다고 말할 수 있겠는가? 나는 이를 의아하게 생각해 왔는데 최근 이에 대한 해답을 찾았다. 발굴한 600년 전의 교에서 여전히 죽지 않고 기생하는 미생물을 1만여 종 발견했는데 이중 특수 미생물군을 분리하여 번식하는 데 성공했다는 것이다. 이를 '수정방 1호 균'이라 명명하고 이 미생물을 활용하여 수정방을 만들었으니, 600년의 역사라 자랑할 만하다. 그래서 수정방은 '문화'를 앞세워 선전하고 있다. 중국 역사상 가장 오래된 백주 발원지에서 생산된 술임을 내세워 '수정방을 마시는 것은 중국의 문화를 마시는 것이고 중국의 정신도 함께 마신다'는 기치를 내걸었다. 이른바 '문물(文物)·문화(文化)·문명(文明)의 삼문주의(三文主義)'가 수정방의 슬로건이다. 이런 노력에 힘입어 수정방은 '중국 역사 문화 명주 1호'로 지정되기도 했다.

수정방의 두 번째 전략은 고가 전략이다. 지금은 수정방보다 더 비싼 술이 많지만 처음 출시될 때만 해도 수정방의 가격은 중국에서 가장 비쌌다. 중국의 정상급 백주인 모태주나 노주노교보다 훨씬 높은 가격으로 출시했다. 여기에는 치밀한 경영 전략이 숨어 있다. 경영진은, 향후 10년이면 중국의 고가 사치품 소비시장이 세계 2위가 될 것이라 예상하고 과감하게 가격을 올렸다. 말하자면 수정방의 구매자를 고가 사치품 소비계층으로 한정해 놓은 것이다. 수정방이 가정한 전형적인 소비계층은 35세에서 55세 사이의 우아한 중년 남성으로, 이들은 아침에 일어나 라디오를 켜고 신문을 읽고 조반을 마친 후 자가용 자동차로 고전음악을 들으며 출근한다. 회사에 출근해서는 이메일을 확인하고 비서로부터 보고를 받고 각종 서류에 결제한다. 퇴근하면 친구를 만나 저녁 식사를 하고 주말 골프 약속을 한다. 말하자면 사회적 지위가 높은 고소득층 중년 남자를 겨냥한 것인데, 수정방이 처음 출시된 2000년엔 이런 소비계층이 극소수였다. 이 극소수의 소비자들을 겨냥한 고가 전략은 어느 정도 성공한 것으로 보인다.

고가 전략을 위해서 포장도 고급스럽고 화려하게 만들었다. 변형 6각형의 멋스런 외부 포장지에 술병 밑바닥엔 특이한 형태의 6개의 그림이 새겨져 있다. 즉 두보초당(杜甫草堂), 무후사(武侯祠), 합강정(合江亭), 수정소방(水井燒坊), 망강루 (望江樓), 구안교(九眼橋)가 그것인데 모두 성도 주변의 명승고적이다. 또 술병 밑에는 나무로 만든 고급 받침대가 있어서 재떨이 등 다용도로 사용할 수 있도록 했다. 이렇게 수정방은 가격 면에서나 포장 면에서 파격적인 모습으로 나타났다. 물론 술의 품질도 뛰어났다.

위스키, 코냑, 보드카와 더불어 세계 4대 증류주로 자칭하고, 풍아송(風雅頌), 전장(典藏) 등 15개 품종을 생산하면서 승승장구하던 수정방이 2011년에 조니워커를 생산하는 영국의 주류업체 디아지오(Diageo)에 매각되었다. 경영난 때문이었다고는 하나 충격적인 사건임에 틀림없다. 경영난의 주원인이 어디에 있었는지 정확히 알 수는 없지만 2010년 시장 점유율이 5%에도 미치지 못했다고 하니 수정방이 중국의 소비자들로부터 외면당한 것이 틀림없다. 출시된 지 10년밖에 안 된 제품으로 터무니없이 비싼 가격을 매긴 것에도 그 원인이 있을 것이라 생각된다. 가장 값이 싼 것도 800위안(약 17만원)이고 비싼 제품은 3,000위안(약 60만원)이 넘는 것도 있다. 물론 지금은 이보다 더 비싼 타사(他社) 제품들이 많지만 당시로서는 엄청난 가격이었다.

그럼에도 불구하고 수정방은 좋은 술임에 틀림없다. 고가품을 선호하는 우리나라 사람들이 특히 많이 구매하는데, 사실상 수정방을 생산하기 전에 전흥집단에서 생산하던 전흥대국보다 별로 나을 것이 없다. 전흥대국은 중국 평주회에서 세 차례나 중국 명주로 선정된 우수한 술이다. 나는 이 술을 좋아해서 중국 여행 때

눈에 띄면 한 병씩 사오곤 했다. 농향형 백주로 전흥대국만 한 술을 만나기가 쉽지 않기 때문이다.

• 사특주(四特酒)

사특주는 강서성 장수시(樟樹市)의 사특주 유한책임공사(四特酒有限責任公司)에서 생산하는 백주인데, 강서성의 전통 명주로 3천 년의 역사를 자랑한다고 겉 포장에 쓰여 있다. 포장지에는 또 다음과 같은 송나라 시인 육유(陸游)의 시구가 적혀 있다.

이름난 술이 청강(淸江)에서 왔는데
여린 색이 마치도 거위 새끼 같구나
名酒來淸江　嫩色如新鵝

송나라 육유가 55세 때 강서성 무주(撫州)에서 관리로 있으며 쓴 「대주」(對酒) 시의 한 구절이다. 이 시의 '청강'(淸江)이 사특주가 생산되는 장수시의 옛 이름이니 그가 마셨던 술이 사특주임에 틀림없다. 평소 술을 무척 좋아했던 육유도 사특주를 마시고 즐겼다는 것이다. 증류주가 송나라 때 처음 만들어졌다는 설이 있으나 원나라 때 외국으로부터 전래되었다는 것이 정설인데, 육유가 마셨던 사특주가 지금과 같은 도수 높은 백주였는지는 알 수 없는 일이다.

술 이름이 '사특주'가 된 데에는 여러 가지 설이 있다. 사특주의 전신은 청나라 광서(光緖) 연간(1875~1908)에 누원륭(婁源隆)이란 술집에서 생산하던 제품인데, 이 술이 유명하여 가짜가 생산되자 술 단지에 '特' 자 4개를 써 붙여 위조품과 구별했다고 한다. 여기서 사특주라는 이름이 유래했다는 것이 가장 일반적인 설이다. 또한 1959년에 주은래(周恩來) 총리가 이 술을 마시고 나서 "맑고(淸) 향기로우며(香) 진하고(醇) 순수하다(純)"라는 네 가지 특징을 말했다고 해서 붙여진 이름이라고도 한다.

1972년에는 문화대혁명으로 이곳 강서성 남창(南昌)의 트랙터 공장에 하방(下放)되었던 등소평(鄧小平)이 부인을 동반하고 장수시를 방문하여 이 술을 맛보고 "술 중의 가품(佳品)이다. 맛이 독특하다"고 말했으며, 2001년에는 강택민(江澤民) 주석이 이 술을 평하여 "명불허전이로다. 상등(上等)의 좋은 술이다"라 칭찬했다고 한다.

사특주는 1989년 제5회 평주회에서 은상을 받았고 2004년에는 중국치명상표(中國馳名商標)를 획득했다. 중국치명상표란 2003년에 도입된 제도로, 술을 포함한 모든 공산품에 국가가 품질을 보증한다는 표시다. 우리나라의 KS마크와 비슷하다.

내가 보기에 이 술은 두 가지 특이한 점을 지니고 있다. 첫째는 원료다. 중국 백주는 고량(수수)을 주원료로 하고 여기에 밀이나 찹쌀 또는 옥수수를 배합하여 만드는 것이 일반적이다. 흔히 중국 백주를 '고량주'라 부르는 이유가 여기에 있다. 그런데 사특주는 쌀만을 원료로 한다. 이것은 매우 드문 경우인데 아마 강서성이 쌀이 많이 생산되는 남쪽 지역이기 때문인 듯했다.

둘째는 향형(香型)이다. 백주의 향형에는 장향형, 농향형, 청향형, 미향형 등이 있는데 사특주는 기존의 어느 향형에도 속하지 않은 특향형(特香型)이다. 1988년에 중국 백주협회 부회장 심이방(沈怡芳)이 사특주의 향이 기존의 네 가지 향과 다르다는 결론을 내린 이래 전문가들이 모여 여러 차례 논의를 거듭한 끝에 명칭을 '특향'으로 결론지었고 1997년 전국표준화위원회의 심의 결과 특향형으로 확정되었다. 그만큼 특이한 향을 가진 백주라 할 수 있다.

이러한 명성에 힘입어 현재 진장 계열(珍藏系列), 연분 계열(年分系列), 동방운 계열(東方韻系列), 성급 계열(聖級系列) 등 100여 품종을 생산하고 있다. 가격도 65위안에서 700위안에 이르기까지 다양한데, '22년 연분주(年份酒)'는 2,280위안(약 40만원)을 호가한다.

내가 사특주를 처음 마셔 본 것은 2010년 7월 한국한문학회 회원들과 강서성을 여행할 때였다. 여행 도중 우리 일행은 강서성의 성도 남창에서 밤늦도록 사특주를 질펀하게 마시면서 즐거운 시간을 가졌다. 마침 그날 낮에 위대한 주객(酒客) 도연명의 묘소를 참배하고 난 뒤였기 때문에 술맛이 더욱 좋았다. 쌀로 빚어서 그런지 좋은 쌀로 지은 밥에서 나는 향기에 약간의 감미까지 곁들여진 듯한 맛이었다. 이 술이 왜 특향형인지 그 이유를 조금은 알 것 같았다.

- 공부가주(孔府家酒)

공부가주는 산동성 곡부공부가주창(曲阜孔府家酒廠)에서 생산하는 농향형 백주이다. 공자의 후손들이 거주하는 저택인 공부(孔府)에서는 명나라 때부터 제사용으로 술을 빚어 왔는데 후에는 공부를 방문하는 고관들에게 선물로 주기도 하고 연회용으로도 쓰였다고 한다.

청나라 건륭제(乾隆帝)의 딸 우씨(于氏)는 72대 연성공(衍聖公) 공헌배(孔憲培)에게 시집을 갔다. '연성공'은 송나라 인종(仁宗)이 공자의 자손들에게 내려 준 세습 벼슬 이름이다. 건륭제는 사돈의 거주지인 공부를 전후 여덟 차례 방문했는데 1790년 공자 제사에 참석하기 위해 마지막으로 방문했다. 이때 장인을 맞은 공헌배는 집에서 빚은 술(공부가주)로 접대했고 이 술을 마신 건륭제는 찬탄을 금치 못하며 "차후 북경에 올 때에는 이 술 몇 단지와 어린 양고기(小羊羔)를 보내달라"고 말하고 다른 공물(貢物)은 면제해 주었다고 한다. 아마 그날 연회석상에 어린 양고기가 안주로 나왔던 듯하다. 이때부터 공부가주가 이름이 나서 사람들은 이를 '양고미주'(羊羔美酒)라 불렀다는 이야기가 전한다.

그러나 현재 시판되는 공부가주는 건륭제가 마셨다는 술과는 아무런 관련이 없다. 지금 공부에는 공자 후손들이 거주하지 않으며 따라서 술을 만들지도 않는다. 77대 마지막 연성공 공덕성(孔德成)은 장개석을 따라 대만으로 간 뒤 한 번도 공자의 고향인 곡부 땅을 밟지 못하고 2008년 대만에서 사망했다. 전하는 말에 의하면 1990년대에 곡부 시 정부의 대표단이 대만으로 공덕성을 방문하여 공부가주를 선물하자 그는 "우리 공씨 집안에 이런 술은 없다"고 했다 한다. 그러니 지금 우리가 마시는 공부가주는 '공부'라는 명칭만 빌렸을 뿐이다. 하지만 좋은 술이다.

공부가주는 1986년에 생산을 개시했다. 다른 전통적인 백주에 비하여 역사가 일천하지만 그 품질을 인정받아 1988년 제5회 평주회에서 은상 격인 중국 우질주(優質酒)로 선정되었고 제1회 중국 식품 박람회에서 금상을 받기도 했다. 또 1989년 북경에서 개최된 국제 식품 박람회에서 금상을 받았으며 2001년에는 중국 10대 문화 명주로 선정되었다. 공부가주는, 문향(聞香: 마시기 전에 맡는 향), 입구향(入口香: 입에 넣었을 때의 향), 회미향(回味香: 마시고 난 후 입안에 남는 향)의 '삼향'(三香)이 우수하다는 평을 받고 있다.

공부가주는 처음에 39도 단일 도수로 생산되어 '저도 우질백주'(低度優質白酒)의 명성을 이어갔으나 지금은 35도, 42도, 46도, 52도 등으로 다양화됐고, 처음에는 모든 제품이 갈색의 고급 도자기 병에 담겨 나왔는데 현재는 유리병으로도 시판된다. 품질 또한 다양화되어 도덕인가(道德人家), 유가풍범(儒家風范), 교장(窖藏), 부장(府藏), 공부가주 1988, 대도(大陶), 유아향(儒雅香) 등 7종의 제품이 출시되고 있다. 이중에서 유아향이 가장 값비싼 제품이다. 유아향은 1년 내내 항온항습(恒溫恒濕)이 유지되는 지하 9m의 저장고에서 오랜 숙성 과정을 거쳐 출시된다고 한다.

공부가주는 공자의 고향인 곡부에서 생산된다는 이점을 살려 스스로 '중국 예의 문화주'(中國禮儀文化酒)로 자처하고 있다. 그래서 특히 우리나라 사람들이 애호하는 술이다. 2012년 5월에, 서울 강남의 임페리얼팰리스 호텔 중식당 '천산'(天山)에서 도덕인가(道德人家)를 독점 수입하여 판매한다는 광고를 본 적이 있다. 가격은 한 병에 10만 원(세금, 봉사료 별도)이라고 했다.

- 무릉주(武陵酒)

무릉주는 호남성 상덕시(常德市)의 호남무릉주 유한책임공사(湖南武陵酒有限責任公司) 제품이다. 상덕의 옛 이름이 무릉이기 때문에 그 이름을 따서 붙인 것이다. 무릉주는 멀리 오대(五代, 907~960) 때부터 있어 왔는데, 현재의 무릉주는 송나라 때 크게 번창했다고 하는 최씨주가(崔氏酒家)에서 비롯한 것이다. 최씨주가에 관해서 다음과 같은 이야기가 전한다.

무릉 땅에 최씨 성을 가진 노파가 술을 팔고 있었다. 어느 날 남루한 차림의 선비가 와서 술을 마셨는데 노파는 술값을 받지 않았다. 선비에게 돈이 없다고 생각한 것이다. 이후 매일 와서 술을 마시면서 몇 개월이 지났는데도 여전히 술값을 받지 않았다. 이에 감동한 선비가 노파에게 소원을 묻자 노파는 이렇게 말했다.

"집에 우물이 없어서 멀리 냇가까지 가야 합니다. 우물이 하나 있으면 좋겠습니다."

이에 선비가 뒷마당에 지팡이를 내리치니 금방 우물이 하나 생겼다. 그 후 선비는 표연히 사라졌는데 신기하게도 우물에서는 향기로운 술이 솟아났다. 이 술을 팔아 노파는 큰 부자가 되었다. 이 술을 '최파주'(崔婆酒: 최 노파의 술)라 불렀다.

이 선비는 과거 시험에 낙방한 후 세속적인 명예에 대한 미련을 버리고 근처의 하복산(河洑山)에서 도를 닦고 있던 장허백(張虛白)이란 사람이었다. 후일 어떤 사람이 양주에서 이 선비를 만났는데 그는 이런 시를 써 주었다.

401

무릉 계곡 최 노파 집의 술
하늘엔 응당 없고 지상에 있네

남쪽에서 온 도사가 한 말 술을 마시고
흰구름 깊은 골짝에 취하여 누웠노라

武陵溪畔崔婆酒　天上應無地上有
南來道士飮一斗　醉臥白雲深洞口

　옛날 자신이 최 노파 술집에서 술 마시던 일을 회고하면서 쓴
시이다. 한편 평소에 인자했던 노파는 큰 재산을 모으고 나서 점
점 인색하고 탐욕스럽게 변했다. 이 소식을 들은 선비가 다시 노
파를 찾아가니 과연 노파는 이런 불평을 늘어놓았다.
　"우물에서 술이 나와 좋긴 합니다만, 술을 빚지 않으니 돼지에
게 먹일 술지게미가 없습니다."
　이 말을 듣고 선비는 또 시 한 수를 지어 노파에게 주었다.

하늘이 높아도 높은 게 아니고
사람의 마음이 제일 높다네

우물물을 술로 판매하면서
도리어 돼지 먹일 지게미 없다 하네

天高不算高　人心第一高

井水當酒賣　還道猪無糟

이 시를 써 놓고 선비가 사라진 후 우물엔 더 이상 술이 솟지 않았다고 한다. 그 후에 노파가 계속 술집을 경영했는지 알 수 없지만 최 노파가 술을 빚던 옛 터에 1952년 상덕시주창(常德市酒廠)을 설립했다. 그러다가 1972년에 발전의 계기를 맞이한다. 1960년대 말에 모택동이 두 차례 호남을 방문하여 꽤 오랜 기간 머물곤 했는데 이때 호남성 정부에서는 모택동이 좋아하는 모태주(茅台酒)를 조달했다. 그때만 해도 모태주 생산량이 많지 않았고 또 멀리 귀주성까지 가서 구매해야만 하는 불편 때문에 호남성 혁명위원회가 모태주 못지않은 술을 자체 생산하기로 하고 그 임무를 상덕시주창에 맡겼다. 이에 상덕시주창에서는 멀리 모태주창까지 가서 직접 장향형 모태주 제조 방법을 배워 왔다. 마침 모태주창장이 상덕시주창장과 소주(蘇州) 경공업학원 동기동창이어서 많은 협조를 받을 수 있었다. 이렇게 해서 1972년 드디어 독특한 장향형 백주인 무릉주를 생산하게 된다.

이로부터 무릉주는 일취월장하여 1973년에 호남성 명주로 선정되었고 1979년과 1984년에는 제3, 4회 연속으로 평주회에서 국가우질주(國家優質酒)로 선정되었다. 1987년에는 상덕시주창을 호남성무릉주창으로 개명했고 1989년 제5회 평주회에서 드디어 중국 명주의 반열에 올랐다. 이때가 무릉주의 전성기였다. 이제5회 평주회에는 모두 17종의 백주가 중국 명주로 선정되었기 때문에 무릉주는 스스로 '중국 17대 명주'라 자처한다. 또 역대 평주회에서 선정된 백주 중에 장향형이 3종(모태주, 랑주郎酒, 무릉주)인 점을 들어 '장향형 3대 명주'임을 자랑하고 있다.

그러나 이후 무릉주는 경영 실패와 백주 시장의 판도 변화로 인해 내리막길을 걷다가 2004년 농향형 백주 회사인 노주노교(瀘州老窖) 그룹에 매각된다. 그 이듬해에는 호남무릉주 유한공사로 개명했다. 원래 무릉주는 장향형 백주만을 생산했는데 이때부터 농향형과 겸향형(兼香型)도 함께 생산하기 시작했다. 2012년에는 세계 500대 기업에 속하는 연상(聯想)그룹이 무릉주를 인수하여 오늘에 이르고 있다.

현재 이 회사는 다양한 향형의 백주를 생산하고 있다. 장향형으로는 무릉상장(武陵上醬), 무릉중장(武陵中醬), 무릉소장(武陵少醬) 등이 있고 농향형으로는 동정춘색 계열(洞庭春色系列)의 상품(尚品), 홍작(紅爵), 홍보석(紅寶石), 남보석(藍寶石) 등이 있으며, 무릉부용국색 계열(武陵芙蓉國色系列)의 겸향형 백주가 있다.

내가 마셔 본 것은 '무릉주 빙옥(冰玉)'이란 상표의 농향형으로 맛이 좋았다. 이 술은 병에 블렌딩 비율을 표시해 놓았는데 '2014년 25%, 2015년 17%, 2005년 3%, 2013년 55%'라 밝혀 놓고 있다. 중국 백주에서 보기 드문 일이다.

· 검남춘(劍南春)

검남춘은 사천 검남춘집단 유한책임공사(四川劍南春集團 有限責任公司)에서 생산하는 농향형 백주로 평주회에서 3, 4, 5회 연속 중국 명주로 선정된 바 있는 우수한 백주이다. '검남'(劍南)은, 검남춘이 생산되는 면죽시(綿竹市)가 당나라 때 검남도(劍南道)에 소속되었기 때문에 그 지명을 딴 것이다. '도'(道)는 당나라 때 행정구역의 명칭이다. 또 일설에는 면죽시가 검문관(劍門關) 이남에 있어서 붙인 이름이라고도 한다. '춘'(春)은 당나라 때 술에 붙였던 애칭이다.

검남춘이 생산되는 면죽시는 지금은 인구 약 50만 남짓한 소도시이지만 옛날엔 농업이 발달하여 경제적으로 꽤 번영을 누리던 곳이었다고 한다. 이곳은 서쪽의 청장고원과 동쪽의 사천분지 사이에 위치하고 있어서 서쪽 산악의 깨끗한 물과 동쪽 평야의 비옥한 농지에서 나는 질 좋은 곡식을 원료로 한 양조업이 일찍부터 발달했다. 그래서 예부터 '주향'(酒鄕)으로 일컬어졌다. 이백이 이곳의 술 검남소춘(劍南燒春)을 마시기 위하여 입고 있던 담비 가죽옷을 벗어서 술과 바꿔 마셨다는 '해초속주'(解貂贖酒)의 고사가 이곳 술의 명성을 말해 준다. 이백의 고향인 강유(江油)가 면죽에서 멀지 않은 곳에 있기 때문에 젊은 날의 이백이 이곳에 들렀을 가능성은 충분하다. 검남소춘은 당나라 덕종(德宗) 때 궁중에 진상하는 어주(御酒)로 선정될 만큼 이름난 술이었다. 그래서 지금도 검남춘은 '대당국주'(大唐國酒)의 전통을 이었다고 자부하고 있다.

송나라 때는 소동파가 이곳에서 생산되는 밀주(蜜酒)를 마시고 「밀주가」(蜜酒歌)를 지은 것으로 유명하다. 소동파가 황주(黃州)에서 유배 생활을 할 때 면죽 출신의 도사 양세창(楊世昌)이 면죽에서 생산되는 밀주 만드는 방법을 동파에게 전해 주었는데 그 방법대로 술을 빚어 마시고 그 맛에 감탄하며 이 시를 지어 양세

405

창에게 주었다고 한다. 특히 시 중에서 "삼 일 만에 항아리를 여니 향기가 온 고을에 가득하다"(三日開瓮香滿城)는 구절이 인구에 회자된다.

면죽의 양조 산업은 청나라 강희(康熙) 연간(1662~1722)에 18개의 대형 주방(酒坊)이 설립되어 최전성기를 구가했다. 이들 주방 중에서 1662년에 주욱(朱煜)이 설립한 주방이 규모가 가장 컸는데 여기서 면죽대국(綿竹大麴)을 생산하기 시작했다. 이 주방은 주욱의 후손 주천익(朱天益)이 이어받아 계속 경영했기 때문에 후대에 이를 '천익노호'(天益老號)라 불렀다. 지금의 검남춘 공사는 이 천익노호를 기반으로 설립되어 천익노호의 전통 양조 방식을 계승 발전시켰다.

1985년에 천익노호의 교지를 보수하는 과정에서 '영명 5년'(永明五年)이라 쓰인 벽돌을 발견했는데 이는 남북조 시대인 487년이다. 그러니 천익노호의 교지는 1985년을 기준으로 할 때 1500여 년의 역사를 가진 것이다. 확인할 길은 없지만 주욱은 이전부터 있었던 오래된 교지를 이용해서 이곳에 주방을 설립했을 것으로 추정된다. 좋은 백주가 나올 수밖에 없는 이유가 여기 있다. 연구에 의하면 일반 교지에 서식하는 미생물은 170여 종인데, 천익노호 교지의 미생물은 400여 종에 달한다고 한다.

2004년에는 검남춘집단이 생산 시설을 확장하는 과정에서 천익노호 주변에 명·청 시대의 교지 695개가 발견되었다고 한다. 면죽 지방에 왜 술 문화가 일찍부터 발달했는지를 알게 해 주는 자료이다. 이 엄청난 발견은 2004년 '중국 10대 고고 발굴'에 선정되었으며 2006년에 국무원은 이곳을 전국중점문물보호단위로 지정하고 아울러 세계문화유산 예비 명단에 올렸다.

오늘날의 검남춘은 이렇게 오래된 교지의 발효를 거쳐 만들어
지기 때문에 좋은 백주가 될 수 있었다. 교지와 함께 검남춘이 최
정상급 백주가 될 수 있었던 데에는 물의 역할도 중요하다. 물은
'술의 피'라 할 만큼 결정적인 요소이다. 검남춘에 사용하는 물은
면죽 서북부 산악지대의 오염되지 않은 약알카리성 천연 광천수
인데 여기에는 칼륨, 나트륨, 칼슘 등이 충분히 녹아 있어 세계 정
상급 광천수라고 한다.

중국 백주를 마시면서 항상 느끼는 것은 아직 품질의 표준화가
이루어지지 않았다는 점이다. 서양의 술, 특히 스카치위스키 같은
경우에는 그 맛이 한결같다. 예를 들어 '발렌타인 17년'은 언제 마
셔도 그 맛이 같다. 반면에 백주는 같은 상표의 제품이라도 맛이
일정하지 않아서 어느 때는 매우 훌륭하다가도 또 어느 때는 전혀
다른 맛이 나기도 한다. 내 생각에는 이렇게 된 원인이 두 가지라
고 본다. 하나는, 원료를 투입하고 발효를 거쳐 증류한 다음 저장
고에 저장하기까지의 공정에서 철저한 품질 관리가 이루어지지
않기 때문이고 또 하나는, 병입(瓶入)하기 전의 최종 과정인 블렌
딩(blending)에 문제가 있기 때문일 것이다.

검남춘집단은 품질을 표준화하기 위해서 부단히 노력하고 있
는 것으로 보인다. 이 집단은 1982년에 질량관리위원회를 구성해
서 중국양주대사(中國釀酒大師) 서점성(徐占成)을 중심으로 수십
명의 전문가들이 품질의 표준화를 위해 연구를 거듭했다. 그 결과
검남춘은 원료 단계에서부터 최종 출고까지 총 501개 표준검사를
실시한다고 한다.

407

그러나 무엇보다 품질을 표준화하기 위해서는 블렌딩 기술이 필수적이다. 스카치위스키의 경우, 싱글몰트 위스키는 별문제이지만 고급 블렌디드 위스키의 겉포장에는 마스터 블렌더(master blender)의 사인이 들어 있는 경우가 있다. 마스터 블렌더가 그만큼 자신의 명예를 걸고 정확하게 블렌딩하여 품질을 표준화시킨 제품이라는 자부심의 표시이다. 이 블렌딩이 표준화되지 않으면 동일한 주종이라도 일정한 맛을 유지하기 어렵다. 고급 위스키의 품질은 블렌딩의 기술에 따라 좌우된다고 해도 과언이 아니다. 블렌딩이 이렇게 중요한 것이다.

내가 보기에 중국 백주는 지금까지 블렌딩의 표준화가 이루어지지 않았기 때문에 그 맛이 각각 달랐던 것이다. 블렌딩을 중국어로 구태(勾兌) 또는 구조(勾調)라 하는데 중국에서도 이 구태를 백주 생산 과정의 '화룡점정' '금상첨화'로 부를 만큼 중요시한다. 현재 일반화되어 있는 연분주(年份酒)의 경우에는 특히 중요하다. 연분주는 10년, 20년 식으로 저장 연도를 표기한 백주를 말하는데 옛날에는 없던 것을 위스키의 연도 표시를 따라 지금은 널리 채택되고 있다. 그리고 판매가도 상상을 초월할 정도로 높다. 오량액, 모태주, 분주 등 고급 백주의 30년 급은 우리 돈으로 수백만 원 심지어 수천만 원을 호가한다. 그러나 솔직히 말해서 정말 30년짜리인지, 값만큼 품질이 좋은지 확신할 수 없다는 생각이 드는 것이 사실이다.

검남춘집단에서는 이런 문제를 해결하기 위해서 중국양주대사 서점성의 총지휘 아래 2000년부터 시작하여 8년간의 연구 끝에 그 결실을 맺었다고 한다. 고급 백주는 여러 차례의 발효와 증류를 거쳐 원액을 얻는데 이렇게 해서 얻는 원액의 품질은 동일하지 않다. 이 원액들을 정확하게 '어떤 조건하에서 어떤 비율로 배합하고 어떤 조작을 가하느냐'에 따라 표준화된 10년 또는 30년 연분주가 탄생한다. 이를 위해서 서점성 팀은 8년간 2천여 회의 실험과 1천여 회의 품평을 거쳤다고 한다. 그렇게 해서 표준화된 연분주를 만드는 지침서를 완성했다는 것이다. 서점성 팀의 또 하나의 성과는 '휘발계수판정법'(揮發系數判定法)을 만든 것인데 연분주의 저장 연도를 과학적으로 정확하게 측정하는 방법이라고 한다.

현재 검남춘집단에서는 10년, 15년, 30년 연분주 이외에도 '진장품 검남춘', '검남춘 779', '동방홍 1949' 등 고급 백주를 생산하고 있는데 앞에서 말한 지침서에 따라 만들고 휘발계수판정법에 따라 검사를 거친 것이라면 믿을 수 있다고 하겠다. 그러나 나는 검남춘집단의 보고서를 읽고 이 글을 쓰고 있을 뿐이지 실제로 다양한 검남춘주를 마셔서 검증한 것이 아님을 밝혀 둔다.

하지만 분명한 한 가지 사실은 검남춘이 매우 좋은 술이라는 것이다. 15년 전쯤 어느 날 광주은행 서울지점의 박철상(朴徹庠) 부장과 술자리를 가진 적이 있었다. 그때 그는 내가 가져간 검남춘을 맛보고 매우 좋다며 감탄했다. 박철상 부장은 매우 특이한 인물이다. 현직 은행원이면서도 어려서부터 익힌 가학(家學)이 축적되어 한학(漢學)에 조예가 깊다. 명색이 수십 년간 한문학을 전공한 나보다 훨씬 높은 경지에 이르러 고문헌학, 한문학, 초서 해독 등의 분야에서 독보적인 위치에 있다. 뿐만 아니라 술에 있어서도 일가견을 가졌다. 그는 애주가이자 대주가이다. 나도 애주가임을 자처하지만 그를 따라가지 못한다. 그런 그가 극찬한 술이니 검남춘은 좋은 술임에 틀림없다. 후에 들은 이야기지만 그는 그때 마신 검남춘 맛을 잊지 못해 중국에 가는 인편에 이 술을 사달라고 부탁했으나 뜻을 이루지 못했다고 했다. 중국엔 술의 종류가 워낙 많아 모든 술을 진열해 놓고 판매할 수가 없다. 박 부장의 부탁을 받은 인사도 중국에서 이 술을 발견하지 못했던 것이다. 나중에 이 소식을 듣고 나는 아끼며 보관하고 있던 검남춘 한 병을 우편으로 보내 준 일이 있었다. 진정으로 술맛을 아는 사람에게 보내는 것이라 조금도 아깝지 않았다. 박철상 부장의 평이 아니라도 내가 마셔 본 결과 검남춘은 빼어난 백주임에 틀림없다. '모오검'(茅五劍)이란 말이 있는데 이는 모태주(茅台酒), 오량액(五糧液), 검남춘(劍南春)의 첫 글자를 따서 조합한 것으로 검남춘이 모태주, 오량액과 어깨를 나란히 할 만큼 좋은 술임을 뜻한다.

• 백운변주(白雲邊酒)

백운변주는 호북성 송자현(松滋縣)의 백운변주창(白雲邊酒廠)에서 생산되는 겸향형 고급 백주다. 우리나라에는 잘 알려져 있지 않지만 1979년, 1984년, 1989년 연속 3회에 걸쳐 전국 평주회에서 중국 우질주로 선정되었다. 평주회에서 '중국 명주'로 선정된 술은 말할 나위 없이 좋은 술이지만, 여기서 선정된 중국 우질주도 국가로부터 품질을 인정받은 술이다. 중국 명주가 금상이라면 중국 우질주는 은상에 해당한다. 백운변주는 2008년에 중국치명상표도 획득했다.

　이 술의 운치를 더하는 것은 그 명칭 때문인데, '백운변'(白雲邊)이란 이름은 이백의 시에서 따온 것이다. 이백은 759년(59세) 봄에 유배지 야랑(夜郎: 지금의 귀주성에 있는 곳)으로 가던 중 사면령을 받고 돌아와 동정호(洞庭湖)가 있는 호남성의 악양(岳陽)에 머물고 있었다. 이해 가을, 이백은 영남 지방으로 좌천되어 이곳을 지나던 족숙(族叔) 이엽(李曄)을 우연히 만나, 역시 이곳에 좌천되어 있는 친구 가지(賈至)와 함께 달밤에 동정호를 유람하면서 시 5수를 지었다. 「족숙 형부시랑 이엽과 중서사인 가지를 모시고 동정호에서 노닐다」(陪族叔刑部侍郎曄及中書賈舍人至游洞庭) 5수인데, 인간 세상에 환멸을 느끼고 달과 술을 벗 삼으며 천상으로 비상하려는 이백의 내면이 투영된 걸작으로 평가되는 작품이다. 5수 중에서 이백의 기발한 상상력이 빛나는 시가 제2수이다.

　가을 밤 남호(南湖)엔 안개도 없는데
　어떡하면 물결 타고 곧장 하늘 오를까

　동정호 달빛을 외상으로 얻어서
　배를 저어 흰 구름 가에서 술을 사리라

　南湖秋水夜無煙　耐可乘流直上天
　且就洞庭賒月色　將船買酒白雲邊

　이 시 끝 구절의 "白雲邊"을 술 이름으로 정했다는 것이다. 이 술이 생산되는 송자시(松滋市)가 동정호에서 멀지 않은 곳에 있기 때문에, 백운변주 회사에서 이백의 시를 선점한 것이라 생각한다.

나는 강서성을 여행하면서 이 술을 처음 마셨는데 이백을 생각하며 마시는 백운변주의 술맛이 유난히 좋았던 기억이 있다. 이 술도 진양 계열(陳釀系列), 성급 계열(星級系列) 등 100여 종에 가까운 품종이 출시되는데 우리 돈으로 10여만 원을 호가하는 것도 있다. 그때 내가 마셨던 술이 어떤 품종인지 생각나지 않지만 값이 비싸지 않았던 것으로 보아 고급은 아닌 듯한데도 술맛이 꽤 좋았다.

· 고정공주(古井貢酒)

고정공주는 안휘성 서북쪽 박주(亳州) 근처의 감점진(減店鎭)에서 생산되는 농향형 백주다. 박주는 조조(曹操)와 명의(名醫) 화타(華陀)의 고향이다. 그리고 감점진은 지금 고정진(古井鎭)으로 명칭이 바뀌었다. 이곳에는 예부터 물맛이 좋은 우물이 있었는데 이 우물물로 빚은 술을 감주(減酒)라 불렀다고 한다.

기록에 의하면 196년에 조조가 그의 고향 박주에서 만드는 구온춘주(九醞春酒)와 그 제조법을 한(漢)나라 헌제(獻帝)에게 바쳤는데 헌제가 매우 좋아해서 그 후 궁중에서 즐겨 마셨다고 한다. 이로부터 박주 일대에는 양조장이 번성하여 송나라 희녕(熙寧) 연간(1068~1077)에는 전국 주세(酒稅)의 3분의 1을 이 지역에서 거두었다고 한다. 그만큼 양주 역사가 오래된 곳이다. 이 구온춘주가 오늘날 고정공주의 전신인 셈이다.

명나라 만력(萬曆) 연간(1573~1619)에는 이곳 출신의 관리 심리(沈鯉)가 황제에게 이 술을 진상하여 황제로부터 칭찬을 받은 후 300여 년 동안 황실에 바치는 공품(貢品)이 되었다. 그러나 청말(清末) 이후 생산이 중단되었다가 1959년에, 조조 시대에 술을 빚던 옛 우물(이를 '천년위정'千年魏井이라 한다)과 명나라 때의 발효 교지(窖池)가 발견된 것을 계기로 다시 술을 생산하기 시작하여 이름을 '고정공주'라 했다. '옛 우물로 빚어 황실에 바친 술'이라는 뜻이다.

고정공주는 농향형 백주로, 평주회에서 제2회(1963년), 3회(1979년), 4회(1984년), 5회(1989년) 연속으로 중국 명주에 선정되었다. 1952년 제1회 평주회 때는 고정공주가 아직 생산되기 전이었고, 5회를 끝으로 정부가 주관하는 전국 규모의 평주회는 없어졌다. 아마 평주회가 계속되었더라면 이후에도 중국 명주의 반열에 올랐을 것이다. 그만큼 고정공주는 좋은 술이다. 당시만 해도 수백 종의 중국술 중에서 10종 내외의 중국 명주에 선정된다는 것은 여간한 영광이 아니었다. 그래서 한 번이라도 중국 명주에 선정된 술은 지금도 포장지와 병뚜껑에 '중국 명주'란 문구를 표기한다.

고정공주가 명주인 것은 물과 누룩, 박주 지역의 지리적 환경, 기후 등이 복합적으로 어우러졌기 때문이다. "누룩은 술의 뼈대요, 물은 술의 피"(麴是酒之骨 水是酒之血)라는 말이 있듯이 술을 만들 때 누룩과 물이 매우 중요하다. 최상품의 고정공주를 만들 때 사용하는 누룩을 도화국(桃花麴)이라 하는데, 봄날 복사꽃이

413

만발했을 때 만들기 시작하여 복사꽃이 질 때 완성한다고 해서 붙여진 이름이다. 이때가 그 지방 미생물의 활동이 가장 활발한 시기이기 때문이다.

사용하는 물은 앞서 언급한 '천년위정'의 물로 이를 무극수(無極水)라 부른다. 여기에다 1959년에 발견했다는 명나라 때의 교지에서 발효, 숙성시킨다. 이 교지를 그곳 사람들은 공훈지(功勳池)라 부르는데 여기에는 600여 종의 각종 미생물이 기생한다고 한다. 박주 지역의 이러한 특수 조건이 고정공주라는 명품 술을 만들어 낸 것이다. 그래서 고정공주는 2003년에 '원산지역 산품'으로 지정되었다. 원산지역 산품은 그 지역에서만 생산되는 산품임을 증명하는 것으로 법적인 보호를 받는다.

내가 고정공주를 처음 마셔 본 때가 몇 년도인지 분명치 않지만 안휘성을 여행할 때임은 분명하다. 고정공주가 생산되는 박주가 안휘성에 있기 때문에 식당에서 이 술을 쉽게 만날 수 있었다. 그때 마신 것은 39도 고정공주였는데 술맛이 매우 좋았다. 원래 중국 백주는 50도에서 70도 사이가 주류였으나 외국 관광객의 기호에 맞추어 도수를 낮추라는 정부의 시책에 따라 현재는 39도 이하의 술이 많이 출시되고 있다. 중국에서는 39도 이하의 백주를 저도주(低度酒)라 부른다. 도수를 낮추면서도 원래의 맛을 유지하기가 쉽지 않은데 고정공주 저도주는 성공적으로 도수를 낮춘 경우이다. 고정공주는 1987년 항주에서 개최된 '전국여유 저도백주 평비회'(全國旅遊低度白酒評批會)에서 외국 전문가들의 품평 결과 '관광객이 좋아하는 저도백주 금상'을 받았을 만큼 품질이 인정된 백주이다.

414

나는 중국 백주 중에서 고정공주를 매우 좋아한다. 그러나 문제는 품질의 표준화에 있다. 언제 어디서 구입해 마시더라도 맛이 한결같아야 하는데 중국 백주는 마실 때마다 맛이 들쭉날쭉하여 일정하지가 않다. 아마 품질의 표준화가 되어 있지 않은 것이 그 원인이라 생각하는데 이 점에 관해서는 앞의 검남춘 부분에서 자세히 다루었다.

최근에 내가 입수한 고정공주 '16년 원장주(原漿酒)' 겉포장에 다음과 같은 안내문이 쓰여 있다.

1천여 년 전 남북조 시기의 양무제(梁武帝) 소연(蕭衍)이 대군을 파견하여 초군(譙郡: 박주亳州의 옛 이름)을 공격했다. 북위(北魏)의 독고장군(獨孤將軍)이 명을 받들어 맞서 싸웠는데 양군이 대치하여 치열하게 전투를 벌였으나 독고장군은 중과부적으로 패하고 말았다. 그는 죽기 전에 금동(金銅)으로 만든 긴 창을 우물 속에 던졌다. 이 일대는 소금기가 많은 지역이어서 물맛이 좋지 않았는데 오직 창을 던진 우물의 물맛만은 맑고 달 뿐만 아니라 광물질이 풍부하여 이 물로 술을 빚으면 향기로웠다. 이로 인하여 이 우물이 '천하의 명정(名井)'이 되었다

이 이야기가 어디까지 사실인지 알 길이 없지만 중국엔 유명한 술마다 재미있는 이야기가 붙어 있어서 술의 인지도를 높여 준다.

415

- 일품황산(一品黃山)

일품황산은 안휘황산주업 유한책임공사(安徽黃山酒業 有限責任公司)에서 제조하는 농향형 백주이다. 당나라 희종(僖宗) 연간(873~888)에 황산 자락의 사계(沙溪)에서 동빈춘주(洞賓春酒)라는 좋은 술이 생산되었는데 이것이 지금 황산주의 전신이라고 한다. '동빈'(洞賓)은 전설적인 중국의 신선 여동빈(呂洞賓)이다. 이로 보아 동빈춘주는 '신선이 마시는 술'이라는 뜻으로 붙인 이름이겠다.

'황산주'라는 명칭의 유래는 이렇다. 명나라 만력 연간에 이 지방 흡현(歙縣) 출신의 허국(許國)이 황제에게 자기 고장에서 만든 술을 바쳤다. 황제가 술을 맛보고

"이 술은 응당 천상의 술이다. 인간 세상에서 몇 번 맛보기 어렵다. 진실로 절세의 좋은 술이다. 이 술의 이름이 무엇인가?"라고 물었다.

허국이

"이름이 없습니다."

라고 답하자 황제는

"이렇게 좋은 술에 어찌 이름이 없을 수 있겠는가. 황산주라 하라."

고 말했다. 이래서 황산주라는 명칭을 얻게 되어 지금까지 이어져 오고 있다.

이 전통을 이어 1951년 국영 안휘황산주창(安徽黃山酒廠)이 설립되었고 2009년에 민영화되면서 비약적인 발전을 하게 된다. 사

천성 양주협회 회원이자 국가 일급 양주사(釀酒師)인 이부안(李富安)과 역시 사천성 품주협회(品酒協會) 회원이며 국가 일급 품주사(品酒師)인 증문광(曾文廣)을 영입하여 품질 향상에 나섰다. 그 결과 현재 금황산 계열, 일품황산 계열 등 130여 품종을 생산하며 종업원 500여 명을 거느린 대기업으로 성장했다. 천하의 명산 황산 자락에 위치하여 좋은 천연수와 우월한 생태환경, 독특한 기후 조건 등이 좋은 술을 만들어 낸다고 회사는 선전하고 있다.

언젠가 안휘성의 황산을 여행할 때, 황산을 오르기 전 황산 밑의 비취곡(翡翠谷)을 관람하고 돌아 나오는 길에 점심을 먹으러 들른 식당에서 눈에 띈 술이 일품황산이었다. 이왕 황산에 왔으니 황산에서 만든 술을 한번 마셔 보자고 해서 고른 술인데 의외로 맛이 좋았다. 중국 백주는 웬만하면 기본적인 품질을 유지한다. 운이 좋으면 우리에게 잘 알려지지 않은 술 중에서도 일품황산과 같이 값싸고 맛있는 술을 만날 수 있다. 중국엔 워낙 술 종류가 많아서 우리가 모르는 술 중에도 좋은 것이 많다는 사실을 알았다. 이후 나는 중국 여행을 할 때 이 술을 발견하면 꼭 구입해서 마셨다. 매우 좋은 술이다.

- 주귀주(酒鬼酒)

주귀주는 호남성의 주귀주 고분유한공사(酒鬼酒股份有限公司) 제품으로 전신은 1956년에 설립된 길수주창(吉首酒廠)이다. 여기서 1978년에 상천주(湘泉酒)가 첫 출시되었다. 1992년에 상서상천주총창(湘西湘泉酒總廠)으로 개명했다가 1996년에 다시 호남상천집단 유한공사(湖南湘泉集團有限公司)로 개편되었고 1997년에 지금의 명칭으로 독립했다.

'주귀'(酒鬼)를 우리말로 번역하면 '술 귀신'이 되는데 '술 귀신'은 '술에 탐닉하여 미친 듯이 술을 퍼마시는 사람' '술독에 빠진 사람'을 지칭한다. 그러나 이 회사에서는 주귀가 그런 뜻이 아님을 강조하고 있다. '주귀'의 '귀'(鬼)는 '귀재'(鬼才)라 말할 때의 '귀'라는 것이다. 귀재는 남들보다 뛰어난 재능을 가진 사람을 의미한다. 그러므로 주귀주는 '뛰어난 품질을 지닌 술'을 말한다. 주귀주가 술 중의 귀재라 불리는 이유를 몇 가지로 요약해 본다.

첫째, 향형(香型)이다. 주귀주의 향형은 기타 향형에 속하는 겸향형이다. 일반적으로 겸향형은 백운변주나 백사액(白沙液) 같이 두 가지 향을 겸한 것을 가리키는데 주귀주는 특이하게도 백주의 3대 기본 향형인 농향(濃香)과 청향(淸香)과 장향(醬香)의 세 가지 향을 겸하고 있다. 처음 마실 때는 농향이 나다가 중간에 청향이 나고 마지막에는 장향이 난다고 한다. 그래서 주귀주를 '중국 백주의 집대성'이라고도 한다. 이 술의 향에 대해서는 전문가들이 2005년부터 시음과 연구를 시작하여 2007년에는 심이방(沈怡方), 고월명(高月明) 등 백주 전문가 13명이 최종적으로 주귀주의 향형을 '복울향'(馥鬱香)으로 명명했다. 그리고 국가의 공인을 받았다.

둘째, 주귀주를 만드는 지리적 환경이다. 주귀주를 생산하는 길수시(吉首市)는 상서(湘西) 즉 호남성의 서쪽 산악 지역으로 이 지역에는 크고 작은 2천여 개의 시내가 있고 광천수가 나는 수많은 우물이 있어서 '중국 황금 양주 지리대'라 불린다. 특히 주귀주 생산기지에 있는 세 개의 우물인 용천(龍泉), 봉천(鳳泉), 수천(獸泉)은 1년 내내 일정양의 수량을 보유하면서 겨울에는 따뜻하고 여름에는 시원하다고 한다. 또한 이 지역의 진흙으로 만든 발효교(醱酵窖)는 각종의 유익한 미생물을 배양하고 독특한 향을 생성시키는 데에 이상적 환경을 제공한다. 따라서 이곳의 물과 이곳의 발효교에서 만들어지는 술이기 때문에 이곳을 벗어나면 주귀주의 생산이 불가능하다고 한다. 그래서 2008년에는 '중화인민공화국 지리표지 보호산품'으로 지정되었다.

셋째, 독특한 양주 공예이다. 주귀주는 상서 지역의 민간 전통 양주 공예와 이 회사 특유의 백주 공예를 결합시켜 만들기 때문에 지금과 같은 '무상묘품'(無上妙品)이 탄생했다는 것이다.

넷째, 술병의 디자인이다. 주귀주의 병은 황갈색의 마대(麻袋) 모양 도자기로, 유명한 화가 황영옥(黃永玉)이 디자인한 것이다. 마대의 주름까지 섬세하게 나타내어 고졸(古拙)하면서도 전아(典雅)한 풍격의 도자기이다. 황영옥은 소수민족인 토가족(土家族) 출신으로 호남성 상덕(常德)에서 태어났는데 선조들은 주귀주가 생산되는 길수 근처의 봉황(鳳凰)에서 살았다. 그는 순전히 독학으로 그림을 익혀 후에 중앙미술학원 교수, 중국미술협회 부주석까지 역임한 중국 미술계의 원로이다.

주귀주 공사는 현재 네 가지 계열의 제품을 생산하고 있다. 이 중 가장 고급 제품이 내참 계열(內參系列)이다. '내참'은 정부의 고위 관리들만이 열람할 수 있는 '내부 참고'용 문서를 말한다. 여기에는 국가 기밀 등 엄격한 비밀을 요하는 내용이 담겨 있다. 술 이름을 내참이라 한 것은 이 술이 그만큼 귀하다는 뜻이다. 내참 계열은 주귀주 공사가 보유한 오래된 원주를 블렌딩해서 만들기 때문에 생산량이 극히 제한되어 있어서 일정한 양만 판매한다. 내참 계열의 주귀주 병도 황영옥이 디자인했는데 그는 이 술을 두고 "한 병을 마시면 한 병만큼 줄어들고, 한 모금을 마시면 한 모금만큼 줄어든다"라고 말했다. 그만큼 생산량이 한정되어 있다는 말이다. 나는 아직 이 술을 마셔 보지 못했다. 마셔 보지 못했을 뿐만 아니라 구경도 하지 못했다.

내참 계열 다음의 술이 우리가 흔히 볼 수 있는 마대형 도자기의 주귀 계열이다. 그다음이 상천 계열(湘泉系列)이고 이와는 별도로 동장 계열(洞藏系列)이 있다. 이 술은 2001년 국제올림픽위원회가 2008년 북경올림픽 개최를 공식 발표한 것을 기념하여 내놓은 술이다. 주귀주 공사가 저장교(貯藏窖)에서 10년간 숙성된 370톤의 술을 산속 동굴에서 또 8년간 저장했다가 이해에 출시한 것이다. 상서 지역에는 3800여 개의 동굴이 있는데 예부터 민간에서 동굴에 술을 저장하는 전통이 있었다고 한다. 동굴은 항상 섭씨 15~20도의 온도와 80% 이상의 습도를 유지한다고 한다. 이렇게 항온항습(恒溫恒濕)의 조건에서 저장된 술이 좋을 수밖에 없을 것이다. 이 술도 마셔 보지 못했는데 지금도 출시되는지 알 수 없다.

참고로 2019년 4월 현재 중국 증시에 상장된 19개 백주 기업 중 주귀주의 주가는 9위에 올라 있다. 1위는 물론 타의 추종을 불허하는 모태주이다.

• 임천공주(臨川貢酒)

임천공주는 강서성 임천(지금의 무주撫州)의 강서임천주업 유한공사(江西臨川酒業有限公司)에서 생산하는 농향형 백주이다. 임천지방에서는 2500여 년 전 전국시대부터 술을 빚기 시작하여 지금까지 그 전통을 이어 오고 있다.

임천 지방 사람들은 예부터 손님 접대하기를 좋아하고 술 마시기를 즐겨서 술 없이는 손님 접대를 하지 않았다고 한다. 그리고 반드시 취할 때까지 마셨다고 한다. 그래서 고을에는 술집이 즐비했고 주민들의 집에도 1년 내내 술이 떨어지지 않았다는 이야기가 전한다. 임천은 또한 북송의 개혁 정치가 왕안석(王安石, 1021~1086)과 중국의 셰익스피어라 일컬어지는 희곡 작가 탕현조(湯顯祖, 1550~1617)를 배출한 고장이기도 하다(탕현조에 대해서는 졸저 『시와 술과 차가 있는 중국 인문 기행』 1권 100면 참조).

전하는 말에 의하면 임천의 술이 세상에 널리 알려지게 된 것은 왕안석이 이 술을 황제에게 바치면서부터였다고 한다. 왕안석은 개혁적인 신법(新法)을 실시하다가 보수파의 공격을 받아 1074년에 고향으로 물러나 있다가 이듬해 재상으로 다시 복귀하면서 고향의 술을 당시 황제인 신종(神宗)에게 바쳤다. 신종은 왕안석이 평소 술을 못 마신다는 것을 알고 있었다. 그러한 그가 바치는 술이라 범상한 술이 아닐 것이라 여기고 맛을 보니 과연 천하일품이었다. 이에 좌우 신하들에게 맛을 보게 하니 모두들 '술 중의 최상품'이라 감탄했다. 이후 이 술은 대대로 궁중에 바치는 공품(貢品)이 되었다고 한다. 이 전통을 이어받아 1958년에 강서

임천주창(江西臨川酒廠)을 설립하여 제품명을 '임천공주'라 하였고 2001년 민영화되면서 현재의 공사로 명칭이 바뀌었다.

임천공주가 좋은 술이 될 수 있는 이유는 사용하는 물이 좋기 때문이다. 임천의 영곡봉(靈谷峰) 아래 여수하(汝水河) 주변의 지하수는 산도(酸度)와 경도(硬度)가 낮고 유기물 함량도 적어서 백주 양조에 최적의 수질이라고 한다. 또한 술을 발효시키는 교지에 기생하는 미생물의 종류가 독특해서 다른 술과는 구별되는 개성을 지닌다고 한다. 또 한 가지 특이한 점은 같은 강서성에서 생산되는 사특주와 마찬가지로 주원료가 쌀이라는 것이다. 백주는 대부분 고량(수수)을 주원료로 쓰는데 강서성에서는 이렇게 쌀을 주원료로 사용하는 백주가 많이 생산된다.

다른 백주와 마찬가지로 임천공주도 다양한 품종을 생산하고 있는데 옥명대국 계열(玉茗大麴系列), 임천특국 계열(臨川特麴系列) 등 150여 개 품종을 출시하고 있다. 2010년 상해 세계박람회가 열렸을 때 강서관(江西館)에, 23년간 저장한 임천공주를 경덕진에서 만든 고급 도자기 병에 담아 출품했는데 가격이 1만 위안(약 200만 원)이었다고 한다. 임천공주는 현재 강서성 중점보호상품으로 지정되어 있고, 말레이시아 박람회 금호상(金虎賞), 북경 국제정품박람회 금상 등을 수상한 바 있다. 우리나라에는 잘 알려져 있지 않지만 내가 마셔 본 바로는 수준급 이상의 백주임에 틀림없다.

• 분주(汾酒)

분주는 청향형 백주의 대표적인 술로 생산지는 산서성 분양시(汾陽市) 행화촌(杏花村)이다. 행화촌의 양조 역사는 6천여 년 전으로 거슬러 올라간다. 1982년 행화촌 유지에서 앙소문화(仰韶文化) 중기의 '소구첨저옹'(小口尖底瓮) 도기가 발굴되었는데 전문가들의 감정 결과 이것이 양주(釀酒) 발효 용기임이 밝혀졌다. 앙소문화 중기인 6천여 년 전에 이미 행화촌에서 곡물을 원료로 한 양주가 시작된 것이다.

이후 6세기 후반 남북조 시대 북제(北齊)의 무성제(武成帝)가 행화촌 주방(酒坊)의 술을 맛보고 '천하제일주'라 극찬했다는 기록이 보인다. 그때는 이 술을 '분청'(汾淸)으로 불렀다고 한다. 당나라 때는 행화촌에 72개의 주방이 있어 번성했고 송나라 때에도 행화촌의 양주 사업은 활발했는데 가장 유명한 곳이 감로당(甘露堂)이었다. 연구자에 따라서는 이곳에서 증류주인 분주를 생산했다고도 하지만 증류주로서의 분주를 본격적으로 생산한 것은 명나라 때인 것으로 추정된다. 이후 원(元), 명(明)을 거쳐 청나라 광서(光緒) 1년(1875)에는 감로당 유지에 보천익(寶泉益) 주방을 설립하여 노백분주(老白汾酒)를 생산했으니 이것이 근대 분주 양조의 전형인 셈이다.

1915년에 보천익 주방이 행화촌의 덕후성(德厚成), 숭성영(崇盛泳) 두 주방을 병합하여 의천영(義泉泳) 주방으로 개명했는데 이해에 여기서 생산한 노백분주가 파나마 만국박람회에서 금상을 획득했다. 이를 계기로 당시 산서성 독군(督軍)인 염석산(閻錫

山)이 발의하여 1919년에 진유분주 고분유한공사(晉裕汾酒股份有限公司)가 설립되고 1932년에는 진유공사가 의천영을 병합한다. 1949년에 '국영 산서 행화촌 분주창'이 설립되고 1993년 '행화촌 분주집단공사'를 거쳐 2002년에 '산서 행화촌 분주집단 유한책임 공사'로 개편되어 오늘에 이르고 있다. 현재 분주집단은 22개의 자회사에 1만여 명의 종업원을 거느린 거대 기업으로 성장했으며 포도주와 맥주도 생산하고 있다.

이처럼 오랜 역사를 가진 술이기 때문에 분주에 대한 산서성 사람들의 긍지는 대단하다. 그곳 사람들은 분주를 '중국주혼'(中國酒魂) 즉 '중국술의 영혼'이라 부른다. 그들이 분주를 이렇게 부른 데에는 근거가 있다. 우선 그들은 중국 백주의 뿌리를 분주에 두고 있다. 남쪽의 휘상(徽商)과 함께 중국의 2대 상단(商團)을 이루고 있는 산서성의 진상(晉商)이 중국 각지로 진출하면서 분주를 보급하고 양조 기술을 전수했다는 것이다.

그 한 예로 귀주성의 모태주를 들고 있다. 지금으로부터 200여 년 전 산서성의 염상(鹽商)이 귀주성으로 나가 소금을 팔면서 모태주를 만들었다고 전해진다. 모태주가 생산되는 귀주성의 인회현(仁懷顯) 모태진(茅台鎭)은 원래는 적수하(赤水河) 변의 작은 어촌이었는데 진상이 이곳까지 수로로 소금을 운반해서 판매하는 중심지로 번성했다. 이곳의 염상들이 고향의 술 분주를 마시고 싶어도 9천여 리나 떨어져 있는 산서성의 분주를 가지고 오기가 불편하여 현지에서 만들어 마신 술이 모태주란 것이다. 그들은 행화촌의 분주 양조 기술자를 고용하여 현지의 물과 곡물로 분주 양조 방식으로 술을 빚었다. 이렇게 해서 만든 술이 모태주이기 때문에 모태주의 원류가 분주인 셈이다.

이런 사정으로 분주와 모태주 사이에 '국주'(國酒) 논쟁이 벌어졌다. 양측이 서로 국주임을 주장한 것인데 양측 모두 그럴 만한 명분이 있었다. 분주는 1949년 10월 1일의 '개국대전'(開國大典 : 중화인민공화국의 개국을 선포하는 경축일)에서 공식 만찬주로 사용되었다. 이만하면 국주로서의 자격을 갖추었다고 하겠다. 모태주는 홍군(紅軍)이 대장정(大長征)을 하면서 적수하를 건널 때 그곳 주민들이 모태주로 지친 병사들을 위로하여 전투 의지를 다질 수 있었다고 한다. 또 모택동이 평소 모태주를 무척 좋아했고 1972년 미국의 닉슨 대통령이 중국을 방문했을 때 모태주로 건배를 해서 더욱 유명해졌다. 모태주의 원류는 분주이지만 품질이 분주보다 더 우수하다는 것이 모태주 측의 주장이다. 그래서 그들은 '청출어람 이청어람'(靑出於藍而靑於藍)이란 문구를 자주 이용한다. 2001년부터 모태집단이 '국주모태'(國酒茅台)란 상표 등록을 신청한 이래 17년 동안 매년 신청을 하면서 논쟁을 이어 왔고 소송도 벌였으나 2018년에 극적으로 합의를 이루어 모태집단이 상표 등록을 포기했다. 분주는 청향형 백주의 대표로서, 모태주는 장향형 백주의 대표로서 서로의 장점을 존중해 주기로 한 것이다.

사실상 분주와 모태주는 서로 국주임을 자처할 만큼 중국을 대표하는 술이기도 하다. 이 두 술은 1952년에 시작하여 1989년까지 5회에 걸쳐 부정기적으로 개최된 중국 평주회에서 한 번도 탈락한 적 없이 중국 명주로 선정되었다.

이름난 술에는 그에 걸맞은 전설이 따르게 마련인데 분주도 예외가 아니어서 이런 전설이 전한다. 오래전 행화촌에 오씨(吳氏)

성을 가진 노인이 '취선거'(醉仙居)라는 술집을 차렸는데 어느 날 한 도사가 찾아와 술을 마시고 곤드레만드레 취했다. 오씨 노인은 술값을 달라고 요구했으나 도사는 술을 빚는 우물을 자신이 파 놓은 것이라며 돈을 주지 않았다.

이후 도사는 오씨 노인에게 견디지 못할 만큼 핍박을 당하자, 홧김에 우물 앞으로 가서 입을 벌리고 술을 전부 토해 버렸다. 이 때부터 이 우물의 물이 향기롭고 아름다운 술로 변했다. 이로 인해 오씨 노인은 그 지방에서 큰 부자가 되었다.

몇 년 후, 도사가 다시 와서 술집의 장사가 어떠하냐고 물었다. 오씨 노인은 "장사는 잘 되지만 노새와 말이 먹을 술지게미가 없다"고 했다. 우물물이 술이기 때문에 술을 빚을 필요가 없고 따라서 술지게미가 나오지 않았던 것이다. 이 말을 들은 도사는 술집 주인이 매우 탐욕스러운 사람이라는 것을 알고 크게 화가 나 우물로 가서 몇 마디 주문을 외웠다. 그러고는 손으로 우물 안을 몇 번 가리켰는데 이로부터 우물 안의 물은 더 이상 맛 좋은 술이 아니었다. 도사는 우물가에 다음과 같은 시를 써 놓고 떠났다.

하늘이 높아도 높은 게 아니라
사람의 마음이 하늘보다 더 높다네

우물물을 술로 판매하면서
도리어 가축 먹일 지게미 없다 하네

天高不算高　人心比天高

井水當酒賣　還道畜無糟

앞서 살펴본 무릉주의 전설과 거의 비슷한데, 인간의 끝없는 탐욕에 대한 경계의 뜻이 담겨 있다.

- 백사액(白沙液)

백사액은 장사백사주업 유한책임공사(長沙白沙酒業有限責任公司) 제품으로 호남성을 대표하는 백주이다. 이 공사의 전신은 1952년에 설립된 장사주창(長沙酒廠)이다. 백사액은 네 가지 특징을 지니고 있다.

첫째, 겸향형 백주이다. 겸향형은 기타 향형에 속하는 것으로, 일반적으로 장향(醬香)과 농향(濃香)을 겸한 백주를 겸향형 백주라 한다. 겸향형에도 장향이 위주가 되는 것과 농향이 위주가 되는 것으로 나뉘는데 전자의 대표적인 백주가 백운변주이고 후자의 대표적인 백주가 신랑주(新郞酒)이다(백주의 향형과 백운변주에 대해서는 386면 참조). 백사액은 장향과 농향이 적절하게 조화를 이룬 백주로 중국에서 최초로 만들어진 겸향형 백주이다.

둘째, 장사의 유명한 백사고정(白沙古井)의 물로 빚은 술이다. 백사고정의 물은, 차를 끓이면 향기롭고 술을 담그면 시지 않고 장을 담그면 썩지 않으며 심지어 토사곽란도 멈추게 하는 등의 효능이 있는 것으로 알려져 있다(백사고정에 대해서는 졸저 『시와 술과 차가 있는 중국 인문 기행』 3권 303면 이하 참조).

427

셋째, 모택동이 이름을 지은 술이다. 1974년 모택동이 호남 지방에 왔을 때 마침 그의 생일이어서 그 지방의 간부가 이 술을 올리며 축수했다. 그는 술을 맛보고 나서 참 좋은 술이라며 이 술의 유래를 물었다. 지방 간부가

"이 술은 장사주창에서 만든 것인데 아직 이름이 없습니다."
라 하니 모택동은 한 잔을 더 마시고 나서

"이 술은 매우 좋다. 백사고정의 물로 빚어서 술의 품질과 맛이 매우 좋으니 이름을 '백사액'으로 하는 것이 좋겠다."
고 해서 붙인 이름인데 이 고장 사람들은 이를 매우 자랑스럽게 생각한다. 상표의 '백사액'(白沙液) 글자도 모택동 친필이다.

넷째, 술병이 특이하게도 조롱박 모양으로 되어 있다. 조롱박(葫蘆)은 중국인들이 악귀를 물리치고 복을 가져다주며 자손을 번성시키는 길상물(吉祥物)로 여겨 왔다.

백사액은 역사가 그리 오래되지 않았는데도 모택동의 작명에 힘입었음인지 1970년대 말에는 중국 3대 명주의 반열에 올라 '호상모태'(湖湘茅台)로 불리기도 했다. '호남성의 모태주'란 뜻이다. 1988년에 제1회 중국 식품 박람회에서 금상을 수상한 것을 비롯해서 수많은 수상 경력을 갖고 있으며 1992년에는 제1회 방콕 박람회에서 금상을 수상한 바 있다. 백사액을 말할 때 장사 사람들이 빼놓지 않고 거론하는 시가 있는데 두보의 「발담주」(發潭州)이다. '담주'는 장사의 옛 이름이다.

지난밤 장사주(長沙酒)에 취하고
상수(湘水)의 봄날 새벽, 길을 떠나니

강 언덕의 꽃잎 날아 나그네를 전송하고
돛대의 제비는 가지 말라 지저귀네

가부(賈傅) 같은 재능은 일찍이 없었고
저공(褚公)의 글씨는 견줄 사람 없었네

두 사람은 앞뒤 시대에 명성이 높았는데
돌이켜 생각하니 언제나 마음 아프네

夜醉長沙酒　曉行湘水春
岸花飛送客　檣燕語留人
賈傅才未有　褚公書絶倫
高名前後事　回首一傷神

두보가 세상을 뜨기 1년 전(769년), 장사의 상강(湘江)에서 배를 타고 형주(衡州)로 가면서 쓴 시이다. 가부(賈傅)는 서한(西漢)의 가의(賈誼)를 가리키고 저공(褚公)은 당나라의 저수량(褚遂良)을 가리킨다. 두 사람 모두 뛰어난 재능을 지녔음에도 이곳 장사로 좌천된 적이 있기 때문에 두보 자신의 처지에 비겨서 언급한 것이다.

이 시의 첫 구절 "지난밤 장사주(長沙酒)에 취하고"에서의 '장사주'가 곧 백사액이라는 것이다. 그러나 이는 지나친 말인 듯하다. 중국의 백주는 원나라 때 일반화되었다는 것이 정설인데 두보가 살았던 당나라 때는 아직 백사액과 같은 증류주가 만들어지지 않았다고 보아야 한다. 백사액의 근원을 멀리 거슬러 올라가면 두보 당시의 '장사주'에 닿을 수도 있겠지만 이 시에서의 '장사주'는 그냥 '장사에서 생산되는 술' 정도로 보는 것이 타당할 것이다. 두보와 같은 대시인이 마시고 취했다고 말함으로써 백사액의 명성을 높이려는 장사 사람들의 심정은 이해가 간다. 어쨌든 백사액은 매우 좋은 술임에 틀림없다.

• 노주노교특국(瀘州老窖特麴), 국교(國窖)1573

노주노교특국과 국교1573은 사천성(四川省) 동남부의 노주시(瀘州市)에서 생산되는 백주인데 농향형의 대표적인 술이다. 이 술이 생산되는 노주는 '주성'(酒城)의 별칭을 가진 도시로 이른바 '백주 금삼각(金三角)'의 중심지이다. '백주 금삼각'은 사천성 장강 유역의 의빈시(宜賓市), 노주시, 귀주성 적수하(赤水河) 유역의 인회시(仁懷市)를 세 꼭짓점으로 하는 지역을 가리키는데 중국의 유명한 백주가 많이 생산되는 곳이다. 의빈시의 오량액, 노주시의 노주노교특국, 인회시의 모태주를 비롯해서 랑주(郎酒), 동주(董酒), 검남춘(劍南春) 등 중국 백주를 대표하는 술들이 이 지역에서 생산된다.

따라서 노주에서 백주를 만든 역사는 멀리 원대(元代)에까지 거슬러 올라가, 1324년에 '누룩의 아버지'라 불리는 곽회옥(郭懷玉)이 이곳에서 감순국(甘醇麴)을 발명하여 대국(大麴)으로 발전시켰고 이를 백주의 당화발효제(糖化醱酵劑)로 사용함으로써 중국 백주를 대곡주 시대로 진입시켰다. 이에 곽회옥을 노주노교 전통 양조 기예의 제1대 전승인이라 부른다.

1425년에는 노주의 시경장(施敬章)이 백주 제조 과정에서 교지(窖池)에서 발효시키는 기술을 발명했다. '교지'란 진흙으로 만든 발효 구덩이인데 진흙으로 만들기 때문에 '니교'(泥窖)라 부르기도 한다. 교지의 진흙 성분과 공기, 습도에 따라서 무수한 미생물이 번식하여 술의 발효를 돕고 백주 특유의 향기를 만들어 낸다. 시경장이 만든 교지에서 농향 백주가 처음 탄생했다. 시경장 이래로 중국 백주가 니교생향(泥窖生香) 시대로 접어들었기 때문에 그를 노주노교 전통 양조 기예의 제2대 전승인이라 부른다.

제3대 전승인은 서승종(舒承宗)이다. 그는 제1대 곽회옥과 제2대 시경장의 정신을 이어받아 1573년 노주 남쪽에 교지를 건조하고 '서취원'(舒聚源)이란 주방(酒坊)을 열어 백주를 생산했는데 이에 이르러 농향형 백주가 대성(大成) 단계에 접어들었다(서승종이 건조한 교지는 여덟 개였는데 청초淸初에 네 개가 남아 있었다고 한다). 서승종이 1573년에 건조한 이 교지군(窖池群)을 현재의 노주노교 고분유한공사(瀘州老窖股份有限公司)에서 450여 년 동안 연속적으로 사용하고 있다. '노주노교'의 '노교'(老窖)는 '오래된 교지'란 뜻으로 서승종이 1573년에 건조한 교지를 일컫는다. 이 교지군이 '1573 국보 교지군'으로 명명되어 1996년에 전국중점문물보호단위로 지정되었다.

노주노교 고분유한공사에서 생산하는 농향형 백주 중에서 가장 유명한 것은 '노주노교특국'이다. '특국'(特麴)은 술을 증류할 때 첫 번째로 받아 낸 술로 가장 좋은 술이다. 두 번째 받은 술은 두국

(頭麴), 그다음은 이국(二麴)이라 부른다. 노주노교특국은 1952년에 실시한 전국 평주회에서 중국 명주로 선정된 이래 1989년 평주회가 없어지기까지 연속 5회에 걸쳐 중국 명주로 선정되었다. 중국 명주로 선정된다는 것은 술로서 최고의 영예인데 5회나 연속 선정되었을 만큼 이 술은 중국 백주를 대표하는 술이다.

한편 이 회사에서는 1996년에 '1573 국보 교지군'이 전국중점 문물보호단위로 지정된 것을 계기로 1999년에 '국교1573'이란 백주를 새로 출시했다. 회사에서는 1999년 9월 9일에 1999ml의 술 1999병을 특별 제작해서, 0003호는 마카오 시장에게, 0002호는 홍콩 시장에게 선물하고 0001호는 대만이 대륙에 돌아올 때 대만 초대 행정장관에게 선물할 것이라 한다. 지금은 '국교1573'이 이 회사를 대표하는 술로 자리 잡았다. 그러나 따지고 보면 노주노교 특국이나 국교1573이나 같은 술이다. 서승종이 1573년에 건조한 교지가 '노교'(老窖)이고 이 노교가 곧 국교(國窖)이기 때문이다.

누룩은 술의 뼈대이고, 곡식은 술의 살이고, 교(窖)는 술의 혼이고 물은 술의 피라고 한다. 이 중에서 술의 피라고 하는 물에 관한 전설이 많은데 노주노교 백주도 예외가 아니어서 다음과 같은 이야기가 전한다.

225년에 제갈량이 남방 지역을 정벌하는 도중 노주에 주둔하고 있을 때 마침 급성 돌림병이 크게 유행했다. 그는 각종 약초를 채집하여 누룩을 만들고 노주성 남쪽의 용천수(龍泉水)로 술을 빚어 군사들에게 먹여 병을 막았다고 한다.

이 용천수에는 또 이런 이야기가 전한다. 어느 선량한 노인이 생활이 궁핍하여 매일 산에 가서 약초를 캐며 살아가고 있었다.

그러던 어느 날 저녁 무렵에 돌아오는데 흰 뱀과 검은 뱀이 싸우고 있는 것을 보았다. 형세는 몸집이 큰 검은 뱀이 약한 흰 뱀을 겁박하고 있었다. 인간 세상에는 강자가 약자를 괴롭히는 일이 드물지 않거니와 뱀에게도 이런 일이 있을 줄은 몰랐다. 그래서 노인은 도끼로 검은 뱀을 찍어 죽였다. 집에 돌아가는 중에 날은 이미 저물었는데 갑자기 한 줄기 빛이 나타나서 그 빛을 따라갔더니 한 궁전에서 흰 수염의 백발노인이 흰 도포를 입고 그를 맞아 잔치를 베풀어 주었다. 취하여 헤어질 때 백발노인은 그에게 술을 한 병 주었는데 그가 집에 도착했을 때 우물 난간에 부딪쳐 술병을 그만 우물에 빠뜨리고 말았다. 그러자 우물에서 술 향기가 올라와 코를 찔렀다. 이 물로 술을 빚으니 맑고 청량한 술이 되었는데 이 우물이 바로 용천수라는 이야기이다. 서승종이 1573년 서취원 주방을 만들어 술을 빚을 때도 이 용천수의 물을 사용했다고 한다.

· 금육복(金六福)

금육복은 오량액 집단의 다품종 전략에 의하여 생산된 여러 술 중에서 가장 성공한 농향형 백주이다. 오량액 집단은 금육복 이외에도 경주(京酒), 유양하(瀏陽河), 황금주(黃金酒) 등 수많은 품종을 내놓으며 제품의 다변화를 꾀하고 있는데 금육복이 그 선두에 있다.

금육복은 1998년 첫 출시 때 '오량액 집단 영예 출품'임을 내세워 오량액과 같은 원료, 같은 방법으로 제조된다는 점을 크게 선전했다. 이렇게 오량액의 명성에 힘입어 술의 품질에 대한 보증을 다진 다음, 수천 년 이어져 온 중국인의 복(福) 문화를 자극했다. 금육복주의 겉 포장지에는 '육복'(六福)이란 글자가 새겨져 있는데 육복은 수(壽), 부(富), 강녕(康寧), 미덕(美德), 화합(和合), 자효(子孝)를 가리킨다. 금육복주를 마시면 이 여섯 가지 복을 누릴 수 있다는 것으로 '중국인의 복주(福酒)'임을 표방하고 있다.

처음에 중저가 술 시장 공략을 목표로 출발한 금육복은 소비자들의 호응을 얻어 2004년에 중국치명상표를 획득한 것을 계기로 '경축일에 마시는 술'로서의 이미지를 굳혀 나갔다. '중추단원금육복'(中秋團圓金六福 : 중추절에 가족이 모일 때 금육복), '춘절회가금육복'(春節回家金六福 : 설날 고향에 갈 때 금육복), '국유희사금육복'(國有喜事金六福 : 국가에 기쁜 일이 있을 때 금육복), '아유희사금육복'(我有喜事金六福 : 나에게 기쁜 일이 있을 때 금육복) 등의 구호를 내세워 대대적인 광고를 펼치는 한편, 올림픽이나 아시안게임 등 각종 체육 행사를 지원하여 대표단의 공식 건배주로 선정되면서 급성장을 거듭했다.

드디어 2006년에는 오량액의 그늘에서 벗어나 독자적으로 화택집단(華澤集團)을 설립하고 호남성, 안휘성, 광동성, 흑룡강성, 운남성, 사천성 등지의 기존 양조장을 매입하여 13개 주창(酒廠)을 거느린 대기업으로 발전했다. 그리고 처음의 중저가 제품 이미지를 벗어나 고급 제품도 생산하고 있다.

금육복주의 기본 제품인 복성고조 계열(福星高照系列)은 특이하게 별의 개수로 품질을 표시하는데 5성급이 가장 좋은 제품이다. 이밖에도 면유 계열(綿柔系列), 귀빈특공주(貴賓特供酒), 백년복근(百年福根)을 비롯한 다양한 품종이 출시되고 있다. 그리고 제조원도 종래의 의빈오량액 고분유한공사(宜賓五糧液股份有限公司)에서 사천금육복주업 유한공사(四川金六福酒業有限公司)로 개칭했다. 이제 명실공히 오량액의 그늘로부터 벗어난 것이다. 현재 금육복주의 주생산지는 사천성 공래시(邛崍市)이다.

내가 최근에 마셔 본 것은 '12년 백년복근 금육복'인데 매우 맛이 좋은 술이었다. 이 술의 포장지에 다음과 같은 글귀가 쓰여 있었다.

공래(邛崍)는 사천성 미주(美酒)의 본거지이다. '공'(邛)은 고대 한어(漢語)에서 '아름다운 술을 생산하는 지방'이라는 뜻이다. 공래시의 양주 역사는 2300여 년이 되는데 이는 중국에서 가장 오래된 백주 생산지 중의 하나이다. 역사서의 기록에 의하면 공래에서 술을 빚던 한창때에는 '집집마다 주방(酒坊)을 만들어서 술 향기가 흩날렸고' '술집이 널리 퍼져 있어 술 향기가 가득찼다'고 했다. 지금 공래시가 보유하고 있는 옛 주방이 600여 집이나 되어 중국 최대의 백주 생산기지의 하나이다. 공래시의 독특한 토양, 기후, 수자원(水資源)이 금육복주에 순수하고 깨끗하고 부드럽고 온화한 독특한 풍격을 부여해 준다.

참고로 공래의 옛 이름이 임공(臨邛)인데 이곳은 한(漢)나라 때 사마상여(司馬相如)와의 로맨스로 유명한 탁문군(卓文君)의 고향이다.

- 악양루주(岳陽樓酒)

이 술은 호남 악양루주업 유한공사(湖南岳陽樓酒業有限公司) 제품으로 공사의 전신은 1953년에 설립된 악양시 양주총창(岳陽市醸酒總廠)이다. 악양시 양주총창의 설립자는 동정호 변의 백학산(白鶴山) 여선정(呂仙亭)에 양조장을 세운 후 북쪽으로 산서성 행화촌에 가서 분주의 풍미를 탐구하고 여러 차례 서쪽의 사천성으로 가서 오량액 발효교(醱酵窖)의 미생물을 얻어 와 연구를 거듭한 끝에 악양대국(岳陽大麯), 악양소국(岳陽小麯), 여선취(呂仙醉) 등의 백주를 생산하기 시작했다. '여선'(呂仙)은 신선 여동빈(呂洞賓)을 가리킨다.

이 중 악양소국은 미향형(米香型)으로 1963년 이래 호남성 우수상품으로 선정되었고 1984년에 경공업부 주류대회에서 은상을 받았으며 1988년에는 제1회 중국 식품 박람회에서 금상을 획득했다. 그리고 농향형 백주인 여선취도 1986년, 1989년, 1991년, 1993년에 호남성 우수상품에 선정되었다. 또한 이 공사에서 오래전부터 생산하는 배제주(配制酒)인 귀사주(龜蛇酒)는 제1회 중국 식품 박람회와 전국 보건 식품대회에서 금상을 받았다. 이와 함께 1986년부터는 맥주도 생산하기 시작했다.

2006년에 절강성의 기업가 동문의(董文義)가 투자하여 공사를 대대적으로 확장, 개편하고 현재의 명칭으로 개명했다. 새롭게 출발한 공사는 맥주 생산 라인을 확충하고 '악양루' 상표의 농향형 백주를 다양하게 생산하고 있는데 재미있는 것은 이들 백주에 붙인 이름이다. '정통인화'(政通人和) '춘화경명'(春和景明)은 범중엄(范

仲淹)의 「악양루기」에 나오는 구절이고 '유의정연'(柳毅情緣) '애정도'(愛情島)는 군산도(君山島)와 관련이 있는 명칭이다(이 부분에 대해서는 졸저 『시와 술과 차가 있는 중국 인문 기행』 3권 170면 이하, 218면 이하 참조). 이렇게 악양루주는 그 명칭이 악양루, 동정호, 군산도의 정취를 떠올리게 할 뿐만 아니라, 우리나라에는 잘 알려지지 않은 술이지만 술의 품질 또한 수준급 이상이다.

악양루주를 이야기할 때 흔히 함께 거론되는 시가 있는데 여동빈의 시와(『시와 술과 차가 있는 중국 인문 기행』 3권 참조) 이백의 다음 시이다.

군산(群山)을 깎아 버리면 좋겠네
상수(湘水)가 평평하게 흘러가도록

파릉(巴陵)의 한없이 많은 술 마시고
동정호의 가을에 실컷 취해 보리라

劃却群山好　平鋪湘水流
巴陵無限酒　醉殺洞庭秋

「족숙 형부시랑을 모시고 동정호에 노닐며 취한 후에 쓰다」(陪侍郎叔遊洞庭醉後)라는 제목의 시인데 악양루주를 생산하는 회사에서는 이 시 3, 4구의 "巴陵無限酒 醉殺洞庭秋"를 거론하며 악양루 술을 선전한다. '파릉'은 악양의 옛 이름이다. 이 시가 이백의 걸작으로 일컬어지고 있기에 좀 더 자세히 살펴보도록 하자.

437

이 작품은 이백이 야랑(夜郎)으로 유배되어 가던 도중에 사면령을 받고 돌아와서 동정호 주변에 머물고 있던 어느 날, 형부시랑을 지낸 족숙(族叔) 이엽(李曄)이 영남 지방으로 좌천되어 가던 중 이곳에 들렀을 때 함께 동정호에서 뱃놀이를 하면서 쓴 시이다.

술에 취한 이백이 배 위에서 바라보니 군산은 동정호의 광활한 풍광을 가로막는 장애물로 보였다. 그래서 "깎아 버리면 좋겠네"라고 한 것이다. 실제로 깎아 버릴 수 없는 군산을 깎아 버리겠다고 한 이 낭만적 상상력을 촉발시킨 이면에는 자신의 이상을 가로막는 현실에 대한 울분이 자리하고 있다. 훌륭한 재능을 지니고도 쓰이지 못하는 현실의 부조리한 장애물을 군산에 투영한 것이다. 이것은, 비슷한 시기에 쓴 「강하에서 남릉 현령 위빙에게 주다」(江夏贈韋南陵冰)에서 "내 장차 그대 위해 황학루를 부숴 버릴 테니/그대 또한 나를 위해 앵무주를 엎어 버리게"(我且爲君搥碎黃鶴樓 君亦爲吾倒却鸚鵡洲)라고 말한 것과 같은 발상이다.

"파릉의 한없이 많은 술"은 두 가지로 해석할 수 있다. 문자 그대로 파릉 즉 악양에서 생산되는 많은 술이라는 뜻으로 해석할 수도 있고, 당시 술에 취한 이백의 눈앞에 펼쳐진 동정호의 물결을 술에 비유했다고 해석할 수도 있다. 취한 이백의 눈에는 순간 동정호의 물이 술로 보인 것이다. 넘실대는 동정호의 물만큼 많은 술을 마시고 울분을 달래 보려는 심사이다. 군산을 깎아 버리겠다는 환상적이고 낭만적인 1, 2구의 연장선상에서 본다면 후자의 해석이 더 설득력이 있다.

그런데 악양루주를 생산하는 공사에서는 전자로 해석하여 '이백도 악양의 술을 실컷 마시고 취하고 싶어 했으니 악양의 술이 좋은 술이다'라고 선전하고 있다. 그러나 이백이 악양의 술을 특히 좋아해서 그렇게 말한 것은 아닐 것이다. 당시 그의 처지로 보아 악양이 아닌 다른 지방에 있었더라도 그곳의 술을 실컷 마셨을 것이다. 하지만 꼭 사실과 부합하지 않더라도 유명한 시구(詩句)를 술과 결부시켜 광고하는 것은 아름다운 일이라 하겠다. 이런저런 이야기와 상관없이 내가 마셔 본 백주 중에서 악양루주는 수준급 이상의 술임에 틀림없다.

이상 15종의 백주 이외에 인상에 남는 백주로 조어대(釣魚臺: 장향, 사천성), 백년고독(百年孤獨: 농향, 강서성), 영성노교(寧城老窖: 농향, 내몽고), 몽고왕(蒙古王: 농향, 내몽고) 등이 있다.

황주(黃酒)

1. 황주는 어떤 술인가

황주는 쌀, 찹쌀, 기장, 옥수수 등의 곡물을 원료로 하여 누룩으로 당화(糖化), 발효시켜서 만든 양조주(釀造酒)이다. 황주는 알코올 함량이 14~20%에 달하는 저도주(低度酒)에 속한다.

'황주'라는 명칭은 술의 색깔이 황갈색을 띠기 때문인데, 곡물을 원료로 하여 누룩으로 당화, 발효시켜 만든 양조주가 원래 모두 황갈색을 띠는 것은 아니다. 명나라 때는 이를 '백주'(白酒)라 불렀다. 지금은 증류주를 백주라 부르지만 그 당시에는 비교적 짧은 양조 시간을 거쳐 만든 다소 혼탁한 백색의 술을 가리켰다. 우리나라의 막걸리와 비슷한 술이었을 것으로 추측된다. 그러다가 양조 시간이 비교적 긴 술을 빚게 되었는데 저장 과정에서 술 속의 당분과 아미노산이 화학반응을 일으켜 옅은 황갈색을 띠게 되었고 이를 황주라 불렀다. 그러나 명나라 때만 해도 백주와 황주의 구분이 엄격하지 않았다. 청나라 때에 와서야 소흥(紹興) 지방에서 만든 술이 전국적으로 유행하고 짙은 황갈색을 띠었기 때문에 황주라는 명칭이 확립되었다. 이후 청나라의 역대 황제들이 소흥주(紹興酒)를 특히 좋아해서 금주령이 내려졌을 때도 '소주는 금하고 황주는 금하지 않았다'는 이야기가 전한다.

황주는 전통적으로 인체에 유익한 술로 인식되어 왔다. 영양 가치가 높은 술이라는 사실은 현대에 와서 과학적으로 입증되고 있다. 과학적 분석에 의하면 황주는 18종의 아미노산을 함유하고 있는데 그중 7종은 필수아미노산으로 인체에서 합성할 수 없는 것이라 한다. 또한 비타민 B와 E가 풍부하여 항노화 작용을 하며, 마그네슘, 셀레늄 등의 미량원소가 적포도주의 5~12배나 들어 있어서 혈압 상승과 혈전 생성을 방지해 준다고 한다. 이밖에 아연도 풍부하여 성기능을 향상시킨다는 보고가 있다. 이렇기 때문에 한의학에서 고약이나 환약을 만들 때 황주가 반드시 첨가된다고 한다. 황주는 쓰임새가 다양해서 양고기나 생선을 조리할 때 황주를 넣으면 누린내나 비린내를 없애 주고 음식 맛을 내는 데에도 꼭 필요하기 때문에 각종 요리에 필수적인 조미료 역할을 하기도 한다. 청나라 시인 원매(袁枚)는 그의 저서 『수원식단』(隨園食單)에서 황주인 소흥주를 이렇게 평했다.

소흥주는 청렴한 관리와 같이 털끝만큼의 가식도 섞이지 않았기 때문에 그 맛이 진실하다. 또 (소흥주는) 덕망 있는 명사(名士)가 인간 세상에 오래 살면서 세상의 변고를 다 겪은 것과 같아서 그 품질이 더욱 진하고 깊다. 그러므로 소흥주는 5년이 지나지 않으면 마실 수 없는데 물을 섞은 것은 5년을 넘지 못한다. 우리는 소흥주를 '명사'라 칭하고 소주를 '무뢰한'이라 칭한다. (괄호 안의 보충은 인용자)

원매가 지적한 것처럼 황주는 오래될수록 향기가 더욱 짙은 좋은 술이 된다. 그래서 황주를 '노주'(老酒)라고도 부른다. 그리고 여기서 말하는 소주는 증류주를 가리킬 터인데 평소에 술을 즐기지 않았다고 알려진 원매가 증류주인 백주의 참맛은 몰랐던 듯하다. 그러나 소흥주의 진정한 가치만큼은 잘 묘사했다고 생각한다.

2. 황주의 분류

생산 지역에 따른 분류

소흥주(紹興酒), 금화주(金華酒), 단양주(丹陽酒), 구강봉항주(九江封缸酒), 산동난릉주(山東蘭陵酒), 무석혜천주(無錫惠泉酒), 복건침항주(福建沈缸酒), 즉묵노주(卽墨老酒) 등이 있다.

사용 원료에 따른 분류

나미(糯米: 찹쌀)황주, 흑미(黑米)황주, 서미(黍米: 기장)황주, 옥미(玉米: 옥수수)황주, 청과(靑稞: 쌀보리)황주 등이 있다.

당(糖)의 함량에 따른 표준 분류

현재는 이 분류법이 일반적이다.

① 간형(乾型): 당분이 완전히 발효되어 단맛이 전혀 없는 드라이한 황주이다.

② 반간형(半乾型): 당분이 완전히 발효되지 않아 약간의 단맛이 나는 황주이다. 황주 중의 상품(上品)이며 장기 저장할 수 있다. 대부분의 황주가 반간형이다.

③ 첨형(甛型): 밑술을 만들어 일정 정도 당화(糖化)가 일어나면 40~50도의 미백주(米白酒)나 조소주(糟燒酒)를 넣어 당화 발효를 억제하기 때문에 단맛이 나는 황주이다.

④ 반첨형(半甛型): 독특한 공법으로 당분이 발효되는 것을 일정하게 억제하므로 첨형 황주보다 단맛이 적게 난다. 황주 중의 진품인데 오래 저장할 수가 없다.

⑤ 농첨형(濃甛型): 매우 단 황주이다.

　황주 중에서 가장 유명한 것이 소흥주다. 황주하면 먼저 떠오
르는 술이 소흥주일 만큼 소흥주는 황주의 대명사처럼 쓰인다. 그
래서 소흥주를 좀 더 자세히 살펴보도록 한다.

3. 소흥주

(1) 소흥주는 어떤 술인가

소흥주는 절강성의 소흥 일대에서 생산되는 황주로 오랜 역사를 지니고 있다. 『여씨춘추』(呂氏春秋)의 기록에 의하면, 월왕 구천(句踐)이 와신상담 끝에 오나라를 정벌하기 위하여 출정할 때 어떤 노인이 술 한 동이를 구천에게 바쳤다고 한다. 구천은 이 술을 혼자 마실 수 없어서 궁리 끝에 술을 강물에 흘려보내어 주위에 있는 군사들이 한 모금씩이나마 함께 마시게 했다. 이에 사기가 오른 군사들이 오나라를 격파했다는 이야기가 전하는데 그 노인이 구천에게 바친 술이 소흥주라는 것이다(이 부분에 대해서는 졸저 『시와 술과 차가 있는 중국 인문 기행』 2권 219면 참조). 지금도 소흥에는 '투료하'(投醪河: 탁주를 던져 쏟은 하천)라는 하천이 있다. 그리고 여기서 '단서노사'(簞醑勞師: 맛있는 한 동이 술로 군사를 위로하다)라는 성어가 생겼다. 이렇게 보면 소흥주는 2500여 년의 역사를 지닌 셈이다.

물론 그때의 소흥주는 우리나라 막걸리와 비슷한 초기 형태의 양조주였을 테지만 그 후 계속해서 양조법을 개선하여 오늘날처럼 훌륭한 술을 만들 수 있었던 것이다. 1915년에는 미국 샌프란시스코에서 개최한 '파나마 태평양 만국박람회'에서 금상을 수상하는 등 국내외 대회에서 여러 차례 좋은 술로 선정되어 그 품질을 인정받았다. 또한 1952년부터 1989년까지 5회에 걸쳐 부정기적으로 개최된 '중국 평주회'에서 한 번도 빠지지 않고 '중국 명주'

445

에 선정되었을 만큼 황주를 대표하는 술로 자리매김했다.

소흥주는 중국이 세계에 자랑하는 술로, 1952년에 주은래 총리가 직접 지시를 내려 '소흥주 중앙창고'를 건립토록 했고, 1995년에는 강택민 주석이 직접 '소흥 황주집단'을 방문하여 이 술을 맛보고는 "중국 황주는 천하의 제일이다. 이 술의 양조 기술은 선배들이 물려준 고귀한 재산이니 잘 보호하여 위조품이 없도록 하라"는 지시를 내렸다고 한다. 평소 술을 무척 사랑했던 등소평도 85세 때 의사의 권고에 따라 술과 담배를 끊었는데 소흥주만은 매일 한 잔씩 마셨다는 이야기가 전한다.

1988년에는 북경 조어대(釣魚臺)에서 외국 국빈들을 접대하는 전용주로 소흥주가 선정되었고 이후 캄보디아 국왕, 일본 천황, 미국의 닉슨 대통령, 클린턴 대통령 등에게 선물로 소흥주를 주었다고 한다. 그만큼 소흥주에 대한 중국인의 자부심은 대단하다.

이런 사실을 접하면서 나는 '우리나라에는 왜 좋은 술이 없는가'라는 생각이 들었다. 우리나라에도 훌륭한 전통주가 있었지만, 36년간의 일제강점기를 거치고 1960년대 초의 경제개발 정책의 일환으로 쌀의 사용을 금지하자 술 산업이 발전하지 못했다. 그러나 지금은 사정이 달라졌다. 식량이 남아돈다. 그러니 양조 기술을 개발하면 우리도 얼마든지 좋은 술을 만들 수 있는 여건이 마련되어 있다. 그럼에도 불구하고 세계에 내놓을 만한 술을 만들지 못하는 것은 기본적으로 술에 대한 잘못된 인식 때문이라 생각한다. 담뱃세와 더불어 주세(酒稅)는 이른바 '죄악세'(罪惡稅)로 일컬어진다. 즉 담배를 피우거나 술을 마시는 것은 '죄악'을 저지르는 행위여서 그 대가로 세금을 내야 한다는 논리이다. 이렇게 술 마시는 것을 죄악시하는 환경에서는 결코 좋은 술이 만들어질 수 없다. '술을 마시면 60여 가지의 질환을 일으키고 각종 사회문제와 가정폭력 등의 범죄를 유발한다'는 논거를 앞세워 술에도 국민건강증진부담금을 부과하자는 논의까지 일고 있다. 이래서는 좋은 술이 나올 수 없다. 모택동을 비롯한 중국의 역대 지도자들은 유명한 술 공장을 방문하여 '더욱 좋은 술을 만들라'는 내용의 휘호를 남겼다. 우리나라의 지도자들은 어떤가?

(2) 소흥주의 분류

소흥주는 양조 방법에 따라 다음 네 가지로 분류된다.

원홍주(元紅酒)

소흥주의 대종 산품으로, 옛날 술동이의 외벽을 주홍색으로 칠한 데에서 원홍주란 명칭이 붙었다. 당화 발효가 완전하게 이루어져 단맛이 거의 없는 간형(乾型) 황주이다. 알코올 도수는 13도 내외다. 데워서 마시는 것이 좋으며 닭고기, 오리 고기 안주와 어울린다. 원래 원홍주는 겨울철에 저온 발효를 거쳐 만들어진다. 대개 소설(小雪) 전후에 쌀을 불리고 대설(大雪) 전후에 고두밥을 쪄 발효를 시키고 이듬해 입춘 전후에 술을 거른다. 지금은 생산과정이 기계화되어 계절에 관계없이 생산되고 있다. 그러나 아직도 술병에 '동양'(冬釀) '수공동양'(手工冬釀) 등의 표기가 있는 상품이 있는 걸 보면 역시 겨울철에 빚는 소흥주가 좋다는 것을 알 수 있다.

447

가반주(加飯酒)

소흥주 중의 최상품으로 양조 과정이 복잡하고 원료가 다량 투입되기 때문에 생산량이 많지 않음에도 불구하고 현재는 원홍주를 대신해서 소흥주의 대종 산품의 위치를 점하고 있다. 먼저 고두밥과 누룩과 물을 섞어 1차 발효를 시킨 다음, 거르지 않은 원홍주를 밑술로 투입하여 2차 발효를 거쳐 완성한다. 알코올 도수는 15도 내외로 반간형(半乾型) 황주에 속한다. 이 술은 장기 저장이 가능하여 묵을수록 더욱 향기롭고 진하다. 소흥주를 '노주'(老酒)라 부르는 까닭이 여기에 있다. 이 술 역시 데워서 마시면 좋고 냉채(冷菜) 안주와 어울린다. 또한 원홍주와 칵테일해서 마시면 특별한 맛이 난다. 가반주를 다년간 저장한 것을 화조주(花雕酒)라 한다.

선양주(善釀酒)

양조 과정에서 물 대신 1~3년 묵은 원홍주를 사용해서 만든 술로 반첨형(半甛型) 황주에 속한다. 알코올 도수는 12도 내외다. 데워서 단맛이 나는 안주와 마시면 좋다. 선양주는 1890년에 처음 제조되어 비교적 역사가 짧은 소흥주이다.

향설주(香雪酒)

양조 과정에서 물 대신 묵은 조소(糟燒)를 사용해서 만든 전통적인 소흥주로 단맛이 나는 첨형(甛型) 소흥주이며 알코올 도수는 15도 이상이다. '조소'는 황주를 여과한 후 남은 지게미를 다시 발효시켜 증류한 술로 알코올 도수가 높다. 조소주를 사용하는 것은 당화 발효를 억제하여 당도를 높이기 위해서이다. 향설주는 일반적으로 데우지 않고 마시며 사이다 등을 타서 마시기도 한다.

이상 네 개 품종 중에서 시중에 출시된 것은 가반주가 주종을 이루고 원홍주, 선양주, 향설주는 주로 블렌딩용으로 쓰인다. 그래서 시중에 나와 있는 상품의 상표에는 탑패(塔牌), 고월용산(古越龍山), 회계산(會稽山) 등 제조사 이름이 크게 쓰여 있고 그 옆에 '십년진화조'(十年陳花雕) '십이년가반'(十二年加飯) '소흥화조'(紹興花雕) 등의 글씨가 병기되어 있다. 특별히 겨울철에 제조되었음을 나타내기 위하여 '동양'(冬釀) '수공동양'(手工冬釀)이라 표기한 경우도 있고 '영구 수장 보존이 가능함'이라 표기된 상품도 있다.

가반주 계열의 소흥주는 장기 저장이 가능하기 때문에 시중에는 최소 3년부터 40년, 50년 된 상품까지 나와 있다. 50년짜리 화조주는 500ml 한 병에 7000위안(약 130만 원)을 호가하는 것도 있다.

(3) 소흥주와 감호수(鑑湖水)

어떤 종류의 술이건 술을 만드는 데에 가장 중요한 요소의 하나는 물이다. 물에 따라서 술맛이 달라지는 것은 오랜 양주(釀酒) 역사가 증명하고 있다. 그래서 명주가 나는 고장에는 반드시 명천(名泉)이 있게 마련이다. 소흥 황주도 예외가 아니어서 오늘날 소흥주가 세계적인 명성을 얻게 된 데에는 감호수가 큰 몫을 차지하고 있다. 그래서 예부터 '문 앞의 감호수를 길어서 소흥주를 빚으니 만 리에 향기가 가득하다'는 말이 있다.

감호수는 일반 음용수에 비하여 광물 원소를 풍부하게 함유하고 있는 것으로 알려져 있다. 즉 감호수는 칼륨, 셀레늄, 몰리브덴, 크롬, 마그네슘 등을 일반 음용수보다 적게는 3배, 많게는 7배나 많이 함유한 것으로 조사되었다. 이 중 칼륨은 발효 과정에서 미생물의 생장 영양소가 되어 발효를 촉진하고, 마그네슘 등은 알코올 발효를 일으키는 효소의 생성을 자극하는 역할을 한다. 또한 감호수에는 용존산소량도 매우 높다고 한다. 그러므로 감호수 없는 소흥주는 생각할 수 없다. 지금 대부분의 소흥주가 '원산지역 산품 보호' 품종으로 지정되어 있는 것도 감호수 덕분이다. 물론 감호수 이외에도 소흥의 지리적 환경과 기후 조건 등이 고려되었겠지만 감호수의 비중이 절대적이다.

그런데 최근 감호수의 오염이 문제가 되고 있다. 공개된 자료에 의하면 항주 서호(西湖)의 물은 3급수이고 감호수는 4~5급수로 분류되었다. 1급에서 3급까지는 음용수로 사용될 수 있으나 5급수는 오염된 물이어서 농업용수로나 사용되는 물이다. 이런데도 소흥주 상표의 원료 난에는 여전히 '감호수'가 명기되어 있다. 실제로 감호에 가 보면 누가 보더라도 이 물로는 도저히 술을 빚을 수 없을 만큼 오염되어 있음을 알 수 있다. 언젠가 소흥의 현지 가이드에게 '지금도 이 물로 소흥주를 빚느냐'고 물었더니, 감호 중심부의 물은 깨끗하기 때문에 그 물로 술을 빚는다고 했는데 믿기 어려웠다. 또 어떤 가이드는 감호로 흘러 들어오는 물의 발원지인 회계산(會稽山)에서 물을 채취한다고 했다. 이 말도 사실이 아닌 듯싶다.

최근 몇 년 동안 감호수의 오염이 큰 사회문제로 대두되고 있다. 일각에서는 소흥주 제조에 감호수 아닌 수돗물을 사용한다는 말까지 나돌았다. 논란이 확산되자 급기야 주요한 제조회사인 고월용산(古越龍山) 측 책임자가 해명에 나섰다. 즉 자기들은 오염된 감호수를 사용하지도 않고 수돗물을 사용하지도 않으며 '처리 과정을 거친 감호 원두수(源頭水)'를 사용한다는 것이다. 여기서 두 가지 문제가 발생한다. 첫째는 '처리 과정을 거친' 물은 여과한 정수(淨水)라는 말인데 이는 수돗물과 다르지 않다. 일반적으로 술을 빚는 물은 일정한 경도(硬度)를 유지해야 하는데, 경도가 높은 경수(硬水)는 발효에 부적합하고 경도가 낮은 연수(軟水)로는 술맛을 맑고 깨끗하게 유지하기 힘들다. 그러므로 처리 과정을 거친 물은 수돗물과 같은 연수이기 때문에 소흥주에 적합한 물이 되지 못한다(감호에 대해서는 졸저『시와 술과 차가 있는 중국 인문 기행』2권 199면 이하 참조).

둘째는 '감호 원두수'가 어디에서 취수(取水)한 물인가 하는 문제이다. 언론사 기자들의 집요한 질문에도 회사 측에서는 '취수구'(取水口)가 어디인지 밝히지 않았다고 한다. 일설에는 소순강(小舜江) 저수지에서 취수한다는 말이 있다. 소순강 저수지는 비교적 오염이 되지 않은 상수도원으로 평가되어 있으나 이 물을 '처리해서' 사용한다면 이는 수돗물과 다를 바 없다.

'감호수'를 둘러싼 논란은 아직도 계속되고 있다. 그 옛날 감호의 물을 직접 길어서 만든 '원조 소흥주'를 마셔 보지 못한 나로서는 지금의 소흥주와 비교할 길이 없지만 지금 마시는 소흥주도 나에겐 여전히 좋은 술임에 틀림없다.

(4) 화조주(花雕酒), 여아홍(女兒紅), 장원홍(壯元紅)

소흥주 중에서 제일 많이 눈에 띄는 것이 화조주이다. 화조주는 소흥주의 품종이나 상표 이름이 아니라 가반주(加飯酒) 중에서 오래 묵은 고급 소흥주를 일컫는 속칭이다. 화조주에 관한 여러 가지 전설 중에 이런 이야기가 있다.

옛날 소흥에 장재봉(張裁縫)이란 부인이 임신을 하고 아들을 바라는 마음이 간절하여 뜰에 황주 한 단지를 묻어 두고 아들을 낳으면 친척과 친구들을 불러 이 술을 대접하려고 했다. 그러나 딸을 낳자 실망한 나머지 뜰에 묻어 둔 황주를 잊어버렸다. 후에 딸이 장성하여 좋은 곳에 시집을 가게 되었는데, 혼인 날 문득 18년 전에 묻어 둔 황주 생각이 떠올라 꺼내어 보니 매우 향기롭고 맛있는 술이 되어 있었다. 이로부터 '여아홍'(女兒紅)이란 명칭이 생겼다고 한다.

이 이야기 말고도 소흥 지방에서는 오래전부터 딸을 낳아 1개월(혹은 1년 또는 3년)이 되면 황주를 빚어 단단히 봉한 다음 겨울철 건조할 때 연못 바닥에 묻어 두고 딸이 시집갈 때 꺼내어 손님들에게 대접하는 풍습이 있었다고 한다. 그래서 이 술을 '여주'(女酒) 또는 '여아홍'이라 부르게 되었다. 땅에 묻는 황주 단지에 꽃을 조각하고 채색을 했기 때문에 이 술을 '화조주'(花雕酒)라고도 부른다. '화조'란 '꽃을 조각했다'는 뜻이다. 술단지에 꽃을 조각한 것은 딸이 꽃처럼 예쁘게 성장하기를 바라는 부모의 염원을 표현한 것이다.

후에는 아들을 낳았을 때에도 똑같이 황주를 묻어 두었는데 그

아들이 장성해서 과거에 급제하면 꺼내어 잔치를 베풀었다고 한다. 이 술단지에는 겉에 붉은 칠을 했기 때문에 '장원홍'(壯元紅)이라 불렸다. 장원급제한 것을 축하하는 술이라는 뜻이다. 그러므로 화조주, 여아홍, 장원홍은 다 같은 말이다. 단 여아홍은 1919년에 설립된 '소흥 여아홍 양주유한공사'의 등록상표로도 사용되고 있다. 화조주는 가반주 계열의 술이기 때문에 반간형(半乾型) 황주이지만 현재 시중에는 반첨형(半甛型) 화조주도 적지 않게 출시되고 있다.

4. 소흥주 음주기

내가 소흥주를 처음 마셔본 것은 1995년이었다. 그해에 나는 대만 정치대학에 교환교수로 가 있었다. 안사람과 함께 갈 처지가 못 되어 혼자 대만 생활을 했는데 저녁 무렵이면 적적하기도 하여 자연히 술을 마셨다. 대만의 대표적인 술은 단연 금문 고량주(金門高粱酒)이다. 이 술은 대륙에서 생산되는 술까지 합해서 다섯 손가락 안에 들어가는 매우 우수한 술이지만 주정 도수가 60도 가까이 되어서 혼자 마시기엔 부담스럽다. 그래서 찾아낸 술이 소흥주였다.

소흥주란 이름은 익히 들어 왔으나 직접 마시기는 처음이었다. 소흥주는 이름 그대로 절강성 소흥에서 생산되는 술인데, 장개석(蔣介石) 정부가 대만으로 쫓겨 오면서 함께 온 대륙 사람들이 소흥주 맛을 잊지 못하여 대만에서 생산한 것이다. 그때까지만 해도 소흥에서 만든 원조 소흥주를 마셔 보지 못했기 때문에 대만 소흥주의 품질이 어느 정도인지 알 수 없었지만 꽤 괜찮았다. 처음 마셨을 때는 약간 '찝찔한' 맛이었으나 그 맛에 익숙해지면 자꾸 찾게 되는 술이다. 대만 소흥주에도 품질에 따라 여러 등급이 있는데 가장 좋은 것엔 '소흥주 XO'란 상표가 붙어 있다. 원래 'XO'는 최고급 코냑에 붙이는 명칭이라 좀 어울리지 않는다는 느낌이 들었으나 술맛은 매우 좋았다.

대만 정치대학은 성균관대학교와 자매결연을 맺었기 때문에 성균관대 중문과에서 유학 온 학생들이 많았다. 자연스럽게 이들과 술 마실 기회가 많았는데 주종(酒種)은 언제나 금문 고량주였다. 학생 중 정진강 군(현재 숭실대학교 중문과 교수)이 특히 금문 고량주를 좋아했다. 그는 도수 높은 고량주를 스트레이트로 즐겨 마셨다. 그러면서 소흥주를 좋아하는 나에게 "선생님은 무슨 맛으로 소흥주를 마십니까?"라 하여 소흥주를 좋아하는 나를 이해하지 못하겠다는 표정을 지었다. 어떤 학생은 소흥주 맛이 '말 오줌' 같다고 했다. 말 오줌을 맛보진 않았겠지만 그만큼 소흥주 맛이 시원찮다는 말이다. 소흥주는 단맛, 신맛, 쓴맛, 매운맛, 신선한 맛의 다섯 가지 맛이 어우러져 복합적인 맛을 내는데 젊은 사람들은 이 오묘한 소흥주의 맛을 모르는 듯했다.

그 당시 정치대학의 채련강(蔡蓮康) 교수가 가끔 나를 초대하여 함께 식사를 하곤 했는데 그때마다 반주로 소흥주를 마셨다. 호남 요리 전문 식당으로 기억되는 그곳에서는 소흥주를 격식에 맞게 내왔다. 우선 소흥주를 45도 정도로 중탕한다. 이렇게 하면 소흥주 특유의 향이 짙어진다. 거기에 소금과 설탕으로 절여 말린 매실을 넣어서 우려 마신다. 이 매실을 '화매'(話梅)라 부른다. 두어 잔 마시고 매실이 다 우러나면 다른 매실을 다시 첨가한다. 이렇게 해서 한 병 정도를 마시고 나면 술잔에 매실이 여러 개 쌓인다. 이런 방법으로 마시면 소흥주 특유의 맛과 절인 매실 맛이 섞여 색다른 풍미가 더해진다. 이후 나는 소흥주 마니아가 되었다. 일본 사람들도 소흥주를 매우 좋아하는데 그들은 소흥주에 설탕을 넣어서 마신다. 소흥주의 깊은 맛을 모르는 사람들이다.

***

대만에서 돌아와 처음으로 소흥을 여행할 기회가 있었는데 그때 나는 본고장에서 소흥주를 맛볼 수 있다는 기대에 잔뜩 부풀어 있었다. 그도 그럴 것이 나는 이미 대만에서 소흥주 맛에 흠뻑 빠졌던 터였다. 그래서 소흥에 가면 제대로 만든 맛있는 소흥주를 격식을 갖추어 마실 수 있다고 생각했다.

식당에 들어가서 우선 따뜻하게 중탕을 해 달라고 하니 자기들은 그렇게 하지 않는다고 거절했다. 화매(話梅)를 달라고 하니 그런 매실도 없다고 했다. 하는 수 없어서 그냥 마셨는데 그 맛이 대만에서 마신 것보다 나을 것이 없었다. 나중에 알았지만 따뜻하게 중탕을 해서 화매를 넣어 마시는 것이 전통적인 방법이긴 하나 그 절차가 번거로워 지금은 일반적으로 그냥 마신다고 했다. 주위를 둘러보니 소흥 사람들도 그냥 마시고 있었다. 나는 소흥 사람들은 모두 중탕을 해서 화매를 넣어 마시는 줄 알았다. 노신(魯迅)의 유명한 단편소설 「공을기」(孔乙己)에도 몰락한 선비 공을기가 함형주점(咸亨酒店)에서 늘 외상으로 소흥주를 사서 마시는데도 "술 한 잔 데워 줘"라고 주문하는 장면이 나온다. 그리고 이 소설의 작중 화자도 공을기가 출입하는 함형주점에서 술 데우는 일을 담당하는 종업원이었다. 노신이 살았던 당시만 해도 소흥주를 데워서 마시는 것이 일반적인 풍습이었던 듯하다.

소흥에서 처음 마신 소흥주 맛이 썩 좋지는 않았던 것도 이유가 있었다. 소흥주도 등급이 많아서 그날 마신 것은 품질이 좀 떨어지는 소흥주였던 것이다. 그 당시는 소흥주에 대해서 잘 몰랐기 때문에 어느 것이 좋은 소흥주인지 모르고 마신 탓이었다. 그 후

456

소흥을 여러 번 방문하면서 좋은 소흥주를 골라 마셔 보니 데우지 않고 그냥 마셔도 좋았다. 마치 일본의 청주를 데워서 마시기도 하고 차게 마시기도 하는 이치와 같았다.

언젠가는 소흥의 노신고리(魯迅故里)에 있는 한 상점에서 중탕기를 하나 산 적이 있다. 주석으로 만든 주전자인데, 커다란 그릇에 뜨거운 물을 채우고 그 가운데 소흥주를 담은 중탕기를 세워서 데우는 기구이다. 집에 와서 사용해 보니 차게 마실 때와는 또 다른 맛을 느낄 수 있었지만 절차가 번거로웠다. 뜨거운 물이 식기 전에 다시 끓는 물을 부어 주어야 하는데 여간 성가신 일이 아니었다.

2016년 5월에 소흥에 갔을 때는 모처럼 따뜻한 소흥주를 마실 수 있었다. 그날 우리가 찾은 곳은 노신고리에 있는 함형주점이었다. 지금은 노신고리에 대규모로 신축한 호화로운 함형주점이 있지만 우리가 간 곳은 노신 탄생 100주년을 기념하여 원래 위치에 새로 복원한 옛날 그대로의 조그마한 함형주점이었다(함형주점에 대해서는 졸저 『시와 술과 차가 있는 중국인문기행』 2권 107면 참조). 그곳에서 공을기를 생각하며 소흥주를 한번 마셔 보고 싶었다. 밖에서 보면 출입문도 없이 길거리에 노출된 간이주점이었다. 그곳에서 그야말로 평범한 사람들이 밥공기만 한 술잔에 소흥주를 따라 우리나라 사람들이 대포 마시듯 소흥주를 마시고 있었다. 좌석도 여러 사람이 앉을 수 있는 기다란 나무 의자와 소박한 탁자였다.

우리 일행이 20여 명인 것을 보고 종업원이 안으로 안내했다. 안에는 매우 넓은 공간이 마련되어 있었다. 겉으로는 옛 모습 그대로 복원해 놓고 안으로 확장해서 영업을 하고 있었던 것이다. 아마 이곳을 찾는 사람이 많기 때문일 것이다. 우리는 공을기가 시켜 먹었다는 회향두(茴香豆) 안주에다 함형주점에서 생산한 8년 된 태조주(太雕酒)를 주문했다. 혹시나 하면서 따뜻한 소흥주를 달라고 했더니 뜻밖에도 중탕기에 중탕을 한 소흥주를 내왔다. 그래서 우리는 맛있는 소흥주를 기분 좋게 마실 수 있었다.

호화롭게 신축한 함형주점이 아닌 옛 모습대로 복원된 함형주점에서 간단히 한잔하고 싶은 마음이 있었고, 평범한 소흥 사람들이 찾는 목로주점같이 소박한 이 술집에서 옛 정취를 느껴 보고 싶어서 찾았던 것이다. 나는 소흥을 여러 번 왔지만 이 '원조 함형주점'엔 한 번도 들른 적이 없었다. 그래서 식사 시간이 아닌데도 그저 잠깐 들러서 소흥주를 한잔하려고 한 것이다. 그런데 뜻밖에도 내부 공간이 넓었고 따뜻한 소흥주를 마실 수 있었으며 종업원도 친절했다. 다음에 소흥을 방문할 때에는 이 원조 함형주점에 들러 따뜻한 소흥주를 곁들여 식사도 하고 싶은 생각이 들었다.

이 주점에는 '공을기 19푼 외상'이라 적힌 액자가 걸려 있다. 이것은 소설 「공을기」에 여러 번 나오는 구절로 공을기가 끝내 갚지 못한 함형주점의 외상값이다. 「공을기」의 마지막 대목은 이렇게 끝난다.

그후 다시 얼마 동안 공을기를 보지 못했다. 연말이 되어 주인은 칠판을 내리면서 "공을기는 아직 19푼 외상이로군"이라 말했다. 이듬해 단오 전후의 결산 때에도 역시 "공을기는 아직 19푼 외상이로군" 하고 말했다. 그러나 추석 때에는 더 이상

그런 똑같은 말을 듣지 못했다. 다시 연말이 와도 그는 모습을 보이지 않았다. 그러고는 지금까지 나는 한 번도 그를 보지 못했다. 아마 공을기는 죽은 것이 분명하다.

황주를 40도 정도로 데워서 마시면 더욱 짙은 향이 날 뿐만 아니라 황주 속에 함유된 미량의 메틸알코올과 포름알데히드 등 인체에 해로운 물질이 휘발된다고 한다

**

2012년에 고등학교 동창생들과 소흥을 여행하면서 소흥주를 마음껏 마셨다. 소흥에 도착한 첫날 저녁에 우리는 시내에 있는 고월용산주루(古越龍山酒樓)라는 식당에서 저녁 식사와 함께 소흥주를 반주로 마셨다. '고월용산'은 소흥주의 유명한 브랜드인데 이 식당은 고월용산 주조회사에서 직접 경영하는 식당이었다. 따라서 식당에는 다양한 고월용산주가 진열되어 있었다. 나는 그중 5리터짜리 5년 된 술을 골랐다. 일행 중에는 술깨나 하는 친구가 서너 명 있었지만 황주는 처음인 듯, 마시면서도 썩 좋아하는 표정이 아니었다. 그러나 나는 마치 황주 홍보대사라도 된 듯이 열심히 황주의 장점을 설명했다. 차츰 황주 맛에 익숙해지자 친구들은 그런대로 마실 만하다고 했다.

우리는 식당에서 반 정도를 마시고 호텔로 돌아온 후 몇 명이 모여 나머지를 다 마셔 버렸다. 아무리 15도 내외의 술이라 해도 5리터나 되는 술을 마셨으니 상당히 취할 수밖에 없었다. 그런데

459

그다음 날 아침, 친구들의 반응은 머리가 맑다는 것이었다. 모두들 뜻밖의 결과에 놀라는 눈치였다. 그도 그럴 것이 술이라면 산전수전 다 겪은 친구들이라 그렇게 마시고도 그다음 날 깨끗하게 깬다는 것이 놀랄 만했을 것이다. 아마 소주를 그만큼 마셨다면 틀림없이 초주검이 되었을 것이고, 포도주를 마셨어도 마찬가지였을 것이다. 나는 값비싼 고급 포도주를 취하도록 마시고 다음 날 하루종일 고생한 경험이 있다. 소주는 말할 것도 없고 막걸리, 청주, 포도주를 비롯한 양조주는 많이 마시면 모두 '골 때리는' 속성을 지니고 있다. 그런데 소흥주는 양조주임에도 불구하고 많이 마셔도 뒤탈이 없었다.

나는 여러 차례 소흥을 여행하면서 소흥에서 생산되는 다양한 황주를 골고루 맛본 결과 내 입맛에 맞는 소흥주로 함형주점에서 만든 태조주(太雕酒)를 최종 낙점했다. 그래서 우리는 다음 날부터 태조주를 마시기 시작했다. 이튿날에도 점심 먹을 때, 저녁 먹을 때, 그리고 호텔로 돌아와서 방에서 태조주를 마셨는데 그다음 날에도 머리가 깨끗했다. 참으로 희한한 일이었다. 이 술은 뒤끝이 깨끗할 뿐만 아니라 마실 때에도 입안이 맑았다. 대개의 경우 양조주는 마실 때 입안이 약간 텁텁함을 느끼는데 소흥주는 그렇지 않았다. 친구인 신남휴 사장은 이렇게 말할 정도였다.

"어라! 어제보다 머리가 더 맑아졌네. 소흥주에 마약 탄 것 아니야? 그러지 않고서야 이렇게 깨끗할 수가 있어?"

우리는 소흥을 여행하는 4박 5일 동안 매일 끼니마다 한 번도 거르지 않고 소흥주를 마셨지만 아무런 탈이 없었다. 이후 우리는 모두 소흥주 마니아가 되었다. 그리고 중국의 어느 지방을 여행하든 한국에서 미리 태조주를 주문하여 첫날 우리가 도착하는 호텔로 배달시켜 버스에 싣고 다니면서 여행 기간 내내 이 술을 즐겼다. 마침 태조주는 2.5리터들이 플라스틱 용기의 상품이 있어서 버스에 싣고 다녀도 깨질 염려가 없었다. 태조주는 8년 또는 10년 저장한 고급 황주지만 2.5리터 한 통에 약 150위안(약 28,000원)으로 가격도 저렴했다. 태조주의 품질과 그 양에 비하면 매우 싼 가격이라 할 수 있다.

5. 내가 마신 황주

지금까지 내가 마셔 본 황주 6종을 소개한다. 황주는 절강성, 강소성에서 주로 생산되고 산동성, 산서성에서도 일부 생산되고 있다. 황주의 대종은 절강성 소흥에서 생산되는 소흥주인데 그 대표적인 것으로 고월용산(古越龍山), 탑패(塔牌), 회계산(會稽山), 여아홍(女兒紅), 함형(咸亨)을 들 수 있다. 이들 소흥주는 우열을 가릴 수 없는 빼어난 황주로 술맛도 서로 비슷하다. 그래서 여기서는 소흥주 중에서는 비교적 독특한 맛을 지닌 함형주점(咸亨酒店)의 태조주만을 소개한다. 나머지 소흥주들은 앞에서 언급한 설명으로 대신한다.

- 태조주(太雕酒)

'태조'(太雕)는 원래 소흥 지방에서 오래된 황주를 일컫는 일반적 명칭이었는데 현재는 함형주점에서 등록한 독점 상표이다.

태조주는 일반적으로 3~5년 된 가반주(加飯酒)와 3~8년 된 선양주(善釀酒)를 블렌딩해서 만든 황주인데, 반간형(半乾型)인 가반주의 진하고도 깔끔한 맛과 반첨형(半甛型)인 선양주의 단맛이 어우러져서 독특한 풍미를 내는 고급 황주이다. 소흥에서 생산되는 여타 황주에 비하여 향이 짙고 맛이 진하며 감칠맛이 난다. 다른 소흥주도 모두 그 나름의 맛을 지니고 있지만 내 입맛에는 태조주가 가장 마음에 들어 소흥에 가면 늘 이 술을 마신다. 현재 출시되고 있는 태조주에는 최소 8년에서 10년, 15년, 20년짜리가 있는데 8년 된 태조주도 더할 나위 없이 맛있고 15년, 20년 된 태조주는 그 맛이 황홀하여 마시기가 아까울 지경이다. 이 술은 함형주점이 고월용산 회사에 위탁해서 제조하고 있는 것으로 알려져 있다.

다른 소흥주도 그렇지만 태조주는 포장 용기가 다양하다. 유리병도 있고 여러 가지 모양의 도자기 병도 있는데 기본 포장 단위는 중국 백주와 마찬가지로 500ml이다. 유리병이나 도자기 병은 귀국할 때 가지고 오기에는 깨어질 염려가 있고 또 15도 내외의 500ml로는 양이 너무 적어서 나는 2.5리터짜리 플라스틱 용기에 든 것을 선호한다. 깨어질 염려 없이 가지고 오면 한동안 태조주를 즐길 수 있기 때문이다. 세계 각국의 술을 다년간 마셔 본 나의 경험으로는 단언컨대 이 술은 프랑스산 고급 와인보다 훨씬 좋은 술임에 틀림없다. 내가 소흥을 여러 번 여행하면서 다양한 황주를 맛본 후 최종적으로 낙점한 것이 태조주이다.

• 즉묵노주(卽墨老酒)

'남방에는 소흥 화조주(花彫酒)가 있고 북방에는 즉묵노주가 있다'는 말이 있을 만큼 즉묵노주는 북방의 황주를 대표하는 술이다. 즉묵은 산동성(山東省)에 위치한 그리 크지 않은 도시이지만

1400여 년의 역사를 지닌 고도(古都)로, 춘추전국시대 제(齊)나라의 상업 중심지였다. 이곳은 제나라 장수 전단(田單)이 화우진(火牛陣)을 써서 연(燕)나라 군대를 크게 무찌른 것으로 유명하다. 사마천의 『사기』 「전단열전」(田單列傳)에 이렇게 기록되어 있다. 기원전 3세기경에 연나라가 제나라를 공격하여 70개의 성을 함락하고 거(筥)와 즉묵 두 개의 성만 남았다. 제나라 장수 전단은 즉묵성에서 화려한 옷을 입힌 천 마리 소의 뿔에 칼을 붙들어 매고 꼬리에 기름을 부어 불을 붙인 다음 밤중에 성 밖으로 내보냈다. 이 작전으로 연나라 군대를 대파하고 잃었던 70개의 성도 탈환했다. 이것이 유명한 '화우진'이다. 제나라에서는 승전을 축하하는 잔치가 3일 동안 이어졌는데 이때 군사들에게 내린 술이 즉묵노주라는 것이다. 그 당시엔 이 술을 '요주'(醪酒)라 불렀는데 요주는 탁주라는 말이다. 아마 지금 우리나라의 막걸리와 비슷했을 것이다. 그러니 즉묵노주는 2천 년 이상의 역사를 가진 셈이 된다.

중국의 모든 술이 그렇듯이 즉묵 지방의 황주도 신중국 성립 후인 1950년에 옛 양조장을 토대로 '즉묵현 황주창'이 설립되었고 1988년에 '산동 즉묵황주창'으로 개명하여 오늘에 이르고 있다. 1999년에는 국가가 인증하는 '중국 황주 유일의 녹색식품'으로 선정되었다. 녹색식품으로 선정된 것은 첨가물을 일절 섞지 않기 때문인 것으로 보인다. 소흥 황주는 인공색소인 초코릿 색소를 첨가한다. 즉묵노주는 또한 2013년에 '성급(省級) 비물질문화유산'으로 선정되기도 했다.

즉묵노주는 '고유육법'(古遺六法)이라 하여 예부터 내려오는 여섯 가지의 독특한 양조 방법으로 술을 빚는다고 한다. 이 중 소흥주와 크게 다른 것은 원료이다. 소흥 황주가 쌀 또는 찹쌀을 주 원료로 빚는 반면에 즉묵노주는 기장(黍)을 원료로 쓴다. 기장을 황미(黃米)라고도 하는데 즉묵노주의 원료로 쓰이는 기장은 대황미(大黃米)라 부른다. 아마 일반 기장보다 노란색이 짙어서 붙인 명칭인 듯한데 그만큼 고급 기장이란 말일 것이다. 또한 소흥주는 감호수를 사용하는데 즉묵노주는 청도(青島) 근처의 명산인 노산(嶗山)에서 나는 맥반석 광천수를 사용한다. 그러나 상표의 원료란에 소흥주에는 '감호수'라 표기되어 있는 반면 즉묵노주에는 그냥 '수'(水)라고만 쓰여 있다. 이밖에도 즉묵노주를 빚을 때 사용하는 누룩은 여름 삼복(三伏)에 만든 특수 누룩이란 점도 다르다.

상품 유형은 기본적으로 첨형(甛型)과 반첨형이 주류를 이루고 있으나 근래에는 간형(乾型)도 생산하고 있다. 즉묵노주는 풍부한 영양 가치를 내세우고 있는데 대부분 소흥주의 영양 가치와 비슷하다. 특히 강조하는 것은 이 술이 임산부에게 좋다는 점이다. 나쁜 피를 제거하여 산후 회복을 돕고 젖을 잘 나게 하기 때문에 그 지방에서는 집집마다 산모들이 이 술을 마신다고 한다. 여자들의 냉증 치료에도 효과가 있는 것으로 알려져 있다.

산동성에서는 즉묵노주를 '대지가 인간에게 내린 예물'이라 하여 성 차원의 특산물로 널리 선전하고 있다. 최근에는 북방에서 유일한 황주 박물관을 건립하기도 했다. 또한 황주 전문 연구소를 만들어 고급 양주사(釀酒師), 품주사(品酒師) 등 국가가 인증하는 전문 기술자 100여 명을 두고 황주에 대해 연구하고 있다. 품주사는 술을 개발하고 품질을 유지하는 양조 기술자 혹은 술의 품질을 감별하는 기술자를 말한다. 이 연구소를 그 지방 사람들은 '북방 황주의 황포군관학교'라 부른다.

즉묵노주의 양대 양조장은 신화금집단(新華錦集團)에서 경영하는 '산동성 즉묵황주 유한공사'와 '산동 즉묵 묘부노주(妙府老酒) 유한공사'이다. 신화금집단 제품에는 '즉묵패'(卽墨牌)라는 마크가 붙어 있다. 이것이 즉묵노주 중 가장 오랜 역사를 가진 술이다.

나는 1993년 청도에서 즉묵노주를 처음 마셔 보았는데 그때는 너무 단맛이 난다는 느낌밖에 없어 별다른 인상을 받지 못했다. 그러다가 2015년 남경대학에 초빙교수로 있을 때 청도 해양대학의 배종석(裵鍾碩) 교수가 가져온 '즉묵패노주'와 '묘부노주'를 맛보고 즉묵노주에 대한 인식이 달라졌다. 배종석 교수는 안동대학 한문학과를 졸업하고 성균관대학에서 박사학위를 받은 나의 제자이다. 그는 산동성 청도에서 손수 승용차를 13시간이나 몰고 남경으로 와서 나와 함께 양주(揚州), 진강(鎭江) 등지를 여행했다. 즉묵시는 청도와 가까운 거리에 있다.

즉묵패 황주는 11.5도짜리 반첨형으로 상표에 고유육법양제(古遺六法釀制)라 표기되어 있었다. 앞서 살펴본 전통적인 방법으로 양제했다는 표시이다. 놀랍게도 우리나라의 유통기간에 해당하는 보질기(保質期)가 6년이다. 일반적으로 소흥 황주 중에서 태조주는 진한 맛이 나는데 기타 고월용산, 회계산, 탑패 소흥주 등은 태조주보다 덜 진하고 맑아서 어떤 경우에는 약간 싱겁기까지 하다. 그런데 즉묵노주는 태조주와 기타 소흥 황주의 중간쯤 되는 듯하다. 11.5도인데도 싱겁지는 않고 한약 냄새가 약하게 난다. 목을 넘기고 난 후의 느낌이 그리 개운하지는 않았지만 좋은 황주임에 틀림없다. 묘부 황주는 11도 10년짜리 첨형 황주로 그다지

달지는 않았고 맛은 즉묵패와 대동소이했다. 즉묵노주 특유의 맛인 듯 여기서도 약한 한약 냄새가 났지만 거부감이 들 정도는 아니었다.

이밖에도 즉묵시에는 다양한 즉묵노주가 생산되고 있고 가격도 천차만별이다. 20위안, 30위안 황주가 있는가 하면, 수공고법(手工古法)이라 표기된 30년 5리터 즉묵노주는 2180위안(약 40만 원)을 호가하고, '묘부노주창' 제품의 12년 5리터 경로장수주(敬老長壽酒)에는 5399위안(약 97만 원)의 가격표가 붙어 있다. 최근에는 20도의 도수 높은 황주도 생산하고 있다.

• 석고문(石庫門)

석고문은 1939년에 설립된 상해의 금풍주업 고분유한공사(金楓酒業股份有限公司)에서 생산하는 제품이다. 따라서 역사가 오래되지는 않았지만 중국 10대 황주의 반열에 드는 술이다. '금풍'은 산하에 풍경주창(楓涇酒廠), 정산주창(淀山酒廠), 석고문주창 등 3개 양조장을 거느린 대형 황주 생산업체이다. 여기서 출시하는 황주는 후발주자답게 전통적인 방법을 고수하지 않고 품질을 과감하게 혁신하여 여러 가지 신형 황주를 생산하고 있으며, 전 제품의 생산을 기계화했다.

나는 2015년 9월부터 남경대학의 초빙교수로 한 학기 동안 강의를 한 적이 있는데, 어느 날 이 대학 한국어학과의 정선모 교수 부부와 내 숙소 근처에서 점심을 먹으면서 진열대에 있는 석고문을 시켜 반주로 마셨다. 이 술의 상표에는 특이하게도 '특형 반간 황주'(特型半乾黃酒)라 표기되어 있었다. '특형'이 무엇인지 궁금해서 원료란을 보았더니 물, 찹쌀, 밀 등 기본 원료 이외에도 구기자, 꿀, 생강, 화매(話梅)가 적혀 있었다. 그래서 일반 황주와는 달리 '특형'이라 표기한 것이라는 생각이 들었다. 이쯤 되면 황주라기보다 리큐어(liqueur)에 가깝다. 리큐어를 중국에서는 배제주(配制酒)라 부른다. 그러나 상표에 '상해노주'(上海老酒)라 쓰여 있는 걸 보니 황주로 분류되는 모양이다. '노주'는 황주의 별칭이다. 오랜 역사를 가진 황주의 변신이다.

도수가 낮은 12도의 술이라 그런지 좀 싱겁다는 느낌이 들었다. 그리고 다양한 보조 재료를 첨가했음에도 불구하고 특이한 맛을 느끼기 어려웠다. 품질보증 기간은 3년이다. 상해에서 가장 유명한 황주이고 그곳 사람들은 이 술을 매우 좋아한다고 한다.

• 왕사 계화주(王四桂花酒)

왕사 계화주는 남경대학에 한 학기 동안 있을 때 한국어학과의 학생 정련(丁蓮)이 고향인 강소성 상숙(常熟)에 다녀오면서 그 지방 특산품이라며 선물한 술이다. 상표에 '계화주(황주)'라 쓰여 있었고 '청상형'(淸爽型)이란 문구도 들어 있었다. '청상'은 '맑고 상쾌하다'는 말인데 그 느낌은 마시는 사람에 따라 다를 수밖에 없을 것이다.

'상숙시 강남 왕사식품 유한공사' 제품인데 이 회사는 '1887년

468

광서 연간(光緒年間)에 창시되었다'고 표기되었다. 비교적 역사가 오래된 황주라 그런지 '상숙 특산' '중국 노자호(老字號)' '강서성 성급 비물질문화유산' 등의 문구가 상표에 쓰여 있었다. 강소성에서는 꽤 유명한 술인 듯했다. 내가 마신 것은 10도짜리이다. 계화향이 은은하게 나는 품격 있는 술이긴 하나 술 좋아하는 사람들에겐 크게 환영받지 못할 듯하다. 마치 과일 주스를 마시는 것 같았다.

· 금단 봉항주(金壇封缸酒)

금단 봉항주는 강소성 상주시(常州市)의 '금단풍등주업 유한공사'(金壇豊登酒業有限公司) 제품이다. '금단'은 상주시가 관할하는 지명이다. 이 술은 오랜 역사를 지니고 있다. 전하는 말에 의하면 명 태조 주원장(朱元璋)이 황제에 등극하기 전 이곳에 왔을 때 현지인들이 이 술을 바쳤는데, 주원장이 술 맛을 보고 나서 "술 중의 왕이다"라고 극찬했다고 한다. 당시 주원장은 장사성(張士誠), 진우량(陳友諒) 등과 전투를 벌이고 있을 때여서 급히 떠나며 마시고 남은 술을 밀봉하여 지하에 묻어 두라고 부탁했다. 황제가 된 후 이곳 사람들이 지하의 술을 꺼내어 바쳤더니 매우 기뻐하여 그때부터 황실에 바치는 공주(貢酒)가 되었고 주원장의 성(姓)을 따서 '주주'(朱酒)라고도 불렀다.

제조 방법은 다른 황주와 같은데, 당화 발효가 일정 수준에 이르렀을 때 50도 백주를 첨가하여 밀봉한 후 6개월 이상 후발효시킨 뒤 압착하여 상품을 완성하고 또 5년 이상 저장한다. 따라서 알코올 도수가 다소 높다. 그리고 기타 첨가제를 일절 사용하지 않은 녹색식품이라고 한다. 오랜 전통과 명성으로 인해서 이 술을 '강남 민간 양주의 역사와 황주 문화를 연구하는 살아 있는 사전(活字典)'이라 부른다.

1915년에 샌프란시스코에서 열린 파나마 만국박람회에서 금상을 받았고 1986년에 중국 황주절(黃酒節)에서 특등상을 받았으며, 1988년에는 제1회 중국 식품 박람회에서 금상을 받았다. 그리고 2008년에는 국가급 비물질문화유산에 선정되었다.

내가 마신 것은 주령(酒齡) 8년의 16도짜리인데 맛이 그런대로 괜찮았다. '얼음을 넣어서 마시면 더욱 좋다'고 쓰여 있으나 16도의 술에 얼음을 넣으면 술맛이 제대로 날지 의문이다.

· 장승원(長昇源) 황주

장승원 황주는 산서성(山西省) 평요고성(平遙古城) 내에 있는 '장승원 황주제조 유한공사'의 제품이다. 대부분의 북방 황주가 그렇듯이 장승원 황주도 주원료는 기장이다. 다만 찰기장을 사용하는 것이 다르다. 산서성은 토질과 기후 때문에 벼를 심을 수 없어 주생산물이 밀과 기장이다. 산서성에서 국수가 발달한 것도 이 때문이다. 지금도 이 술은 전통적인 수공 방식으로 제조되고 있다.

명나라 숭정 연간(1626~1644)에 고을의 부호인 조취현(趙聚賢)이 창업하여 처음엔 이름을 '취승원'(聚昇源)이라 했는데, 1900년 의화단의 난의 여파로 8개국 연합군이 북경을 점령하자 서태후가

서안으로 피란 가면서 이곳에 들러 황주를 맛보고는 '장'(長) 자를 써서 하사한 후 명칭을 '장승원'(長昇源)으로 바꾸었다고 한다. 이후 그 지방 특산으로 영업을 해 오다가 1952년에 제조가 중단된 것을 1995년에 제6대 전승인(傳承人) 곽회인(郭懷仁)이 부활시켜 오늘에 이르고 있다.

장승원 황주는 아마 산서성에서 생산되는 유일한 황주인 듯하고, 그 지방 사람들은 이 술에 대한 자부심이 대단했다. 그래서 그런지 이 술의 상표나 포장지에 곽회인의 사진이 붙어 있는 제품이 많다.

어느 해이던가, 평요고성을 방문해서 그곳에 있는 덕거원(德居源)이란 오래된 객잔(客棧)에서 하룻밤 묵었는데 식당 진열대에 있는 장승원 황주를 시켜 마신 적이 있다. 맛이 매우 달았다. 황주 공장이 고성 안에 있다고 해서 내친김에 가이드와 함께 가 보았다. 그곳에는 황주를 압착하여 짜내는 나무틀이 그대로 있어서 아직도 전통적인 방식으로 제조한다는 걸 알 수 있었다. 종업원에게 술맛이 왜 그렇게 단가를 물었더니 기장으로 만들기 때문이라고 했다. 술맛이 단 것은 당화 발효를 충분히 시키지 않았거나 단맛이 나는 첨가제를 넣었기 때문일 텐데 이 종업원은 제조 방법을 잘 모르는 것 같았다. 공장을 곧 다른 곳으로 이전한다고 했다.

중국의 10대 황주

평자와 선정 기관에 따라 다소 차이가 있지만 대체로 중국의 10대 황주는 다음과 같다.

탑패(塔牌)

1956년에 창립한 '절강 탑패 소흥주 유한공사' 제품이다. 중국치명상표 (中國馳名商標), 중국명패산품(中國名牌産品), 중화노자호(中華老字號)로 선정되었다.

고월용산(古越龍山)

1664년에 창립한 '절강 고월용산 소흥주 고분유한공사' 제품이다. 중국치명상표, 중국명패산품으로 선정되었다.

석고문(石庫門)

1939년에 창립한 '상해 금풍주업 고분유한공사' 제품이다. 중국치명상표, 중국명패산품으로 선정되었다.

여아홍(女兒紅)

1919년에 창립한 '소흥 여아홍 양주 유한공사' 제품이다. 중국치명상표, 중화노자호, 절강성 고신기술(高新技術) 기업으로 선정되었다.

사주(沙洲)

1886년에 창립한 '강소 장가항(張家港) 양주 유한공사' 제품이다. 중국치명상표, 중화노자호, 중국명패산품으로 선정되었다.

회계산(會稽山)

1743년에 창립한 '회계산 소흥주 고분유한공사' 제품이다. 중국치명상표, 중화노자호, 중국명패산품, 국가지리표지(國家地理標誌) 보호산품으로 선정되었다.

함형(咸亨)

1980년에 창립한 '소흥 함형주업 유한공사' 제품이다. 절강성 저명상표로 선정되었다.

즉묵(卽墨)

1949년에 창립한 '산동 즉묵황주창 유한공사' 제품이다. 중화노자호, 황주 녹색식품으로 선정되었다.

서당(西塘)

1618년에 창립한 '절강 가선(嘉善) 황주 고분유한공사' 제품이다. 중국치명상표, 국가원산지표지, 국가지리표지 보호산품으로 선정되었다.

화주(和酒)

1939년에 창립한 '상해 금풍주업 고분유한공사' 제품이다.

중국 평주회와 '8대 명주'

흔히 중국술을 말할 때 '8대 명주' 운운한다. 이 8대 명주가 무엇인지 그 실상을 알아본다. 중국은 국가적 차원에서 부정기적으로 평주회(評酒會)를 개최했는데 말하자면 일종의 주류 콘테스트이다. 이 평주회에서 '중국 명주'(中國銘酒)와 '국가 우질주(優質酒)'를 선정하여 발표한다. 여기서 중국 명주로 선정된 술은 상표에 '중국 명주'라 표기할 수 있다. 중국에서 술을 구입할 때 상표에 '중국 명주'라 쓰여 있으면 틀림없이 좋은 술이다. 왜냐하면 수천 종이나 되는 중국술 중에서 선발된 수십 종의 술에만 붙일 수 있는 명칭이기 때문이다. 역대 평주회에서 선정된 중국 명주를 소개한다.

제1회 평주회: 1952년 북경, 8종

- 백주　　　　　분주(汾酒: 청향, 66.5도, 산서성), 모태주(茅台酒: 장향, 52.8도, 귀주성), 노주노교특국(瀘州老窖特麴: 농향, 59.9도, 사천성), 서봉주(西鳳酒: 겸향, 63.3도, 섬서성).
- 황주　　　　　소흥 감호 가반주(鑒湖加飯酒)
- 포도주·과주　금장 백란지(金獎白蘭地: 산동성 연태烟台). 백란지는 블랜디 (brandy)의 중국어 음역(音譯). 민괴(玫瑰) 홍포도주(산동성 연태), 미미사(味美思: 산동성 연태). 미미사는 포도주에 20여 종의 약제를 혼합한 배제주로 15~20도.

제1회 평주회에서 선정된 위의 8종의 술을 '8대 명주'라고도 한다. 여기서 선정된 백주 4종 중에서 분주, 모태주, 노주노교특국은 이후 평주회에서 한 번도 탈락한 적이 없는 부동의 중국 명주라 할 수 있다. 그리고 8대 명주 중에서 포도를 원료로 한 술이 3종이나 선정되었는데 모두 산동성 연태(烟台)에서 생산된 것이다. 그만큼 연태는 포도주로 유명하다. 연태의 장유포도양주공사(張裕葡萄釀酒公司)가 제일 규모가 큰 공장이다.

제2회 평주회: 1963년 북경, 18종

- 백주 　　　분주, 모태주, 노주노교특국, 서봉주, 오량액(五糧液: 농향, 사천성), 고정공주(古井貢酒: 농향, 안휘성), 전흥대국 (全興大麴: 농향, 사천성), 동주(董酒: 겸향, 귀주성)
- 황주 　　　감호 장춘주(鑒湖長春酒: 절강성), 용암 침항주(龍岩沈缸酒, 복건성)
- 포도주·과주 홍포도주(산동성 연태), 금장 백란지, 미미사, 백포도주 (산동성 청도), 중국홍포도주(북경), 특제 백란지(북경), 죽엽청주(竹葉青酒: 산서성)
- 맥주 　　　청도맥주(青島啤酒)

여기서 죽엽청주가 국가 명주로 선정되었다. 죽엽청주는 산서성 행화촌 (杏花村)에서 생산되는 분주를 밑술로 죽엽과 기타 약제를 첨가한 리큐어이다. 알코올 도수는 40도 내외. 도자기로 된 술병에는 "삼춘죽엽주 일곡곤계현"(三春竹葉酒 一曲鶤鷄弦)이라는 유신(庾信)의 시구가 새겨져 있다. '봄날 죽엽주를 마시며 한 곡조 거문고를 타노라'라는 뜻이다. 대만에서도 죽엽청주가 생산되는데 대륙의 죽엽청주와 맛이 다르다. 중국과 수교하기 전에는 우리나라 사람들이 대만산 죽엽청주를 즐겨 마셨다.

제3회 평주회: 1979년 대련(大連), 18종

이 평주회는 주종별로 분리하여 심사했다.

- 백주　　　　2회 때의 서봉주와 전흥대국이 탈락하고 검남춘(劍南春: 농향, 사천성), 양하대국(洋河大麴: 농향, 강소성)이 선정되었다.
- 황주·맥주는 2회 때와 같다.
- 포도주·과주　　연태 홍포도주(산동성), 중국 홍포도주(북경), 사성 백포도주(沙城白葡萄酒, 하북성), 민권 백포도주(民權白葡萄酒, 하남성), 금장 백란지(산동성), 미미사, 죽엽청주

제4회 평주회: 1983~1985

주종별로 장소와 시기를 달리하여 심사했는데 아마 술의 종류가 너무 많았기 때문일 것이다.

- 백주　　　　1984년 산서성 태원(太原)에서 개최되었다.
　　　　　　분주, 모태주, 노주노교특국, 서봉주, 오량액, 고정공주, 전흥대국, 동주, 검남춘, 양하대국, 쌍구대국특액(雙洵大麴特液: 농향, 강소성), 황학루주(黃鶴樓酒: 농향, 호북성), 랑주(郞酒: 장향, 사천성).
- 황주·포도주　1983년 강소성 연운항(連云港)에서 개최되었다.
　　　　　　황주는 2, 3회 때와 같고 포도주는 몇 종이 추가되었다.
- 과주·맥주　　1985년 산동성 청도(靑島)에서 개최되었다. 죽엽청주, 원림청주(園林靑酒), 금장 백란지, 청도맥주, 북경특제맥주, 상해특제맥주.

제5회 평주회: 1989년

안휘성 합비(合肥)에서 개최되었다. 백주만 심사했는데 총 361종이 출품되어 17종이 선정되었다. 새롭게 선정된 것은 보풍주(寶豊酒: 청향, 하남성), 송하양액(宋河糧液: 농향, 하남성), 타패국주(沱牌麴酒: 농향, 사천성), 무릉춘(武陵春: 장향, 호남성)이다.

이후의 평주회 자료는 알 수 없지만 술의 종류가 너무 많아 국가 차원에서는 실시하지 못하고 각 지역별로 개최된 듯하다. 어쨌든 평주회에서 명주로 선정된 술은 국가가 품질을 보증한 것이기 때문에 중국 최고의 술이라 할 수 있다.

이른바 중국의 '8대 명주'는 공식적으로 정해진 명칭이 아니다. 그래서 평자에 따라서 여러 가지 설이 있다. 제1회 평주회에서 선정된 8종을 가리킨다고도 하고, 제2회와 제3회 평주회에서 선정된 백주 8종을 가리킨다고도 한다. 현재는 일반적으로 백주 8종만을 8대 명주로 부른다. 그런데 제2회와 제3회에서 선정된 8종의 백주가 일치하지 않는다. 제2회 때의 8종을 '노8대'(老八大)라 부르고 제3회 때의 8종을 '신8대'(新八大)라 부르는데 중국 백주협회에서는 양자를 절충해서 분주, 모태주, 노주노교특국, 서봉주, 오량액, 고정공주, 동주, 검남춘을 8대 명주로 결정하기도 했다.

이렇게 결정된 8대 명주도 절대적인 것이 아니어서, 제2회 때 선정된 전흥대국과 제3회 때 선정된 양하대국을 추가해서 10대 명주로 부르자는 견해도 있다. 이 10대 명주 중에서 노주노교특국은 현재 같은 회사에서 생산하고 있는 '국교1573'을 가리키며, 전흥대국은 같은 회사 제품인 '수정방'을 가리킨다. 현재는 이 10종 이외에도 이에 못지않게 좋은 술이 많이 생산되어서 '8대 명주' '10대 명주'라는 말이 무색할 정도이다.

478

479